CETTE TERRE
QUE JE CROYAIS MIENNE

CETTE TERRE QUE JE CROYAIS MIENNE

ALAIN CHOQUART

EQUINOX

les arènes

1

Paul

Il perçut dans la pénombre le sursaut de la tête d'une hirondelle. Elle était apparue par l'étroite ouverture de son nid construit de centaines de boulettes de boue et de paille, agglutinées les unes aux autres. Le nid était suspendu au flanc d'une poutre en béton sous la charpente métallique du hangar portuaire. Il regarda l'oiseau filer dans la nuit le long de la gouttière. Ses ailes tranchèrent le faisceau en douche d'un lampadaire. L'hirondelle goba un insecte en vol, effectua un vif demi-tour dans l'ombre pour regagner son abri et s'engouffra dans le globe de terre cimenté par sa propre salive.

La proximité du fleuve inondait l'air du lourd parfum des algues flottantes, qui s'alliait à la puanteur du gasoil de la station d'avitaillement du quai. Mais c'est une odeur puissante de lait de brebis et de laine grasse qui déferla dans la mémoire de Paul.

Enfant, il avait passé des heures, assis sur une

planche poussiéreuse dans la bergerie de la ferme de ses parents, à guetter les hirondelles qui se propulsaient de leur nid et survolaient en rase-mottes le troupeau que la panique bousculait contre les barrières.

Il baissa le regard quand l'hirondelle disparut. L'ombre avala son visage dans une obscurité qui noyait aussi son âme.

Comme la vingtaine d'hommes autour de lui devant le hangar portuaire, Paul Brunel avait croisé les mains derrière la nuque, à genoux sur le sol en ciment où ruisselait une eau poisseuse et brune qui détrempait son pantalon de treillis aux poches déchirées. L'eau était glaciale et puait le diesel, mais Paul ne ressentait plus rien. Les bas-fonds dans lesquels il s'était immergé l'avaient anesthésié.

Depuis plusieurs mois (il ne savait même plus depuis quand), il avait infiltré un réseau d'import-export de jeunes filles destinées aux bordels clandestins. La prostitution sur Internet avait remplacé le tapin sur les trottoirs nettoyés par des lois qui soulageaient les riverains mais ne protégeaient pas les filles.

L'honneur des politiques était sauf : ce qu'on ne voit plus n'existe plus.

Paul était parvenu à intégrer le noyau dur d'un trafic très organisé, se glissant dans la peau d'un ex-légionnaire qui accepte les contrats sans poser de questions à condition qu'on ne lui en pose pas non plus. C'était la règle pour la plupart des types à genoux dans les flaques autour de lui, trafiquants intérimaires aux traits usés et sans âge, au regard de prédateur cruel, la plupart ex-mercenaires à peine impressionnés par la dizaine d'armes d'assaut pointées sur eux.

Ses manches relevées dévoilaient une croix celtique tatouée sur un avant-bras qu'il avait sacrifié avec dégoût à l'aiguille encrée d'un tatoueur toulousain admirateur de la mythologie viking.

Sur les casques noirs des flics d'élite qui les tenaient en joue, brillaient les reflets des torchères de la raffinerie de Feyzin, de l'autre côté du Rhône. C'est justement là que Paul avait fait sa première sortie scolaire trente ans plus tôt. Avec sa classe, à leur retour au village, ils avaient regardé des images de l'accident de 1966. Les explosions et l'incendie avaient coûté la vie à dix-huit personnes.

Il se souvint dans un flash que trois des pompiers brûlés vifs lors de ce drame étaient originaires d'un hameau proche de la ferme de ses parents. Ce souvenir s'était effacé de sa mémoire jusqu'à aujourd'hui... Il arrivait que des images de son enfance immergées dans l'oubli se révèlent en éclatant comme des bulles qui remontent à la surface. Cela devenait même de plus en plus fréquent, sans qu'il comprenne pourquoi.

Cette fois-ci, il eut la vision fugace de ces trois hommes, de leurs visages d'une autre époque avec les larges pattes qui encadraient leurs oreilles. Trois pompiers volontaires souriant côte à côte sur une photo jaunie, accrochée derrière le comptoir d'un café de village. Dans son souvenir, les cliquetis d'un flipper se mêlaient au sifflement du jet de vapeur dans la carafe à lait en Inox qui précédait l'odeur du chocolat chaud.

Fixés au sommet d'un camion générateur tout-terrain, quatre projecteurs de chantier éclaboussaient de lumière blanche les piles de conteneurs aux couleurs passées, parqués le long des docks, et dessinaient au sol les ombres des hommes alignés comme les pièces d'un jeu d'échecs géant.

Les portes de l'un des conteneurs avaient été soudées. Il avait fallu les découper au chalumeau pour libérer un groupe de très jeunes femmes, dont de nombreuses Africaines épuisées par un voyage inhumain, destinées à être vendues comme chair sexuelle très rentable. Elles sortaient en titubant, à peine vivantes, le regard hébété. Chacune suivait par réflexe celle qui la précédait. Elles regardaient avec crainte le dispositif policier, certaines qu'on allait les punir, habituées à être du côté de celles qu'on bat et qu'on emprisonne. Des gyrophares transpercèrent la brume de la nuit. Les équipes médicales avaient été tenues à l'écart le temps de l'intervention et franchissaient la grille d'accès à toute allure.

Une jeune Asiatique sortit de la gueule cisaillée du conteneur, éblouie par le feu de lumière, et courut vers l'ambulance qui approchait, repoussant de l'épaule les mains qui se tendaient pour l'aider. Dans ses bras, elle portait une gamine inanimée à la peau sombre dont les membres de caoutchouc noir pendaient, fouettés par ses longues tresses aux perles colorées déjà fanées.

Paul avait relevé les yeux, comme il l'avait fait pour regarder l'hirondelle, et assistait à l'apparition irréelle de ces jeunes femmes tels des insectes volants enfermés dans un bocal, qu'on libère trop tard et dont on observe le dernier battement d'ailes.

Il voulut déglutir. Le dégoût avait séché sa bouche, sa glotte resta collée au fond de sa gorge.

Dolf basculait lentement le poids de son corps de baleine d'un genou à l'autre, tout en fixant l'arme pointée sur lui à distance. La douleur dans ses articulations lui crispait les mâchoires et la position de ses bras tordus derrière la nuque tendait sa chemise, laissant entrevoir des portions de chair rose et grasse. Dolf n'était souple ni de corps ni d'esprit. Un souffle bruyant sortait de ses narines. Constellé de taches brunâtres et de croûtes, son crâne ressemblait à la carte en relief d'une planète inconnue et sans vie. Son regard remonta le long du canon de l'arme qui le visait pour s'arrêter aux deux trous de la cagoule où il devina les yeux d'un jeune flic fébrile. Le Néerlandais de cent vingt kilos sortit lentement sa langue et se lécha la lèvre de façon obscène en plantant son regard dans celui du jeune policier mal à l'aise malgré son équipement fait pour impressionner. Dolf ne pouvait s'empêcher d'exhiber son mépris, même si son avenir immédiat aurait dû être son principal souci, et cet avenir allait se compter en années de détention.

Depuis huit mois que Paul avait infiltré le réseau, il ne lui avait jamais demandé si Dolf était le diminutif de Rodolf ou d'Adolf. À en croire les tatouages néonazis qui débordaient de son cou, le second prénom lui convenait davantage.

Paul gardait la tête penchée vers le sol, afin de ne pas croiser le regard d'un des flics qui aurait pu le reconnaître. En quinze ans de brigade à pourchasser les trafiquants de chair humaine, marchands d'esclaves du XXIe siècle, Paul avait sûrement déjà rencontré un ou plusieurs de ces super flics qui les encerclaient. Il était trop tôt pour se démasquer. Pas avant de savoir où était Betty.

Protégé par sa propre crasse et la capuche d'un jogging sans forme, il ressemblait à n'importe lequel de ces types misérables et sans scrupule agenouillés autour de lui, immobiles et tendus sous la menace des armes, recrutés un peu partout en Europe par les sbires de Dolf.

Paul n'osait imaginer ce qu'ils avaient fait subir à Betty. Si lui-même était encore en vie, c'est qu'elle n'avait pas parlé. Mais il voulait encore espérer.

Il avait ressenti une brûlure d'acier traverser son corps quand il les avait vus le matin même la traîner au sol alors qu'elle s'apprêtait à partir, son billet pour Berlin caché dans sa culotte. Pas assez bien caché.

Ils avaient aussitôt appelé le Rouquin qui était venu la chercher avec son Porsche Cayenne, embarquant au passage deux Slovènes complètement tordus, les deux seuls que Dolf acceptait de voir se défoncer tant il appréciait leur savoir-faire et le sadisme de leurs connaissances en anatomie.

En travers du quai, Paul pouvait voir le SUV noir garé au pied d'une grue de portage. Avec un peu de chance, Betty était vivante, et certainement pas loin d'ici. Paul lui avait promis qu'elle reverrait l'Allemagne. Elle avait pleuré de bonheur quand il lui avait tendu son billet pour Berlin.

Deux Citroën grises haut de gamme pilèrent derrière les projecteurs. Un officier de police en civil jaillit d'une des voitures et se dirigea vers le groupe des trafiquants, le visage balayé par les faisceaux des gyrophares. « C'est fini… tu peux venir avec nous !… » cria-t-il en restant à distance. Trapu et court sur pattes, il lui fallait se hausser sur la pointe des pieds pour scruter parmi les hommes agenouillés. Il tripotait nerveusement les branches vert pomme de ses lunettes. D'où il se tenait, il lui était impossible de reconnaître son collègue infiltré, mais il n'avait aucune envie de se rapprocher davantage de la horde.

Paul ne bougea pas. C'était encore trop tôt. Il se dissimula en se tassant. Il sentit aux plis qui se formèrent sous son abdomen qu'il avait grossi pendant ces mois à bouffer gras et à vider des packs de bière.

Au regard du Rouquin vers le Porsche Cayenne, il comprit que Betty s'y trouvait. Le regard d'un type qui réalise qu'il a fait une connerie en laissant en vie une fille qui en sait presque autant qu'eux. Dolf ne pardonnerait jamais. À genoux tout près de son chef, le Rouquin se liquéfiait... D'autant que Dolf commençait à le fixer, sentant chez son lieutenant l'odeur fétide de la peur. La petite prostituée allemande avait été salement amochée par les deux Slovènes, mais le Rouquin les avait retenus quand ils allaient l'achever. La séance de torture l'avait excité avec une intensité qu'il n'avait jamais éprouvée, mais pas question de baiser une morte. Elle respirait par à-coups quand ils la déposèrent dans sa voiture.

L'officier aux lunettes vert pomme appela Paul pour la seconde fois. Une vague parcourut le groupe des prisonniers, mains croisées derrière la nuque, coudes relevés, chacun pivotant sur lui-même pour découvrir à qui s'adressait cet enculé de flic. Torsion à gauche, torsion à droite, tous semblaient obéir en rythme désordonné aux consignes d'un coach de fitness qui aurait eu de bonnes raisons de désespérer de ses élèves.

Le Rouquin ne s'était pas tourné. Il fixait son 4 × 4, terrorisé à l'idée de voir s'entrebâiller la portière. Une goutte de sueur glacée ruissela le long de son sourcil et s'écrasa sur la cornée de son œil qui cligna par réflexe.

Évitant tout geste brusque, Paul se redressa, les bras en l'air, les mains bien en vue. L'officier, soulagé, relâcha la branche de ses lunettes et leva le pouce vers les deux berlines grises dont les portes s'ouvrirent. « Il est avec nous !... » cria-t-il dans un souffle aux policiers armés. Les regards incrédules se tournèrent vers le traître.

Paul, aussitôt protégé par plusieurs tireurs, fonça vers le Rouquin, lui plaqua le dos au sol si violemment qu'on entendit craquer ses genoux. Paul plongea ses mains dans les poches du trafiquant pour en retirer la carte faisant office de clé de voiture. Dolf récura ses sinus et cracha vers Paul un jet ocre en éructant des insultes en néerlandais, retenu par le regard fébrile qui le fixait dans la mire de l'arme pointée sur lui. Paul ignora le crachat qui s'écrasa sur sa joue. Il courut vers le Porsche Cayenne dont le luxe détonnait avec l'apparence minable du Rouquin qui ne parvenait pas à se relever et hurlait, ses rotules arrachées de l'articulation.

Trois hommes en civil rejoignirent l'officier aux lunettes. Ils reconnurent à peine Paul quand il passa près d'eux sans un regard.

Paul espérait encore et déverrouilla la portière arrière du Cayenne. Il fut foudroyé en découvrant le corps ensanglanté de Betty, le visage boursouflé et meurtri. Ses épaules déboîtées donnaient à ses bras une position improbable. Sa poitrine se soulevait avec peine en sifflant, la vie cherchait à s'accrocher malgré tout... à moins que la vie ne désirât rien d'autre que sortir en hâte de ce corps trop abîmé.

C'est à ses vêtements qu'il la reconnut. Son nez n'était plus qu'une bouillie de cartilages et de chairs gonflées, ses yeux enfouis au fond de deux protubérances violacées. Raffinement suprême, ses cheveux avaient été rasés à la lame d'un couteau qui avait laissé de nombreuses entailles sur le cuir chevelu. Ils avaient certainement commencé par ça…

Paul s'agrippa au rebord du hayon, transpercé d'une douleur aussi violente que sa colère. Il souleva d'un souffle le corps torturé et le porta vers l'équipe médicale. Approchant ses lèvres de l'oreille croûtée de sang coagulé, il récita avec douceur :

« Röslein auf der Heiden,
War so jung und morgenschön,
Röslein, Röslein, Röslein rot,
Röslein auf der Heiden…[1] »

Elle mourut dans ses bras avant qu'il n'atteigne l'ambulance. Il ne savait pas si Betty l'avait reconnu, si elle avait eu le temps d'avoir un peu moins peur, bercée par les vers de Goethe qu'elle lui avait appris en riant de son mauvais accent.

Deux hommes en blouse blanche la déposèrent sur une civière et ce qui restait d'elle disparut, avalé par le zip d'une housse plastique. Une vie crayonnée qu'on efface d'un trait de gomme.

Il regardait s'éloigner la voiture qui emportait le corps de Betty et ceux de deux autres filles qui n'auraient même pas eu l'occasion de voir cette Europe qui les avait tant fait rêver.

---

1. « Petite rose sur la lande / Qu'était jeune et belle comme l'aube / Rose, rose, rose rouge / Rose sur la lande. » Extrait du poème de Goethe, « *Heidenröslein* », « Petite Rose ».

L'année de son mariage, qui ne dura qu'un an, Paul avait suspendu dans sa cuisine, au-dessus de la machine à café, le calendrier de la Poste illustré recto verso de tableaux de Salvador Dalí. Six mois d'un côté, six mois de l'autre. Il n'avait pas retourné le calendrier le 1er juillet, car la toile surréaliste lui était devenue familière. Elle représentait un gigantesque visage sans yeux aux lèvres épaisses qui flottait entre une terre blanche et un ciel bleu, soutenu par des béquilles de bois sur lesquelles le cou pendait comme un drap qui sèche au vent.

C'est ainsi qu'il se sentait en ce moment même. Un visage sans yeux porté par des béquilles de bois.

Les officiers et quelques autres flics l'avaient rejoint. Ils essayaient de lui parler, à la fois enthousiastes et envieux de ce coup de filet mené de main de maître. Le son de leurs voix lui parvenait par bribes.

« … fruits de mer ou une bonne viande ? Si tu veux, je te pose chez toi d'abord, tu prends une douche, tu pues l'essence !… »

Paul n'écoutait pas, n'entendait pas. Il n'avait plus la force de dire qu'il arrêtait là, que c'en était fini pour lui de vivre au milieu de cette merde, qu'il en avait trop vu, qu'il n'avait plus envie de retrouver sa vie d'avant. Il ne savait même plus s'il y avait eu une vie d'avant.

Il s'éloigna en titubant pour suivre des yeux l'ambulance qui s'engageait sur les quais avant de filer sur la voie rapide.

Il éprouva le besoin de s'asseoir. Une envie de vomir. Il appuya son front contre le mur en pierre d'une guérite au toit de tuiles, le poids de son corps retenu par le plat de ses deux mains. Il pivota et colla son dos au mur, redressa le visage et ouvrit la bouche vers le ciel sans étoiles, comme un homme qui se noie va chercher l'air en crevant du bout des lèvres la surface de l'eau.

Un fluide épais et acide coulait à l'intérieur de son corps, la vie fondait en lui pour s'enfuir. Les larmes n'avaient pas trouvé le chemin de ses yeux. Un jus salé de morve sortait de sa bouche par hoquets.

Les flics l'avaient laissé s'éloigner et le fixaient en silence. Ils avaient déjà vu des collègues au bout du rouleau, avaient su leur parler, mais ils n'osaient pas s'avouer qu'à le voir comme cela, Paul leur faisait peur.

Les trafiquants, les mains attachées dans le dos par des liens autobloquants, avançaient par grappes vers les fourgons cellulaires. Tous se tournaient à un moment ou un autre vers celui qui les avait piégés et cherchaient à percer ce qui leur avait échappé chez ce type qui ressemblait à n'importe lequel d'entre eux, mais dont le regard si différent aurait dû les alerter.

Dolf siffla un coup bref entre ses dents déchaussées, comme on appelle un chien. Une bousculade en tête de file se déclencha aussitôt. La confusion permit à Dolf de quitter le groupe et, les bras coincés derrière ses reins, de foncer comme un taureau tête en avant sur Paul, lui éclatant le nez du haut de son crâne chauve. Un second coup de boule plus brutal fit rebondir la tempe de Paul sur une corniche en métal. Au troisième coup, la pierre du mur déchira la chair et un filet de sang coula sur l'oreille de Paul tandis qu'une balle perforait le crâne chauve et abattait le taureau nazi.

Le jeune flic au regard fébrile n'avait pas tremblé. Son tir avait été précis et définitif.

À quinze ans, Paul s'était brutalement retrouvé orphelin. Ce jour-là, une muraille se dressa dans son dos, le bouscula vers le monde des adultes et enferma son enfance dans la pénombre et l'oubli. Mais parfois cette muraille se fissurait et des images fantômes s'échappaient pour danser dans son esprit comme des échos incertains du temps de l'insouciance.

Avant de plonger dans le coma, Paul sentit sur sa langue le goût du chocolat chaud et il se souvint du nom du village où se trouvait le bar avec la photo des trois pompiers.

Il se souvint aussi que ceux qui cherchent à l'aider finissent toujours par mourir.

2

Louise

Six mois plus tard

Par-dessus l'épaule de l'homme qui lui faisait face, Louise guettait la venue de Michel, son mari, à travers la fenêtre. Il lui avait dit, ce matin-là, en partant travailler dans les maïs de son cousin : « Dès que "l'autre" arrive, tu m'appelles. »

Elle était certaine que « l'autre » viendrait aujourd'hui, car c'était l'anniversaire de la petite. Un an qu'elle avait donné naissance à Marie. À présent celle-ci était endormie dans un vieux siège auto en guise de couffin, posé sur le sol en carrelage de la cuisine, la main pendant au-dessus de la truffe terreuse du chien, couché sur le flanc.

Quand elle avait vu la voiture s'arrêter dans la cour de la ferme, Louise avait aussitôt téléphoné à Michel, qui lui avait répondu avec une voix crispée :

« C'est bon, je m'en occupe. Il reviendra plus t'emmerder ! »

Elle attendait donc que son mari arrive d'une minute à l'autre. Elle demanda à l'homme de baisser la voix pour ne pas réveiller la petite.

La première fois que l'homme était entré dans la maison, il avait été saisi par la dignité qui irradiait de ce foyer d'une telle précarité. Le quatrième pied de la table de cuisine, rafistolé au fil de fer, était consolidé par des lattes de palette grossièrement vissées, mais aucune tache ni la moindre miette ne souillaient la nappe colorée qui la recouvrait. Les murs humides étaient brossés régulièrement, ce qui détachait des plaques d'enduit et laissait apparaître de larges zones brunâtres. Posé à même la terre battue, le carrelage d'argile sentait le savon noir et la lavande. Sur le bois des fenêtres sans rideaux brillaient des dizaines d'agrafes sur lesquelles étaient restés accrochés des petits morceaux de la bâche plastique transparente qu'ils fixaient en guise de double vitrage durant l'hiver.

La ferme était en plein vent depuis qu'il avait fallu se résigner à abattre les hêtres qui la protégeaient du côté nord. Durant des années, Michel avait fait son bois de chauffage en entretenant le chemin qui menait à l'ancienne propriété du premier président de la République du XXe siècle, bordé d'une double rangée de huit cents mètres d'essences rares, importées par bateau. Les arbres, devenus énormes, poussaient tordus. Leurs branches gigantesques plongeaient jusqu'à la rivière en contrebas, créant un barrage sur lequel s'agglutinaient tous les branchages et feuilles portés par le courant en automne. Il fallait dégager autant la rivière que le chemin, ce que faisait gratuitement Michel en échange du bois qu'il débitait et rapportait chez lui, le faisant sécher d'un hiver à l'autre.

Mais des Hollandais fortunés avaient acheté la propriété et invitaient une foule d'amis pour des week-ends proches de la nature. L'élagage était l'activité la plus prisée. Une remise avait été aménagée en vestiaire et chacun y trouvait veste renforcée, gants épais, casque antibruit, chaussures à coque de protection. Déguisés en bûcherons, ils tronçonnaient plus que nécessaire et brûlaient une partie du bois sur place. Les feux duraient longtemps. Ils buvaient au goulot un vin rouge de soif et jetaient des pommes de terre enveloppées d'aluminium dans les braises chaudes, passant la soirée en communion avec la nature, s'extasiant d'un mode de vie dont ils ne connaissaient rien.

Pour Michel, ç'avait été la fin du bois du président et il avait fallu sacrifier les hêtres de sa propre ferme, ce qui ne fut pas la meilleure idée. Lors du dernier hiver, la maison n'était plus protégée du vent par la muraille d'arbres et le souffle glacial avait tant fait descendre la température que la façade nord fut recouverte d'une couche de glace de plusieurs centimètres durant trois semaines.

Face à Louise, l'homme était nerveux, les doigts serrés sur un paquet fin et carré, enveloppé d'un papier cadeau de qualité, orné de poupées souriantes et de chevaux de manège forain. Louise lui demanda avec douceur de laisser le paquet et de s'en aller. L'homme insista pour attendre que la petite se réveille et le donner lui-même. C'était sa gosse et il voulait lui souhaiter son anniversaire.

Ce qu'il y avait de plus étonnant, chez Louise, c'était son cou long et fin, légèrement penché, qui donnait l'impression qu'elle posait. De son père, elle avait hérité ses larges yeux en amande et, par chance, rien de sa mère. On lui disait parfois qu'elle ressemblait à un tableau, mais elle n'était jamais allée au musée. Les hommes qui lui disaient cela n'étaient jamais allés non plus dans un musée, mais c'était leur façon un peu retenue de signifier que ça les tenterait bien de la voir étendue nue et lascive, comme ils imaginaient les modèles offerts aux désirs des peintres.

Les vêtements qu'elle portait étaient bon marché, souvent usés. Ils sentaient le savon de Marseille et paraissaient avoir été dessinés sur son corps si libre… Il se dégageait d'elle un érotisme d'autant plus fort qu'elle semblait l'ignorer.

Dans le dos de l'homme, Louise entendit les oies s'agiter dans la cour et s'arrêter net pour plonger le bec dans les ornières boueuses. La cuve de plastique bleu qui recueillait l'eau de pluie de la toiture y déversait un filet d'eau qui s'écoulait d'une fine craquelure de sa base. Posé sur des parpaings, un tracteur rouillé, sans roues, envahi par les ronces et les hautes herbes, masquait le chemin d'accès. Louise entendit ralentir une voiture. Ce n'était pas le cliquetis du moteur du fourgon de Michel. Elle comptait sur lui pour faire partir l'homme une fois pour toutes.

Ça n'avait pas été facile pour Michel quand il avait fallu accepter l'évidence d'une grossesse inespérée. Ses testicules ne s'étaient pas miraculeusement mis à produire des spermatozoïdes... Louise avait trouvé une solution si simple pour qu'ils aient un enfant ! Elle l'avait fait pour eux, parce qu'il faut un enfant pour faire une famille et qu'ils n'avaient pas d'argent à dépenser dans des cliniques pour s'en fabriquer un.

L'homme était un jeune interne qu'elle avait déniché à l'hôpital d'Aigle-sur-Sye. Elle s'était dit qu'un médecin, c'était un bon choix. À la fois quelqu'un qui a fait des études et qui est en bonne santé. Tout ça, c'était bien pour le bébé. Et puis, les gens d'Aigle restaient en général dans la vallée, vers l'ouest, et venaient rarement vers chez elle, de l'autre côté du col, à l'est. L'homme était de taille moyenne et plutôt sec. Sa peau mate affirmait ses origines maghrébines, ce qui plaisait bien à Louise qui pensait à sa grand-mère qu'on appelait parfois « l'Algérienne ».

Ça s'était passé dans une petite salle des urgences. Elle s'était à peine assise dans le hall du service pédiatrique qu'il était apparu, traversant la salle d'un pas décontracté. Elle avait tout de suite remarqué qu'il portait une alliance. Ça l'avait décidée et elle lui avait souri tout en se demandant comment elle allait s'y prendre pour le séduire. Mais son sourire avait suffi à tout déclencher. Elle revint trois jours de suite. Ils retournèrent à chaque fois dans la petite salle des urgences.

Puis elle disparut. Le jeune interne n'était même pas certain qu'elle lui avait donné son vrai nom. Il avait réussi à la retrouver, presque par hasard, quand il n'y croyait plus. Elle essaya d'inventer une histoire pour se justifier, tandis qu'il regardait son ventre déjà bien rond. Elle finit par lui dire la vérité. La stérilité de Michel et leur envie d'enfant. Il l'écouta avec un regard plus dur qu'attendri et il proposa de les aider s'ils étaient d'accord pour le laisser voir le bébé. Qu'elle en parle à son mari, il reviendrait d'ici quelques jours.

Elle n'en dit rien à Michel et quand l'homme se présenta à nouveau, elle refusa fermement son aide. Il repartit sans un mot et réapparut la semaine suivante, lui intimant d'accoucher dans l'hôpital où il travaillait. Elle le supplia de les laisser tranquilles, mais il se fit de plus en plus insistant. Il menaça de demander une analyse ADN pour reconnaissance de paternité.

Elle raconta alors à Michel comment elle avait réussi à être enceinte, combien ils allaient être heureux et que ce serait lui le papa de son enfant.

Il fut d'abord sonné puis hurla, brisa une chaise contre le mur.

Il sortit dans la cour pour pleurer.

Quand il rentra, une odeur tiède et aigre faisait oublier le relent du café caramélisé au fond de la casserole. Louise avait ouvert sa blouse et nettoyait sa poitrine avec une petite serviette humide. Un liquide jaune et épais perlait de ses seins gonflés. Elle sourit à son mari qui s'excusa de sa colère et prit un air décidé, ce qui était plutôt rare chez lui. Il allait parler à ce type pour qu'il leur foute la paix, même si ça lui ferait du mal de voir à quoi il ressemblait.

3

Michel

Michel était de ceux qui affrontent les problèmes en leur tournant le dos, comme les tout jeunes enfants se cachent les yeux en pensant devenir invisibles. Donc, il ne fit rien d'autre que penser très fort que tout allait s'arranger. L'homme n'était pas réapparu, le vœu de Michel avait été exaucé. Mais cela ne dura que quelques mois. L'homme revint harceler Louise. Elle comprit que son mari ne lui avait pas parlé et le supplia d'agir.

Michel savait au fond de lui que Louise ne l'avait pas trahi, mais il était tourmenté par l'humiliation et la honte qu'un homme ait joui dans le sexe de sa femme. Louise n'avait pas voulu répondre à ses questions. Est-ce qu'il l'avait pénétrée plusieurs fois ? Est-ce qu'elle avait eu du plaisir ? Et puis son ventre s'était arrondi, ses seins avaient gonflé et il s'était contraint à admettre que ce serait leur enfant à tous les deux. Ils n'avaient jamais employé les mots de « père biologique ». Ils l'appelaient « l'autre » et avaient fini par ne plus du tout en parler.

Quand Louise lui téléphona pour le prévenir que « l'autre » venait d'arriver, qu'il sortait de sa voiture en tenant un paquet cadeau et traversait la cour, Michel ne fit pas demi-tour pour revenir à la ferme. Il stationna son fourgon au bout d'un chemin caillouteux le long des rangs de maïs et, plaçant une cale de bois sous la roue avant, pensa qu'il serait temps de changer ses pneus. Par endroits, la gomme avait disparu et laissait voir le treillis de la carcasse. Ils risquaient de se déchirer à tout moment sur le tranchant d'une pierre.

Il prit son téléphone posé sur le siège, le glissa dans sa poche de chemise et se faufila dans les maïs. Il avait passé un court appel juste après avoir discuté avec Louise.

L'Albano-Kosovar parlait français et Michel lui avait juste dit : « C'est bon. Il est chez moi ! Vous pouvez y aller. »

Pour la première fois depuis longtemps, son visage se détendit. Il desserra les dents sans y penser et se surprit à respirer plus profondément. L'air pur des plateaux de moyenne montagne remplit ses poumons d'un flux glacial. Il regarda au loin la haute silhouette d'Hervé dont les épaules atteignaient presque le sommet des plants.

En appui sur le contrefort d'une paroi rocheuse, le champ était légèrement pentu et finissait en à-pic. On ne pouvait pas le voir depuis la route en contrebas. Pour y accéder, il fallait traverser une prairie de pâturage et s'engager dans un chemin qui tournait derrière un bosquet.

Hervé avait chargé son cousin Michel de tester plusieurs variétés de maïs demi-précoces avant d'en faire pousser près de cinq hectares à huit cents mètres d'altitude. Les vingt rangées centrales dissimulaient en alternance plusieurs centaines de pieds de cannabis.

Il avait dû trouver ailleurs l'argent que la banque lui refusait. Il était impératif de combler un gros trou de trésorerie dû aux spéculations des marchés céréaliers. Le directeur de la banque lui répétait avec une lourde insistance qu'il lui suffisait de vendre le haras s'il voulait garder ses terres. Il lui avait même proposé un acheteur, comme par hasard un proche de la famille de sa femme ! Pas question pour Hervé de perdre le haras, les chevaux, le plus précieux des biens familiaux…

Michel lui présenta alors Damien. Il pouvait lui faire une très grosse avance de cash. Sans rien signer. Juste en cultivant pour lui.

Hervé s'acquitta de sa dette dès les premières récoltes. Il pensait s'arrêter là mais Damien lui fit comprendre que s'il avait été remboursé à l'euro près, les dégâts qu'une faillite aurait causés à Hervé et sa famille étaient incalculables. Il restait le solde d'une dette d'honneur.

Damien avait besoin d'un fournisseur de sa stature. Le marché était en pleine expansion et il ne pouvait plus se contenter de cultures d'arrière-cour ou de fond de garage. Il demanda à Hervé de continuer à travailler pour lui. Il achèterait les récoltes au prix fort.

Hervé ne pouvait pas refuser. Il avait glissé le doigt dans un engrenage et réfléchirait à la manière d'en sortir en douceur quand le moment serait venu. En attendant, l'argent gagné profitait à la ferme et au centre équestre. Il mettait sa famille à l'abri de la tempête qui balayait le monde agricole.

Le plan de Michel n'était pas de rejoindre Louise quand « l'autre » serait à la ferme. Tout allait s'arranger. Sans lui. Il laissa courir ses doigts le long des rangs de maïs dont les tiges se pliaient et se redressaient avec un claquement sec. Quand il était enfant, on lui avait dit de faire du bruit pour éloigner les vipères. Grandir ne l'avait pas rendu moins craintif et, même en plein hiver, dès qu'il fallait traverser des herbes hautes ou franchir un buisson, il tapait des pieds ou, s'il était seul, sifflotait ce qui lui passait par la tête.

Hervé avait tourné le regard vers les montagnes. Le vent du midi avait poussé de lourds nuages contre le synclinal rocheux, mais l'air était trop frais pour qu'éclate un orage. Une buse se laissait porter par les courants ascendants et traquait les rongeurs imprudents.

Les sillons dessinés sur son visage par une vie passée sous le vent et le soleil faisaient ressortir le regard profond et clair d'Hervé et confirmaient l'autorité naturelle qui se dégageait de sa seule présence. Il semblait appartenir au paysage qui l'entourait. L'air avait une odeur de terre humide et de thym sauvage.

« Viens par là… » dit-il à Michel qui approchait.

Les deux hommes firent un détour par la gauche pour repiquer vers le centre du champ et arriver en bordure des premiers rangs de cannabis. Une vingtaine de têtes avaient été coupées.

« S'ils n'ont pas pris plus, c'est que c'est juste des petits voleurs… dit Hervé avec certitude.

– Pourquoi, ils seraient plusieurs ? » lança Michel.

Hervé fit quelques pas et se pencha vers le sol encore humide où il indiqua des traces de semelles.

« Au moins deux… Il y a une paire de baskets et des chaussures de marche… La mauvaise idée, ce serait qu'ils se vantent auprès de leurs copains. »

Hervé avait confié officiellement à Michel la responsabilité du champ et l'employait au faible salaire d'un ouvrier agricole. Si ça tournait mal, Hervé pourrait prétendre que le cannabis était cultivé à son insu. Et son cousin Michel confirmerait. Il avait accepté ce rôle de fusible en échange d'une somme qui lui permettait de rêver à un avenir plus radieux. Le risque en valait la peine. Hervé, d'une prudence extrême, en avait imposé les conditions. Des versements réguliers étaient effectués sur plusieurs livrets d'épargne et assurances-vie au nom d'une grand-mère très âgée, institutrice à la retraite et sans enfants, qui finissait ses jours dans un Ehpad. Elle avait signé sans le savoir les documents qui faisaient de Michel son héritier. Hervé obligeait Michel à aller visiter régulièrement la vieille femme, à laquelle il apportait des bonbons à suçoter et des fleurs. Elle était toujours surprise qu'un de ses anciens élèves de CP (dont elle ne se souvenait plus) lui voue une telle affection, sous les regards à la fois étonnés et soulagés des employées de l'Ehpad, qui auraient certainement fait des efforts pour tolérer les humeurs de l'insupportable grand-mère si elles avaient eu connaissance des montants de ses comptes en banque.

Dans deux ans tout au plus, la vieille passerait l'arme à gauche et Michel toucherait son pactole. Assez fier de lui, il avait négocié qu'Hervé verse un bonus pour les frais d'enterrement. D'ici là, il essayait de prendre les choses en main et devait se montrer réactif.

« Je vais poser des pièges explosifs et faire des gardes. Et aussi demander à Damien de me prêter un ou deux de ses gars… déclara Michel en bon soldat.

– Je préfère que tu te débrouilles tout seul, répliqua Hervé. Il ne s'agit pas de faire la guerre. Il faut juste savoir qui sont ces gars assez cons pour voler du cannabis et voir ce qu'on peut faire pour qu'ils oublient où ils l'ont trouvé. »

4

Damien

Damien était un ancien prof du lycée agricole. Il avait découvert son hypersensibilité aux ondes électromagnétiques lors d'une sévère crise migraineuse. Ça l'avait pris d'un coup, un jour qu'il revenait des hauts plateaux par une route qui serpentait entre les deux parois d'un canyon étroit. Son autoradio grésillait toujours dans cette zone où il ne captait plus aucune fréquence, mais il avait pris l'habitude de ne pas l'éteindre. Son téléphone portable était posé dans un vide-poche du tableau de bord. Les barrettes de connexion indiquaient l'absence de réseau. Au détour d'un virage, la paroi côté ouest s'affaissait et dévoilait en contrebas la vallée, qui venait d'être équipée d'une toute nouvelle antenne-relais. Damien ne s'attendait pas à franchir un mur d'ondes aussi nettement que s'il crevait la surface d'un lac en plongeant.

La voix de Serge Reggiani hurla soudain dans les haut-parleurs du transistor qui capta une station régionale spécialisée dans la chanson française. Le téléphone mobile tentait de se connecter au réseau cellulaire et hachait la chanson par des parasites qui crépitaient avec une voix de robot.

Damien sentit une étincelle naître à la base de sa nuque et son crâne s'embrasa. Le feu irradia son cerveau et enflamma ses tympans à vif. Il arrêta la voiture, s'extirpa en tenant son crâne dans l'étau de ses mains et, comme il courait pour rebrousser chemin vers le canyon, zigzaguant comme un canard sans tête, il franchit en sens inverse la frontière de la zone d'ondes électromagnétiques et se mit à l'abri sans le savoir. La douleur s'éteignit peu à peu.

Les crises se répétèrent. Après plusieurs mois, il fut diagnostiqué EHS, électro-hypersensible, et obtint une allocation d'adulte handicapé. Il dut quitter la ville et s'installer dans une caravane, en lisière de forêt au cœur d'une zone « blanche » que ne pénétrait aucun réseau de téléphonie mobile. L'intérieur de sa caravane était tapissé d'aluminium du sol au plafond, lui donnant l'aspect d'un décor de science-fiction pour film à petit budget.

Mais Damien ne pouvait se résigner à une retraite anticipée. Ex-militant actif d'ultragauche, la seule cause qui le préoccupait désormais dans son exil était celle des trafics en tout genre. Son mode de communication était le téléphone fixe d'une ligne piratée dont le fil courait sur plusieurs kilomètres à travers les cimes des arbres jusqu'à sa caravane. Le système avait pour avantage une traçabilité bien plus discrète que les téléphones portables. Il mit à profit ses connexions internationalistes où la limite de l'idéologie s'arrêtait à la provenance de l'argent, et s'imposa rapidement comme le seul contact régional « autorisé » d'une mafia albano-kosovare qui inondait les marchés ruraux d'amphétamines en provenance des laboratoires bulgares.

Le monde agricole à l'agonie et abandonné dans sa chute était devenu un consommateur important qui ne se contentait plus des tranquillisants sur ordonnance.

C'est aussi par Damien que passaient les cultures locales de cannabis redistribuées par ses propres dealers, souvent des lycéens auprès desquels il savait jouer d'une certaine aura de marginal rebelle. Hervé était devenu son principal fournisseur et il n'envisageait pas de se passer de sa production.

5

Le jeune interne (« l'autre »)

Louise avait fini par hausser le ton. Elle bouscula « l'autre » vers la porte, sans hésiter à faire du bruit pour réveiller la petite dont les pleurs en saccades laissèrent indifférent le chien couché près d'elle.

L'homme n'opposa pas de résistance. Il sortit et posa le paquet cadeau sur le rebord extérieur de la fenêtre, sous le thermomètre en plastique vert offert par la chambre d'agriculture. Les oies le poursuivirent à travers la cour en tendant leur long cou, hésitant à abandonner leur festin de limaces, jusqu'à ce qu'il soit suffisamment éloigné de leur parcelle de boue et de fientes. Quand il monta dans sa voiture, son cœur battait encore trop fort. Il avait commencé à cogner dans sa poitrine dès qu'il s'était approché de la ferme.

Il voulait Louise. Pour lui seul. Elle et la petite, bien sûr. Il allait quitter sa femme et les emmener avec lui. À chaque fois qu'il l'avait revue, il s'était dit que le moment était venu de lui parler et à chaque fois, il avait eu peur qu'elle dise non et que ce soit définitif. Il se raccrochait au moindre sourire pour se persuader qu'il avait sa chance.

Aujourd'hui, elle n'avait pas souri.

Il n'aurait plus le courage de revenir. Louise ne s'était pas contentée de le refuser, elle l'avait chassé. C'était peut-être la dernière fois qu'il conduisait sur le chemin de terre cabossé qui lui était devenu familier. Ses yeux ignoraient le paysage autour de lui. Il n'y avait que l'image obsédante du visage de Louise, front contre front, leurs regards enlacés quand ils avaient fait l'amour sur la table de la petite salle des urgences. Il se rappelait la force de ses mains un peu rugueuses qui agrippaient ses fesses pour le garder longtemps en elle quand il avait joui. Trop occupé à torturer sa mémoire et revivre les émotions de leurs étreintes, dans l'illusion que leur simple souvenir lui faisait posséder Louise à nouveau, il n'avait pas remarqué le luxueux pick-up qui le suivait depuis la ferme.

Louise avait regardé la silhouette triste s'éloigner au volant de sa voiture. Elle vit passer le 4 × 4 qui redémarra derrière lui. Elle eut tout juste le temps de reconnaître le petit drapeau rouge avec une croix blanche : une plaque d'immatriculation suisse. Quand elle l'avait entendu s'arrêter plus tôt, elle avait compris avec tristesse que ce n'était pas la camionnette de Michel. Elle avait pensé à des promeneurs et s'était faite à l'idée qu'une fois de plus son mari ne viendrait pas l'aider.

Elle se servit un verre d'eau au robinet. La colère avait fardé ses joues d'un rose pâle et lui avait donné chaud.

« L'autre » conduisait machinalement en zigzag, sans même chercher à contourner les ornières. Il cessa d'être ballotté sur son siège quand le chemin bifurqua sur une route goudronnée. Ce n'est que là qu'il remarqua le pick-up qui se rapprochait derrière lui. Il se déporta sur le côté pour le laisser doubler, il avait envie de rouler tranquillement. Le 4 × 4 ne doubla pas mais se rapprocha davantage, le contraignant à accélérer. Les fossés trop profonds qui longeaient les prés ne lui permettaient pas de s'arrêter. Tout au long de la ligne droite qui filait vers les bois, il sentit derrière lui la pression chargée de testostérone d'un conducteur qui voulait être le patron.

La route pénétra dans la forêt. Les bas-côtés étaient plus larges mais tapissés de branches mortes et d'écorces, déchets du bûcheronnage. Des troncs d'arbres marqués à la peinture orange étaient empilés à la lisière des coupes forestières, bordant la route de murs de bois régulièrement espacés comme les créneaux d'un château. Le pick-up déboîta enfin pour doubler, frôlant les pyramides de grumes. Des branches sèches craquèrent sous ses roues. Il se rabattit brutalement devant la petite voiture, contraignant l'homme à quitter la route et à s'enfoncer sur sa droite dans une clairière où saillaient de nombreuses souches qu'il essayait d'éviter. Il n'eut pas le temps de freiner et le châssis trop bas s'encastra dans un moignon de chêne, immobilisant le véhicule dans un crissement de ferraille. Son pied glissa sous la pédale de frein et il sentit un craquement douloureux. Il sut que l'attache des ligaments fibulaires de sa cheville s'était déchirée.

« L'autre » ouvrit sa portière et sortit en boitillant. Son cœur battait fort. Cette fois-ci, c'était de peur. Il regarda les deux hommes descendre du 4 × 4 arrêté à une dizaine de mètres derrière lui. Tous deux trapus, les cheveux courts, les yeux petits et très noirs. Une barbe naissante contrastait avec leur peau si pâle qu'ils semblaient ne vivre que la nuit. Ils portaient chacun une veste en cuir noir. Le plus jeune plongea la main dans sa poche et cria vers l'homme une phrase dans une langue qu'il ne comprit pas : « *Nuk prek gruan tjetër!...* », tandis que son comparse rabattait le hayon du plateau du pick-up pour y grimper et ouvrir un coffre à outils vissé au dos de l'habitacle.

La forêt sentait la coupe fraîche de bois. Les mousses grouillant d'insectes avaient attiré un couple de geais qui volaient d'une souche à l'autre. Leurs cris claquaient comme des rires.

« L'autre » sortit son portefeuille de son blouson et l'ouvrit nerveusement. Il retira un billet de 20 euros et un autre de 5 euros. Il regardait, affolé, le Russe, Roumain ou Bulgare qui s'approchait et dont la main était ressortie de la poche, les jointures recouvertes d'un poing américain. Il cherchait dans sa mémoire un des trois mots de russe qu'il connaissait, ignorant qu'il avait affaire à des Albanais du Kosovo.

« *Пожалуйста*... S'il vous plaît ! Tenez... Prenez-la, c'est une carte Gold. Le code, c'est 2542... 2-5-4-2... »

Il mima les quatre chiffres avec ses doigts raidis de peur, tendit sa carte de crédit et implora du regard. Le second Kosovar sauta du plateau du pick-up et s'approcha à son tour, tenant une courte pelle militaire pliable par le manche, à la façon d'une massue. La frayeur lui retira toutes ses forces. Il ne put retenir les billets et la carte, que ses doigts lâchèrent, tomba sur les genoux et sentit ses intestins se vider sous lui.

Le vent poussa les nuages et démasqua le soleil. Des rayons ocre traversèrent les cimes des arbres et nimbèrent la clairière d'une lumière divine quand résonna le premier coup qui brisa sa mâchoire.

6

Paul

Le ciel se déchira et les rayons du soleil transpercèrent le pare-brise. Paul ouvrit un compartiment à clapet au-dessus du tableau de bord de sa voiture et chaussa ses lunettes noires. L'intensité de la lumière électrisait ses nerfs optiques et lui vrillait les tempes. Ses cheveux n'avaient pas repoussé autour de la cicatrice en forme de Y au-dessus de l'oreille, semblable à l'empreinte d'un marquage au fer.

Six mois plus tôt, il s'était réveillé en sursaut du coma comme on s'arrache d'un cauchemar. Le chef du service neurologique lui demanda comment il se sentait ; il répondit qu'il était résolu à rester en vie.

Il fut maintenu plusieurs semaines sous surveillance et refusa les visites extérieures qui se limitèrent à celles d'un responsable administratif de sa hiérarchie.

Contrairement à ce qu'avait été sa vie jusqu'alors,

il passa la majeure partie de son temps à dormir, embrumé par les antalgiques et affaibli par la sensation qu'un étau comprimait son cerveau.

À sa sortie de l'hôpital, on lui confirma qu'il n'était plus apte au terrain. Il pourrait toujours intervenir comme formateur. La gravité de son accident, qui plus est dans le cadre d'une telle opération, lui permettait de se mettre au vert avec les honneurs.

Il apprit peu à peu à anticiper les crises qui perforaient son crâne et le plongeaient dans la confusion. Une fois réglé le long processus bureaucratique, Paul constata qu'il était désormais totalement libre. Et totalement seul.

Il quitta l'appartement qu'il louait dans la banlieue de Lyon et entreposa toutes ses affaires dans un garde-meubles. Il s'était déjà débarrassé du superflu avant son mariage. Son rapide divorce, un an plus tard, avait été l'occasion d'un second tri radical. Il s'était aussitôt porté volontaire pour une mission d'infiltration et n'avait pas pris le temps d'acheter un lit. Il avait dormi dans son duvet à même le sol les quelques nuits qui avaient précédé sa plongée parmi les trafiquants de chair sexuelle.

Un box de petite taille suffit à entasser tout ce qu'il possédait. Il ne garda avec lui qu'un gros sac de vêtements, les plus récents documents administratifs, son ordinateur et son téléphone. Il se donna une heure de recherches sur Internet, se décida pour un Land Cruiser d'occasion et en fit l'acquisition le jour même dans un village de montagne en Isère. Il devrait se contenter de la couleur : bleu avec un toit blanc. Le véhicule avait été bien entretenu par un retraité qui avait pris la résolution, tandis que l'âge grignotait ses capacités physiques, de mener une vie plus confortable et de renoncer à la conduite sur les chemins forestiers. Le retraité, dont la vie avait été guidée par une honnêteté immaculée, fit remarquer qu'il faudrait remplacer le feu de pare-chocs arrière droit dont le cabochon de plastique rouge avait été brisé par un impact. Il conseilla de chercher la pièce dans une casse plutôt que d'acheter le bloc optique complet.

C'est au volant du Land Cruiser que Paul traversa le passage à niveau qui marquait l'entrée dans la sous-préfecture. Le train reliait la vallée du Rhône aux Hautes-Alpes et la voie ferrée serpentait le long des rivières qu'elle franchissait par des passerelles d'acier. Il reconnut aussitôt le pont de pierre qui menait vers le cœur de la ville. Rien n'avait vraiment changé en vingt-cinq ans, mis à part les centres commerciaux qui avaient poussé en périphérie.

Il ralentit au milieu du pont et se hissa pour dominer le parapet. Une eau cristalline éclaboussait les rochers. L'eau vive jaillissait des montagnes qui barraient le paysage. Il se rappela les arbres arrachés par la tempête, charriés par le courant boueux qui formait des vagues comme si un océan s'engouffrait dans le lit de la rivière.

Il avait même vu flotter un mouton dont le corps gonflé roulait en se cognant aux branches. Il venait d'entrer au collège. Un groupe de garçons de troisième lançaient des pierres qui rebondissaient sur la peau tendue. L'éclat acéré d'un galet l'avait soudainement déchirée. Il avait vomi.

Le psychothérapeute qui l'avait pris en charge à l'hôpital lui avait fait remarquer que les flashes de ses souvenirs étaient toujours négatifs. C'est peut-être ce qui l'avait décidé à revenir sur les terres de son enfance. À se confronter à sa mémoire.

Des pans entiers de son passé restaient pétrifiés, la chronologie de sa propre histoire s'était grippée. Quand il regardait derrière lui, il avait le sentiment de visiter les coulisses d'un spectacle de marionnettes après la représentation. Les personnages étaient immobiles, rangés sur des étagères. Il les reconnaissait. Les traits de leurs visages, leurs vêtements lui étaient familiers, mais plus aucune lumière ne les animait, ni aucun son de voix, et il ne savait pas si le spectacle avait été triste ou gai.

Aigle-sur-Sye s'étirait au pied d'une colline boisée sur laquelle étaient accrochées les ruines d'un château austère. Les frondaisons enveloppaient le paysage d'une rondeur apaisante, mais des sillons de végétation roussie balafraient la forêt sur plusieurs kilomètres.

L'été passé, la région avait été envahie par des millions de papillons qui avaient brûlé les buis, dévorant et asphyxiant les feuilles par leurs pontes multiples. Attirés la nuit par la lumière, ils s'agglutinaient et tapissaient d'une couche cotonneuse les vitres des maisons. On les voyait tournoyer par milliers dans la lueur des phares comme une neige à gros flocons en plein été. Étouffée par la chaleur, la population avait demandé qu'on éteigne l'éclairage public pour ne pas attirer les nuages d'insectes et avoir une chance d'ouvrir quelques fenêtres pour rafraîchir les maisons, laissées dans l'obscurité le temps que l'air de la nuit ventile les chambres. Les commerçants avaient écoulé des années de stocks de bougies.

La forêt garderait ces cicatrices et les squelettes des arbustes rongés rappelleraient qu'à la prochaine invasion, la bataille sera perdue d'avance.

Paul pénétra dans le local du centre d'action sociale de la police. Une odeur épicée de mouture de café se fondait dans les parfums d'huiles essentielles qu'un brumisateur pulvérisait à intervalles réguliers. La secrétaire à l'accueil lui proposa une tasse de café bio qu'il accepta volontiers, noir et sans sucre.

Le centre était installé sur les quais, dans un petit appartement en rez-de-chaussée aménagé en bureaux. Le mur côté rue avait été ouvert en baie vitrée face à la rivière. Un rideau à lames verticales pendait de guingois sur un des côtés, suspendu à un rail qui ne coulissait probablement plus. Les traces noirâtres au-dessus des convecteurs électriques trahissaient un besoin de rénovation, tout comme la façade extérieure dont le bois des huisseries pointait à nu sous les écailles de la peinture bleu ciel.

La secrétaire revint avec le café. Sur le bord de la soucoupe tremblait un biscuit rectangulaire brun foncé aux bords dentelés.

« J'ai mis un spéculoos. Je ne sais pas si vous aimez… Le chef d'agence est du Nord, ajouta-t-elle en souriant à voix basse. Vous préférez un nougat ? »

La jeune femme jouait la complicité et portait sa rondeur avec sensualité. Ses traits doux effaçaient un menton un peu large et masculin qui soulignait l'ambiguïté de ses sourires. Paul comprit qu'il lui plaisait et se dit qu'il serait bon de trouver une partenaire sexuelle pour les quelques semaines qu'il allait passer là.

Il avait décidé de mettre en vente les terres de ses parents, louées à un agriculteur depuis des années. Le temps était venu de tourner définitivement une page de l'histoire familiale. Sa pension d'invalidité lui suffirait pour vivre et l'argent de la vente lui permettrait peut-être d'acheter un petit chalet isolé ou un beau terrain et d'y construire lui-même une maison en bois. Les violentes crises qu'il traversait depuis son agression lui interdisaient de voyager et il n'avait aucune envie de rester en ville.

Sans attendre sa réponse, la jeune femme se pencha vers un tiroir bas, lui offrant sans pudeur la vision de ses fesses rebondies, qui tendaient à même la peau son pantalon de jersey couleur caramel. Elle sortit une poignée de nougats.

« Il y a : nature, miel de châtaigner, écorce d'orange… Je les garde pour mon mari. Personne ne les mange, ici, et lui il adore ça ! »

Une femme mariée. C'était préférable.

Son dernier couple avait été un ultime échec et la révélation sans appel de son caractère définitivement solitaire. Il consacrait plus de passion à son travail qu'à sa vie sentimentale et n'acceptait pas qu'on puisse le lui reprocher. Depuis son divorce l'an passé, Betty avait été la seule femme qu'il avait serrée dans ses bras. Penser à Betty fit tomber un voile devant son regard.

La jeune secrétaire prit pour un jeu son hésitation devant les friandises qu'elle présentait sur la paume de sa main tendue. Elle s'approcha si près de lui que l'odeur sucrée de son fond de teint lui évoqua un gâteau à la crème. Au même moment, le chef du centre, son téléphone vissé à l'oreille, sortit de son minuscule bureau séparé de l'accueil par une cloison de verre fumé et fit comprendre d'un geste qu'il faisait tout son possible pour raccrocher au plus vite, tout en accompagnant ses « Hmmm… oui… bien sûr… hmmm » de hochements de tête et de sourires complaisants adressés à son interlocuteur invisible. En agitant les doigts, il fit signe à Paul de le rejoindre.

La jeune femme enfourna d'un geste vif sa main dans la poche du blouson de Paul pour y cacher la poignée de nougats et lui agrippa le poignet en prenant une voix douce et bienveillante, ses yeux accrochés aux siens avec l'intensité d'un hypnotiseur.

« Je sais ce qui vous est arrivé... C'est formidable, ce que vous avez fait. Et je suis désolée pour... votre accident... Vous allez vous plaire, chez nous, vous verrez... Et venez ici quand vous voulez pour boire le café. Vous me direz quels nougats vous préférez. »

Tout en lui parlant, elle lui grattait le dos de la main de la pointe de ses ongles recouverts d'un vernis orange vif, comme on gratterait le cou d'un chien par affection ou par habitude. Paul pensa qu'entamer une relation avec cette femme n'était peut-être pas la meilleure idée.

« Alors je n'hésiterai pas, merci... » lui répondit-il en avalant le café brûlant d'un trait.

Paul entra dans le petit bureau du directeur. Le fonctionnaire avait l'âge de Paul et l'embonpoint coupable d'un homme qui finit toujours par regretter le lendemain d'avoir trop mangé et trop bu la veille.

Il ferma la porte derrière lui et fit disparaître son téléphone dans sa veste en soupirant.

« Le dir cab' du député veut organiser un pot d'accueil pour toi... »

Il lui tendit la main avant de s'asseoir et l'invita à faire de même.

« Ravi de te voir ici, Paul. C'est avec moi que tu as parlé la semaine dernière. Laurent...

– J'avais compris, oui...

– Ça a dû bien rouler, à cette heure-ci ! Tu as mis combien ? Un petit deux heures ?... »

Paul avait l'air contrarié et s'extirpa de ses pensées.

« ... Quoi ?

– Pour venir de Lyon. Deux heures maxi, non ?

– Je préfère qu'ils ne fassent pas de pot de bienvenue. Ce n'est pas une fête pour moi d'être mis au placard... »

Le ton de Paul était suffisamment ferme pour comprendre que ce ne serait pas facile de le faire changer d'avis. Le chef du centre d'action sociale de la police se retrouvait pris entre deux feux et tentait malgré tout sa chance.

« Ils sont en pleine polémique sur l'armement de la police municipale, pour eux tu tombes à pic ! Ils ont tout fait pour que tu sois logé sur la communauté de communes. Ce sont même les agents municipaux qui sont allés finir les peintures de la baraque où tu vas habiter ! Comme le député a besoin de toi, fais-lui plaisir : tu passes en vitesse à son pot, ils font une photo pour la presse et en échange tu repars avec deux ou trois numéros de téléphone qui pourront bien te servir... »

Paul venait de réaliser que l'odeur qui polluait ses narines depuis quelques minutes était l'air que ce type assis en face de lui expulsait par la bouche à chaque fois qu'il parlait, projetant dans sa direction des bouffées d'une mycose buccale ou d'un système digestif perturbé auquel il manquerait un clapet anti-retour. Une haleine de siphon d'évier bouché.

Ce désagrément libéra Paul de toute bienséance sociale qui l'aurait contraint à parlementer, à négocier, et il enchaîna avec froideur.

« Quand je suis dans la foule, ou même avec juste un peu de monde, j'ai des migraines tellement fortes que je prends des cachets à assommer un bœuf ! Ça me calme, mais ça ne m'assomme pas. Ça m'embrouille le cerveau. Au mieux, je bascule dans une sorte de confusion mentale. Au pire, j'ai une soudaine envie de tuer tout le monde… »

Il prononça cette dernière phrase avec la gravité neutre du psychopathe qui décrit ses pulsions comme il le ferait d'un simple mal de gorge. Son interlocuteur le fixa, attendant d'un instant à l'autre un éclat de rire qui ne vint pas. Paul restait sérieux.

« C'est dans mon dossier neurophysiologique. Tu dois avoir ça quelque part… » ajouta-t-il.

Le chef du centre imagina le député plaqué contre le mur, serré au cou par les mains de Paul et toussant des miettes de macaron au foie gras.

« Ça va pas le faire… Je vais leur dire que t'es pas encore prêt… Je t'accompagne chez toi ? » dit-il avec dépit, redoutant déjà la séance d'engueulade qu'il allait subir de la part des lieutenants du député qui avait la lâche habitude de charger ses collaborateurs de menacer ceux qui ne se soumettaient pas à ses désirs.

Apprivoisant son 4 × 4 des années 1990, Paul suivait le chef du centre d'action sociale vers un village distant d'une vingtaine de kilomètres, où une maison dans un lotissement récent lui avait été attribuée pour un loyer symbolique.

Il ne reconnaissait pas les aménagements de la route qui quittait Aigle-sur-Sye. La ligne droite de la départementale était désormais ponctuée d'une succession de ronds-points. Les terre-pleins étaient ornés de vieux oliviers d'Espagne ou de pieds de vigne encerclés de pots de terre vernissés de l'artisanat local. C'était aussi la première fois qu'il passait devant l'hôpital intercommunal, construit vingt ans plus tôt, sans se douter qu'un interne du service de pédiatrie de ce même hôpital s'étouffait dans son propre sang et avalait les débris de sa mâchoire broyée, quelque part dans la forêt qui couvrait la crête des reliefs, vers l'est.

La route s'était rétrécie et ses virages épousaient les rondeurs et les plis des collines. Paul stoppa sa voiture sur le bas-côté sans prévenir, à l'orée d'un minuscule champ de pêchers. Il sortit et entreprit de gravir la pente raide d'un coteau sans végétation, raviné de marnes de terre noire. La roche argileuse dessinait un drapé de vagues verticales.

Il était déjà parvenu à mi-hauteur quand apparut la voiture du chef du centre d'action sociale, qui s'était inquiété de ne plus voir le Land Cruiser de Paul dans son rétroviseur et avait fait demitour. Il avait imaginé le pire et fut rassuré quand il aperçut l'ancien flic grimper avec aisance le relief de terre nue.

Arrivé au sommet, Paul lui cria de monter. Il fallait absolument voir ça !

Il souffrit dix minutes interminables pour rejoindre Paul.

La crête de la colline s'allongeait vers un plateau boisé protégé d'une clôture. Un chemin de terre creusé de deux profondes ornières longeait les fils barbelés. Dans l'axe opposé, la vue grandiose sur la vallée imposait la contemplation. Un nuage de brume était resté prisonnier des grands arbres qui se dressaient sur les accotements de la rivière. La brume, agitée par la brise, planait au-dessus du cours d'eau en se jouant des lumières et des ombres, pareille au fantôme d'un ange protecteur.

« Putain, ce que c'est beau ! » toussa le chef du centre qui n'arrivait pas à reprendre son souffle et avait l'impression que son estomac remontait au bord de sa glotte.

Paul caressa du regard l'alignement des collines. Il se sentait fier. Ce paysage était le sien.

« Après le deuxième dôme, on voit une petite paroi rocheuse et au pied, il y a des stries rougeâtres. Ce sont "les pierres sanglantes", elles font comme des pointillés jusque-là où nous sommes... Et encore plus loin, les collines forment une anse orientée nord. C'est Combe froide. Les toutes premières neiges s'accrochent rarement, sauf sur Combe froide qui blanchit aux premières gelées et garde la neige et la glace jusqu'au début du printemps, même quand le soleil commence à être un peu piquant... »

Pour la première fois depuis longtemps, Paul éprouvait quelque chose qui avait à voir avec le bonheur. La part heureuse de ce qui l'avait construit se révélait, comme une couche de glace opaque devient transparente quand elle fond en surface et se libère de ses impuretés.

Il se tourna vers la clôture, dans leur dos. Une barrière métallique cadenassée donnait accès au plateau boisé.

« De l'autre côté des barbelés, c'étaient les terres de la famille de mon copain d'enfance, Hervé. À travers bois, on est à vingt minutes à cheval du centre équestre. »

Le chef du centre pointa un doigt vers le ciel, en direction de trois taches colorées qui virevoltaient à l'aplomb d'une cime découpée par le soleil.

« Ça doit avoir de l'allure, vu de là-haut ! » lança-t-il avec admiration.

Les voiles de trois parapentes glissaient sur le vent. Il avait placé son autre main en visière et ne quittait pas des yeux les ailes qui tournoyaient avec la lenteur de gros insectes chargés de nectar.

Paul se gorgeait du paysage trop longtemps oublié. Il le respirait, le buvait, et chaque goulée, plutôt que le rassasier, attisait davantage sa soif. Il fit un bond vers la pente et dévala la colline. Bouche grande ouverte comme un enfant qui court sous la pluie, il avalait l'air chargé des parfums de brise, de terre et d'humus. Ses semelles soulevaient des éclats d'argile et de fossiles enfouis. Il glissa sur les derniers mètres. Ses pieds se bloquèrent dans un éboulis. Il moulina des bras pour garder l'équilibre.

Patte levée, un chien hirsute pissait contre un pêcher. Son jet dru dégoulinait sur l'écorce. Le corniaud gratta la terre et courut sur la route où l'attendait une Mobylette qui démarra dès que l'animal eut sauté dans le panier fixé à l'arrière. L'homme qui conduisait s'était retourné et donnait l'impression de fuir. Il était trop loin pour que Paul discerne ses traits. La Mobylette s'arrêta à la première boucle pour attendre une moto tout-terrain de grosse cylindrée, flanquée de larges coffres peints de motifs de camouflage, qui apparut en sens inverse et ralentit pour stopper à ses côtés. Les conducteurs échangèrent quelques mots, regardèrent tous deux vers Paul, puis le motard caressa la tête du chien et tendit un petit paquet de la taille d'une enveloppe que l'autre homme glissa sous sa veste à hauteur de poitrine.

La moto fit demi-tour et disparut presque aussitôt.

La Mobylette s'éloigna dans un sifflement de mécanique usée.

Des silex roulèrent derrière Paul. Le chef du centre d'action sociale descendait la pente en sautillant, le corps en torsion à la manière d'un skieur en godille.

« Il faut pas trop traîner, c'est mieux que tu voies ta nouvelle maison tant qu'il fait jour, non ? » cria-t-il entre deux bonds.

7

Michel et Alexandre

Le plus âgé des deux Kosovars parlait un français rustique, teinté d'un étonnant accent suisse allemand, contrairement à son jeune frère dont les connaissances en langues étrangères se limitaient à une dizaine de mots d'anglais, lointains souvenirs de la classe de leur village qu'il avait assez peu fréquentée, lui préférant le football et la pêche dans le lac vert, sous l'ancien poste-frontière albanais envahi de buissons de fraises des bois.

« Il viendra plus chez toi. Ta femme est tranquille. Tu peux creuser un trou, et… fini ! »

Les deux frères faisaient face à Michel, devant une ferme à l'abandon posée au milieu d'un haut plateau battu par les vents. C'est là qu'il effectuait les livraisons des récoltes de cannabis, à l'écart du monde. Le lieu désolé était devenu le point de rendez-vous pour les transactions avec les hommes de Damien. Il pouvait les voir arriver par l'unique route, cinq kilomètres avant qu'ils n'atteignent le plateau. Juchés sur leurs motos tout-terrain équipées de coffres surdimensionnés pour transporter la marchandise, ils enchaînaient les virages en balançant le poids de leurs corps. Le hurlement des moteurs retentissait bien avant que leurs silhouettes n'apparaissent sur les lacets, même quand le mistral soufflait dans la vallée et donnait l'impression qu'un océan grondait.

La connexion avec les réseaux de téléphonie mobile y était excellente, ce qui tenait Damien à l'écart. Celui-ci avait interdit à Michel tout contact direct avec les Kosovars. C'était l'endroit le plus sûr pour les rencontrer en secret.

La ferme était bâtie en U ouvert vers le sud. Des ferrailles baignaient dans des flaques d'eau croupie ridées par les vents qui soufflaient sans répit. Un bâtiment resté miraculeusement debout malgré l'effondrement d'un mur abritait une colonie de porcs qui paraissaient livrés à eux-mêmes. Michel avait fait monter une vingtaine de ces cochons de montagne, élevés en semi-liberté. L'activité de la porcherie lui servait de couverture. Les deux séchoirs à maïs constitués de hauts poteaux de bois et de grillage à maille large formaient deux cages juxtaposées qui regorgeaient d'épis jaunâtres jusqu'au sommet couvert d'un toit de plaques ondulées en Fibrociment.

Quand il devina la forme humaine dissimulée sous une bâche agricole à l'arrière du pick-up des deux frères, Michel refusa d'approcher. Resté à l'écart, il eut la vision imprécise de chairs ensanglantées lorsque Alexandre, un cousin de Louise au physique de commando marine, souleva la toile de paillage qui recouvrait le corps sans vie du jeune médecin.

Michel avait demandé à Alexandre de l'accompagner sans poser de questions. Il lui avait juste dit qu'il s'agissait de quelque chose qui protégerait Louise. Pour elle, son cousin Alexandre, taillé dans le granit, se serait jeté dans un cratère de roches en fusion. Il la défendait aveuglément depuis l'école maternelle.

À la vue furtive du cadavre, un air glacé fit frissonner Michel qui regrettait tardivement d'avoir passé un contrat avec ces types incontrôlables.

« Mais, putain ! J'avais pas demandé de le tuer !

– C'est mieux s'il ne parle plus… répondit le plus âgé des frères, très pragmatique.

– En France, quand il y a un mort, la police enquête… » répliqua Michel en baissant les yeux.

Le Kosovar regarda autour de lui en souriant, scrutant le paysage immense, loin de toute habitation.

« Le plus dur, c'est choisir où faire le trou, non ? »

Le jeune frère s'impatientait et grogna quelques mots du fond de la gorge, sans bouger les lèvres. Le grand frère donna raison à son cadet et s'adressa plus fermement à Michel.

« Maintenant tu nous donnes l'argent. On t'a montré la marchandise. C'est joli, ici, mais on s'en va. »

Le plus jeune ne quittait pas des yeux Alexandre

qui lui évoquait un acteur américain, malgré la combinaison zippée vert poireau d'ouvrier agricole et la brûlure du soleil sous la visière de la casquette.

Michel ouvrit l'arrière de sa camionnette et fit glisser deux sacs de toile ventrus qu'il traîna jusqu'aux pieds des deux hommes.

« On avait dit 3 000 euros ? Là-dedans, il y en a pour pas loin de 5 000 euros mais vous débarrassez le corps...

– Tu me payes en pommes de terre ? » lui demanda l'homme avec calme et cynisme.

Michel n'avait habituellement aucun sens de l'humour, encore moins dans ces circonstances.

« Mais pas du tout ! C'est...

– Tu nous donnes le cash ! D'accord pour 5 000 euros et on s'occupe du corps. Tu as l'argent ici ou on te suit chez toi ?... »

Les efforts que faisait Michel pour trouver une réponse le trahissaient. Son silence durait trop longtemps. Il n'avait pas prévu de les payer autrement qu'en nature.

Le plus jeune comprenait sans avoir besoin de traduction et s'agitait sur place. Il plongea la main dans sa poche et marcha vers Michel. Alexandre bondit aussitôt sur lui, bloqua son bras au poignet tandis que de l'autre main il lui enserra le larynx. Ses doigts larges et abîmés, positionnés en pince, écrasaient la carotide du jeune Kosovar qui cherchait l'air en secouant la tête comme un poisson au fond d'une barque. Le poing américain qu'il avait à peine eu le temps de saisir dans sa poche pendait au bout de ses doigts paralysés par l'écrasement de ses tendons. Alexandre prit l'objet qu'il lança au loin et palpa rapidement son adversaire au niveau du torse et de la ceinture, s'assurant qu'il n'avait pas d'arme. Son frère n'avait pas bougé et s'adressa à Alexandre d'une voix posée.

« Tu peux le lâcher. Il a compris que tu es fort. »

Alexandre était entraîné au combat. Il avait toujours connu le monde rural en chute libre. Dans la plupart des familles, il fallait tenir coûte que coûte et vivre au jour le jour. Il s'était laissé convaincre que le chaos menaçait le monde occidental et qu'il fallait se tenir prêt. Il avait rejoint un groupe de survivalistes formant une petite armée autonome capable de disparaître dans la forêt et d'y tenir plusieurs semaines quand l'ennemi serait aux portes…

Quand Michel lui avait dit avec tant de sincérité qu'il offrirait une vie meilleure à Louise et à leur fille, Alexandre n'y avait pas cru et cela l'avait rendu triste. Mais lorsque Michel ajouta qu'il se donnait trois ans et que deux kilos de cannabis se vendaient au prix de dix tonnes de blé, il avait aussitôt accepté de l'aider sans demander à en savoir davantage. C'était bien que le mari de Louise agisse enfin !

Michel, avec l'accord d'Hervé, lui confia l'entretien et la surveillance de la porcherie, leur couverture pour le stockage du cannabis et les livraisons. Alexandre y montait presque chaque jour. Il raclait les sols des enclos pour repousser les boues chargées d'excréments vers les rigoles qui se déversaient dans une fosse à lisier à l'extérieur. Il avait bien voulu être payé pour ce travail, mais refusait toute prime. Il n'avait pas besoin de plus d'argent qu'il n'en gagnait comme ouvrier agricole, c'était sa façon d'être libre. Chassé de la ferme familiale par son père qui l'avait surpris en train d'engloutir le sexe d'un de ses camarades, il savait qu'il partirait loin un jour ou l'autre, peut-être pour comprendre pourquoi il aimait tant cette terre qui l'avait répudié. Mais il attendrait que Louise soit à l'abri. Louise était la femme de sa vie, bien plus qu'une sœur, bien plus que sa mère qui n'avait pas pris sa défense quand son père l'avait frappé et qu'il avait serré les dents pour ne pas riposter.

Le pick-up des Kosovars s'effaça là où la route tombe du plateau pour piquer vers la vallée. Ils allaient faire disparaître le corps et Michel avait quelques jours pour trouver 5 000 euros en cash. Le clan Hasani ne lui ferait pas crédit plus longtemps. Il devrait aussi expliquer à Alexandre pourquoi il y avait un cadavre, sans lui dire qui était le mort ni lui avouer ce qu'avait fait Louise pour avoir un enfant. Il allait improviser, se faire confiance pour trouver un mensonge.

« Il y a des choses, Alexandre, que je préfère ne pas te dire, qui peuvent être dangereuses…

– J'ai pas besoin de savoir ! J'ai bien vu que

c'était un Arabe, le gars sous la bâche. Ils sont toujours là où il faut pas… alors quand ça finit mal, c'est qu'ils l'ont bien cherché !

– Comment ça, un Arabe ?… »

La surprise fit monter dans les aigus la voix de Michel. Il n'avait jamais vu à quoi ressemblait « l'autre ».

Une étoile perça le ciel encore clair. Une nuée d'oiseaux criards passa au-dessus d'eux. Ils volaient en groupe serré et formaient une figure qui ondulait dans l'espace, s'étirait puis se compactait en tournoyant vers l'arbre qui les abriterait pour la nuit.

8

Alice et Emmanuel

Un lotissement d'une dizaine de maisons avait poussé à l'entrée du village, sur d'anciennes parcelles agricoles devenues constructibles par décision du conseil municipal en quête permanente et vitale de nouveaux contribuables.

Une rangée de lampadaires aux pieds bleu ciel s'alluma aux dernières lueurs du jour et leur lumière ocre se cogna contre la maigreur des quelques arbres plantés en quinconce. La végétation n'avait pas été la priorité des promoteurs.

Le chef du centre d'action sociale de la police avait tenu à faire visiter lui-même à Paul le logement qu'on lui avait attribué. Le mobilier était fonctionnel et bon marché, presque neuf. Une odeur de peinture et de produits d'entretien javellisés prenait à la gorge. L'aide ménagère viendrait deux fois par semaine. Dans l'angle du coin cuisine, une serpillière séchait à cheval sur un seau posé au sol. Près de l'évier étaient alignés serviette neuve, shampoing, savon, dentifrice, produit à vaisselle et éponge. Une sorte de kit d'accueil pour une entrée en maison de repos.

Paul se sentit diminué. Il était devenu un homme trop abîmé pour se débrouiller tout seul et trop seul pour ne pas le rester. Il raccompagna au portail le chef du centre, qui lui remit les clés avec le sourire condescendant d'un agent immobilier. Paul remonta vers la maison par la petite allée de pavés autobloquants. Une mousse verdâtre poussait entre les joints.

De l'autre côté de la clôture grillagée, le voisin faisait mine d'éliminer quelques feuilles noircies d'un arbre fruitier pour voir de près le nouvel occupant.

Paul éteignit les plafonniers qui écrasaient le salon d'une lumière crue et ne laissa allumée que l'applique du couloir qui diffusa un halo orangé. Dans une obscurité chaude, le lieu était acceptable. Dans un même élan, il prit deux cachets dans son sac, en glissa un dans sa poche, avala le second en buvant à même le robinet, ouvrit grand toutes les fenêtres pour aérer, sortit et monta dans son Land Cruiser.

Le voisin se précipita sur le trottoir pour le rejoindre. Paul fit descendre la vitre de son côté.

« Bonsoir... Vous devriez être prudent. C'est un petit village mais ça rôde, la nuit. On a eu un cambriolage en plein jour le mois dernier. Alors les fenêtres ouvertes...

– Merci, pour l'instant il n'y a rien à voler...

– Je vais quand même guetter dans la soirée, ne vous en faites pas. Vous savez, je suis comme vous, un ancien de la maison ! Retraité depuis quatre ans, mais toujours l'œil ! »

Si tout le monde savait déjà qui il était, Paul ferait au moins l'économie des présentations. Il n'était pas d'humeur à bavarder, surtout avec un ancien flic, et enclencha une vitesse.

« C'est où, la station-service la plus proche ?

– Vous quittez le village du côté du terrain de foot, c'est une longue ligne droite qui descend. Et à la patte d'oie, vous prenez la route de gauche. Vous allez longer un grand mur qui entoure un parc, avec des barbelés. La maison des fadas !... Deux cents mètres plus loin, de l'autre côté de la route, c'est la coopérative. Il y a une station ouverte vingt-quatre heures sur vingt-quatre. »

Paul ralentit en passant devant « la maison des fadas ». Le mur d'enceinte était rehaussé d'un tunnel de fil de fer barbelé à doubles lames. À l'intérieur du parc, les projecteurs d'un terrain de sport éclairaient un nuage de poussière qui montait vers la cime des arbres centenaires. Sur la grille du portail était accroché un panneau que la nuit rendait illisible.

Paul se gara devant la station-service. Un homme tout en muscles, de dos, vêtu d'une combinaison verte de travailleur rural, remplissait le réservoir d'une Renault 6 des années 1970, plus proche de l'épave que de la voiture de collection. La carrosserie avait été découpée, la banquette arrière et le coffre remplacés par un petit plateau façon pick-up, débordant d'outils, de bidons et de sacs de produits agricoles. Alexandre avait modifié lui-même à moindre coût le véhicule déclassé en utilitaire.

Paul glissa sa carte de crédit dans la pompe à essence disponible et fut attiré par un regard qui le fixait à travers le pare-brise de la Renault 6. Malgré leur noirceur profonde, les deux yeux perçaient l'ombre qui dissimulait le visage tourné vers lui. Des yeux de jeune femme, chargés d'absence. Ils restaient rivés sur Paul avec une insistance qui le mit mal à l'aise. L'attirance du précipice dont il ne faut pas s'approcher.

Paul enclencha le pistolet de la pompe.

Un quad s'arrêta sur la route. Les deux yeux noirs se tournèrent et la portière de la voiture s'ouvrit. C'était une jeune fille d'à peine dix-huit ans, Alice. Sa chevelure filasse jaune-roux était ramenée sur un côté et reposait sur l'épaule de son blouson de cuir marron, trop large pour elle et usé comme s'il avait été frotté sur un mur de ciment. Paul fut frappé par l'expression de renoncement qui creusait la pâleur de ses traits. Alice s'approcha d'Alexandre qui revissait le bouchon du réservoir de la Renault 6. Elle déposa sur sa joue un baiser affectueux. Emmanuel, le conducteur du quad, s'impatientait et il klaxonna. Alice le rejoignit en courant et écrasa longuement ses lèvres sur les siennes avant de s'installer d'un bond derrière lui. Elle l'entoura de ses bras. Emmanuel sourit en direction d'Alexandre. Un sourire dominateur sur un visage sec. L'homme était d'allure sportive. Son tee-shirt kaki moulait un torse fin et musclé ; le bas de son pantalon de treillis était glissé dans des rangers noires usées, impeccablement cirées.

Le regard vide d'Alice s'accrocha à nouveau à Paul qui crut lire dans ses yeux noirs le souvenir d'un appel auquel il n'avait pas su répondre, il y a de cela des années. Le quad démarra et coupa à travers champs en direction de la maison des fadas.

Paul sentait naître une douleur sous la tempe et hésita à prendre le cachet dans sa poche. Il voulait se contrôler, ne pas laisser ses émotions réveiller ses crises. Il s'appuya sur le hayon de sa voiture et baissa la tête en fermant les yeux. Son réservoir était plein et la pompe stoppa dans un claquement métallique. Il inspira et gonfla ses poumons, le corps raide.

« Tout va bien, monsieur ? » questionna Alexandre.

Paul se retourna et raccrocha le pistolet avec une énergie simulée.

« Oui… je regardais juste mon feu arrière qui est cassé ! »

Alexandre se pencha et vit le capot brisé de la lampe.

« C'est pas grand-chose ! Il ne faut pas vous inquiéter.

– Sur les sites de pièces détachées, il faut acheter le bloc tout entier ! Il y a une casse où je pourrais trouver ça ?

– Il y a chez Roche, sa casse est au-dessus d'Aigle. Il a tout et quand il a pas, il trouve !
– Roche ? OK, j'irai voir. Merci ! »

La grille d'enceinte de la grande maison s'ouvrit et laissa entrer le couple sur le quad. C'était là que vivait Emmanuel. Depuis la fin du lycée, bien heureux de mettre un terme à une scolarité chaotique, il s'était installé dans le petit manoir qui faisait office de maison de vacances familiale.

Emmanuel était né tardivement de l'union d'un père bruxellois et d'une mère alsacienne. Il avait choisi la nationalité de sa mère. Son besoin d'action l'avait poussé à s'engager dans l'armée. Il avait consacré ses permissions à entretenir la demeure et son gigantesque parc, délaissés par des parents trop âgés pour quitter leur confortable appartement de la capitale belge.

Blessé en Afghanistan, il fut accueilli à son retour en héros et devint la gloire de la presse locale, ce qui l'aida à réaliser son projet. La propriété familiale devint la maison d'accueil de la Renaissance solaire, en référence au symbole celte de la bûche qui flambe au solstice d'hiver. Il y hébergeait des jeunes en perdition pour les remettre sur le chemin d'un esprit sain dans un corps sain.

Paul dissimula sa voiture à l'abri d'un bosquet et marcha discrètement le long du mur vers le portail d'entrée. De près, il put lire la pancarte accrochée à la grille : LA RENAISSANCE-SOLAIRE.

Maison d'accueil. L'inscription était entourée de flammes dansantes peintes de couleurs vives.

Il glissa ses jumelles entre deux barreaux. De grands arbres encadraient un terrain d'entraînement éclairé par des projecteurs fixés sur de hauts poteaux. À travers l'alignement des troncs, Paul suivit un groupe en treillis qui courait en criant tandis qu'une moto franchissait des bosses en soulevant un nuage de poussière.

Emmanuel fit son apparition sur le terrain et l'apparent désordre s'organisa de lui-même avec une rigueur militaire. Devant le chef, il s'agissait de briller. Il était le commandant d'une section informelle et entraînait dans sa paranoïa non seulement « ses » jeunes en quête de sens et de combats mais aussi des membres extérieurs issus de mouvances obscures, adeptes de la théorie du grand chaos, persuadés que la mondialisation ouvrait la porte aux menaces extérieures en tout genre.

Le groupe se dirigeait vers un parcours d'entraînement fait de palissades en rondins et de galeries basses en barbelés, l'incontournable épreuve commando qui consiste à ramper dans des flaques de boue sans s'accrocher le dos.

Une masse floue coupa le champ de vision de Paul. Une moto avait surgi entre les arbres. Paul ajusta la mise au point des jumelles. C'était une grosse cylindrée tout-terrain. De grands coffres latéraux peints de motifs de camouflage. Il reconnut aussitôt celle qui s'était arrêtée sur la route près de l'homme à la Mobylette.

Le motard regardait vers lui. Sans quitter des yeux la grille d'entrée, il souleva la visière de son casque. Paul eut tout juste le temps de se baisser derrière la partie pleine du portail. Il entendait beugler les apprentis commandos.

La moto s'éloigna. Paul retourna à sa voiture. Il avait un tout autre rendez-vous.

9

Paul et Hervé

Les faisceaux des phares dessinaient deux cercles sur le nuage de poussière grise que soulevaient les roues motrices du tracteur et que la brise rabattait vers le nez de l'engin.

Le vent d'amont s'était levé à l'apparition de la lune derrière la falaise de Roche-Colombe. On racontait qu'un aigle avait un jour enlevé un bébé endormi à l'ombre pendant que les femmes travaillaient dans les champs. Colombe vivait dans une grotte au flanc de la roche et parlait aux animaux. Elle était allée rechercher le bébé dans le nid de l'aigle et l'avait déposé aux pieds de la mère de l'enfant. On donna au rocher le nom de Colombe.

Malgré le brouillard qui enveloppait la cabine du tracteur, Hervé aperçut au travers du pare-brise un Land Cruiser qui se garait au bord de la route et vit une silhouette en descendre, sauter le fossé d'écoulement d'eaux pluviales et s'engager dans le champ. Il ne connaissait personne qui conduisait ce type de voiture.

Hervé descendit du tracteur sans l'arrêter et le contourna par l'arrière. Il vérifia au passage le bon fonctionnement des buses du pulvérisateur qui répandaient un traitement phytosanitaire sur les feuilles des plants de tomates de plein champ, la rampe en position basse pour limiter la dispersion par le vent.

Hervé se décala du voile de lumière qui continuait à avancer dans son dos et se plaça dans la pénombre pour mieux discerner les traits de l'homme qui marchait vers lui et prenait soin de ne pas écraser les plants. Il lui fit un signe pour qu'il s'éloigne du nuage de terre et de gouttelettes chimiques que le vent poussait vers lui.

Paul avait déjà reconnu son ami d'enfance. Il cria pour couvrir le bruit de moteur.

« Il ne va quand même pas me rouler dessus… ?

– C'est surtout pour les phytos. C'est pas toxique, mais vaut mieux pas les respirer… »

Paul descendit le bras qu'il avait positionné en paravent contre sa joue pour protéger ses yeux et son nez de la poussière.

« Putain, Paul ! »

Hervé fut saisi.

Tous deux hésitèrent entre la solide poignée de main chargée d'amitié ou l'étreinte fraternelle et choisirent d'instinct un compromis un peu maladroit, empreint de la pudeur qui masquait mal leur émotion. Le tracteur les dépassa. Le bruit du moteur les empêchait de parler, ce qui leur donnait un court répit pour trouver les premiers mots et raccrocher vingt-cinq années de silence. Paul s'inquiéta de l'absence de conducteur.

« Il faut peut-être que tu ailles l'arrêter ?...

– Tu n'as pas la télé, chez toi ? Regarde comme il se débrouille bien... »

Le brouillard luminescent qui précédait le tracteur avala le Land Cruiser de Paul garé en bordure du champ et, au lieu de s'approcher davantage du fossé, l'engin commença à tourner. Le pulvérisateur se coupa et le tracteur fit un demi-tour complet avant de repartir dans l'axe des rangées de plants. Les buses se rallumèrent pour reprendre la pulvérisation dans le sens inverse, l'extrémité de la rampe positionnée avec précision dans l'axe de la zone à traiter.

« Guidage par GPS, ça marche encore mieux de nuit ! Trois à cinq centimètres d'erreur maximum... »

Hervé sortit de la poche poitrine de sa chemise son téléphone portable et pianota sur l'écran tactile. La pulvérisation stoppa en même temps que le moteur du tracteur.

Les phares transperçaient la nuit voilée de silence.

« Viens voir ! »

Paul suivit Hervé jusqu'à la cabine. Le vent soufflait des tourbillons de terre que la lune encore basse éclairait par éclats à travers les branches agitées des arbres. L'air chaud était alourdi de l'odeur d'huile essentielle dégagée par les tiges et les feuilles poilues des pieds de tomates.

Dans l'habitacle, une tablette tactile affichait

des courbes en couleurs, des schémas précis du champ, et dirigeait le volant électrique d'asservissement du véhicule selon les signaux du satellite envoyés à la fois au système embarqué et à une base mobile de correction.

En vingt-cinq ans, Paul ne s'était jamais posé la question des bouleversements technologiques d'un monde rural auquel il était devenu totalement étranger.

« Putain ! C'est de la science-fiction, ton truc !

– J'imagine que dans ton boulot aussi, tu bosses sur un ordinateur ! se moqua Hervé. Tu fais quoi, d'ailleurs ?

– C'est un peu compliqué. J'ai eu un accident, je suis en retraite anticipée...

– Tu sembles plutôt en forme... En tout cas, tu tiens debout ! Tu reviens t'installer par ici ?

– Je ne sais pas trop. Je vais rester un temps. Vendre les terres de mes parents...

– Ça m'étonnerait que Jean-Louis puisse les racheter. Les banques sont devenues dures avec les paysans. C'est dommage, depuis le temps qu'il les cultive. Et il s'est pris la chute du cours des céréales en pleine gueule !... Comme nous tous.

– Il pourra continuer à les travailler même si les terres sont rachetées... » répliqua Paul d'une voix blanche.

Il appréhendait plus que tout ce jour où l'on n'évoquerait plus les terres de sa famille en disant « chez Brunel ». Il allait devoir accepter d'être celui qui effacerait définitivement le nom de son père du territoire et ferait disparaître le travail de plusieurs générations par une simple signature dans le confort d'une étude de notaire. Il en porterait la culpabilité et préférait ne pas encore y penser.

« Tu as l'air de t'en tirer… Ça doit pas être donné, tout ça ? » lança Paul pour parler d'autre chose, en pointant le menton vers le tracteur autoguidé.

Une gêne discrète détourna le regard d'Hervé.

« On a frôlé la catastrophe, mais les chevaux nous ont sauvés. Les parents ont même acheté un petit appartement au Portugal et le vieux s'est mis à la pêche. Sinon, je l'aurais encore sur le dos du matin au soir ! Elsa commençait à craquer… »

Paul se raidit. Hervé répondait à la question que son ami ne lui poserait pas.

« Oui, Elsa… Nous sommes mariés… ça fait bientôt dix-huit ans. On t'avait envoyé un faire-part chez ta tante, en Suisse. On n'avait pas d'autre adresse… expliqua Hervé sans émotion.

– Dix-huit ans ?… J'avais déjà coupé les ponts avec la Suisse depuis un petit moment. C'était compliqué, là-bas…

– Ça fait beaucoup de “compliqué” dans ton histoire ! Passe à la maison, tu sais où c'est… Je vais prévenir Elsa. Ça va lui faire un choc si tu débarques comme ça. Je rentre d'ici deux heures, si t'es encore là. Je dois terminer ce soir.

– C'est pas idéal de traiter ton champ avec ce vent !

– Pas le choix, la météo annonce trois jours de pluie. »

Hervé redémarra le moteur du tracteur. Paul regarda le ciel sans un seul nuage où des milliers d'étoiles semblaient annoncer une belle nuit. En s'installant dans la cabine, Hervé lui cria :

« Te fie pas aux étoiles ! J'ai une appli météo qui ne se trompe jamais ! »

10

Paul, Elsa et Hervé

Vingt-cinq ans plus tôt

Le Syndicat intercommunal avait imposé au repreneur de la compagnie d'autocars de maintenir les horaires des transports des scolaires qui empruntaient les lignes régulières entre les communes rurales et les établissements secondaires.

Le repreneur avait plaidé qu'il lui faudrait néanmoins revoir les grilles horaires à la baisse pour équilibrer l'achat de plusieurs autocars neufs en remplacement des engins peu fiables qui circulaient depuis trop longtemps.

Ces dernières années, on ne comptait plus le nombre de pannes et, avant l'apparition du téléphone portable, il fallait attendre plusieurs heures en pleine campagne pour qu'un dépannage se mette en place. Le conseil communautaire avait tapé du poing sur la table et, faute de société concurrente dans un marché gelé par les copinages locaux, poussé le conseil général à trouver un appui bancaire pour aider le repreneur à remettre un semblant d'ordre dans une situation catastrophique.

Les banques prêtaient plus facilement pour acheter du matériel neuf que pour développer les services et le car de dix-sept heures trente était rutilant, moderne, mais toujours bondé. Les voyageurs avaient pris l'habitude d'occuper l'avant de l'autocar et de laisser la moitié arrière aux collégiens et lycéens qui se défoulaient après une journée de frustrations.

À quinze ans, Hervé était déjà plus grand que les lycéens de terminale, mais son autorité naturelle était davantage due à son charisme qu'à sa stature. Ayant relevé l'accoudoir côté couloir pour prendre ses aises et ne pas coincer ses longues jambes contre le dossier face à lui, il protégeait l'intimité d'un garçon et d'une fille qui, assis sur les deux autres sièges de la même rangée, s'embrassaient à pleine bouche, pulvérisant un record d'apnée sous les regards en biais d'autres lycéens envieux qui passaient près d'eux en remontant l'allée centrale à chaque arrêt du car. Hervé faisait accélérer ceux qui ralentissaient à proximité du couple. Paul et Elsa se dévoraient. Les mains fouinaient sous les vêtements pour explorer la peau.

Le trajet du car passait devant la ferme des parents de Paul qui n'avait jamais demandé au chauffeur la faveur de stopper, préférant rester avec ses amis jusqu'à l'arrêt à l'entrée du village, deux kilomètres plus loin. Il rebroussait chemin pour rentrer chez lui à pied ou, s'il pleuvait, la mère d'Elsa venue chercher sa fille le raccompagnait en voiture. Il s'asseyait sur la banquette arrière derrière Elsa et leurs doigts s'entrecroisaient discrètement dans l'espace étroit entre le siège et la portière. La mère de la jeune fille feignait de ne rien voir et se concentrait sur la route, soliloquant autour de la politique locale et des enjeux territoriaux. Élue régionale très engagée, mariée au patron d'une incontournable société de construction de chalets en bois, elle n'avait aucun a priori sur l'appartenance sociale des amis de sa fille, contrairement à bon nombre de parents qu'elle et son mari fréquentaient dans leurs milieux professionnels respectifs.

Elsa montait à cheval depuis qu'elle savait marcher. Elle avait d'abord rencontré Paul et Hervé au modeste centre équestre où les deux inséparables garçons avaient quasiment grandi ensemble, avant qu'ils ne se retrouvent tous les trois au collège. Agriculteur passionné par les chevaux, le père d'Hervé avait créé un site d'accueil destiné aux touristes avides de randonnées à cheval en moyenne montagne. Le succès l'avait poussé à construire des paddocks et des box et la pension équestre avait rapidement affiché complet. Les propriétaires pouvaient retrouver leurs chevaux le temps d'un week-end entre ciel et montagne, chevauchant en toute liberté sur le plateau dominant la vallée et ne s'arrêtant que pour ramasser, au cœur de l'été, quelques poignées de myrtilles sauvages.

« Merde, Paul ! Ça a cramé, chez toi ! »

La voix d'Hervé avait tremblé.

Le car avait ralenti et il s'était penché dans le couloir pour apercevoir, à travers le pare-brise, les pompiers qui remontaient vers leur camion un long tuyau qui s'enroulait sur un dévidoir. Plusieurs véhicules de gendarmerie et une fourgonnette de secours médical occupaient la moitié de la route sur sa largeur. Une épaisse fumée emprisonnait les bâtiments de la ferme où le feu venait d'être maîtrisé.

Paul jaillit de son siège et, en remontant l'allée centrale vers l'avant du car qui avançait au pas, crut apercevoir par les vitres latérales deux ambulanciers qui transportaient sur une civière un corps enveloppé d'une housse blanche. Non, la panique lui jouait des tours et, dans la confusion des secours, il avait certainement mal vu…

Suivi par Hervé, il atteignit vite la porte avant sur laquelle il frappa sans regarder le chauffeur.

« C'est chez moi. Arrêtez ! Ouvrez ! »

De l'autre côté de la portière vitrée à vantaux, un gendarme faisait signe au chauffeur de continuer sa route. Paul aperçut une seconde housse blanche posée à même le sol, aux pieds d'un couple de voisins, agriculteurs âgés tétanisés par la scène, les vêtements noircis d'avoir lutté jusqu'au bout.

« Mais putain ! Stop ! »

Paul s'était retourné dans son cri vers le chauffeur, ignorant les larmes qui coulaient le long de ses joues. Elsa se précipita sur les sièges opposés. Elle colla son visage contre la vitre latérale. Ce qu'elle vit la glaça. Son cœur se mit à cogner contre sa poitrine.

Hervé agrippa le volant à deux mains et contraignit le chauffeur à stopper. La porte pneumatique s'ouvrit. Paul bondit vers l'extérieur. Le gendarme voulut le retenir.

« C'est ses parents ! Laissez-le... » cria une femme qui courait vers le car.

Le couple d'agriculteurs aux vêtements noircis l'avait aperçu. La femme se précipita vers lui et l'agrippa, le serra contre elle, en larmes. Le gendarme interdit à Hervé de descendre et fit refermer la portière. Il voulait que le car s'éloigne au plus vite et emporte loin d'ici les adolescents, qui s'étaient figés dans le silence de leur frayeur. Paul entendit à peine la femme dont les mots pulsaient par saccades à travers ses sanglots : « Tes parents... mon pauvre petit... »

Il se débattait, voulait s'approcher du corps au sol et de celui sur la civière que des hommes portaient vers leur fourgonnette.

Le car redémarrait lentement. Paul ne sentit plus le poids de ses muscles ni la tiédeur de l'air sur sa peau ni la fumée qui brûlait ses narines. Il perdit toute force. Il n'essaya même pas de se libérer de l'étreinte de la femme dont il voyait les yeux briller au milieu d'un visage noirci devenu soudainement étranger.

Le temps s'arrêta, chaque seconde plus longue que la précédente. Il tourna le regard comme pour chercher un sens à ce qui le frappait et aperçut contre la vitre du car le visage horrifié d'Elsa qui le regardait. Il voulait l'appeler au secours, mais ses yeux vert émeraude disparurent derrière les reflets du ciel trop blanc.

C'était la dernière fois qu'ils s'étaient vus.

La tante de Paul décida de rapatrier les corps près de chez elle, en Suisse, où l'enterrement eut lieu dans l'intimité. Elle devint tutrice légale de Paul qui dut quitter les terres de son enfance du jour au lendemain. Tout avait brûlé, il ne lui restait que son cartable, les livres du jour et les vêtements qu'il avait sur le dos.

La tante décréta qu'il était mieux pour Paul de ne plus avoir d'attaches avec cette région qui serait à jamais marquée par le drame qui avait fait de lui un orphelin.

Paul la connaissait à peine, encore moins son mari, un homme bien plus âgé et malade, qui dilapidait les économies d'une vie confortable pour payer les soins d'un gourou soi-disant naturopathe qui l'avait convaincu de soigner son cancer par des tisanes hors de prix et des séances de groupe plutôt que dans un hôpital.

Ce couple sans enfant allait décider pour Paul, à l'avenir.

11

Paul et Elsa

Le Land Cruiser remontait pleins phares le chemin qui traçait une large boucle vers la maison entre deux allées de tilleuls centenaires.

C'était lui, à coup sûr.

Clémentine avait placé ses mains en œillères et collé son front contre la vitre de la cuisine pour guetter l'arrivée de l'ami d'enfance de ses parents.

Ils n'avaient jamais parlé de Paul et, après l'appel d'Hervé lui annonçant sa visite surprise, Elsa avait dû résumer à sa fille l'histoire du trio inséparable déchiré par un événement dont elle ne donna pas les détails. Elle ne parla pas non plus du lien amoureux qui l'avait unie à Paul.

Les années avaient estompé ce qui n'était plus qu'un lointain épisode de sa vie aux contours flous. Les semaines douloureuses qui avaient suivi le départ de Paul étaient absentes de ses pensées comme on range ses jouets d'enfant dans un coffre que l'on n'ouvre jamais plus. Son passé de jeune femme amoureuse et épanouie était entièrement lié à Hervé. Au hit-parade des plus beaux jours de sa vie se plaçait en tête leur traversée du Vercors à cheval, quand Hervé lui avait proposé de ramener avec lui par les sentiers forestiers les deux chevaux que son père avait achetés. Ils bivouaquèrent en pleine nature; leurs jeunes corps s'unirent pour la première fois sous un ciel criblé d'étoiles. Ils n'avaient plus de nouvelles de Paul depuis un an et demi…

À quatorze ans, Clémentine était déjà taillée pour imposer un minimum de respect. Les heures passées au centre équestre où elle s'occupait des chevaux avec cœur l'avaient rendue sûre d'elle et indépendante. Son corps s'était développé trop vite à son entrée au collège, mais personne n'osait se moquer de ses hanches devenues trop larges. Elle assumait ses fesses fortes et ses cuisses épaisses et savait son regard irrésistible, semblable à celui de sa mère, du même vert que l'eau qui descend des glaciers.

Paul se gara dans la cour de la ferme.

D'élégants réverbères faisaient briller le sol pavé de larges dalles de pierre blanche comme dans la cour d'un château. Des lumières dissimulées au sol derrière des demi-lunes de granit projetaient les ombres entremêlées des arbustes plantés dans des jarres de terre cuite, disposées symétriquement face à l'entrée.

Ce n'est qu'en sortant de sa voiture que Paul croisa le regard de la jeune fille à travers la vitre.

Son visage était barré de reflets. Il ne vit d'elle que ses deux yeux d'un vert si singulier.

Sa cicatrice au-dessus de l'oreille s'enflamma. Une pince cisailla son crâne pour se resserrer sur un lobe de son cerveau et lui fit perdre l'équilibre. Il cherchait où prendre appui et ne trouva que sa propre jambe.

Clémentine alerta sa mère et toutes deux se précipitèrent au-dehors. Paul était plié en deux, la paume de la main écrasée contre sa tempe. Il redressa le regard en grimaçant et les devina dans le contre-jour des lumières de la façade ; Clémentine était à peine plus jeune qu'Elsa quand ils s'étaient vus pour la dernière fois.

Il chercha à les rassurer, malgré sa voix sifflante comprimée par la douleur.

« Ne vous inquiétez pas. Ça va passer. Il me faudrait un peu d'eau. »

Clémentine fonça aussitôt à l'intérieur de la maison. Elsa s'approcha de Paul.

« Tu veux qu'on appelle un médecin ? Tu ne préfères pas entrer ?...

– Malheureusement, j'ai l'habitude. Ce n'est pas une très grosse crise... Je suis un jeune retraité un peu handicapé...

– Je cherchais les mots pour te dire que ça me fait vraiment plaisir que tu viennes nous voir... Je dois avouer que tu me prends de court... »

La vue de Paul était brouillée par la sueur acide qui ruisselait de son front.

« J'ai cru... un instant... que c'était toi, derrière la vitre... »

Clémentine réapparut et lui tendit un verre d'eau. Paul avala le cachet qu'il avait sorti de sa poche et s'adossa à sa voiture.

« L'effet n'est pas immédiat, mais de savoir que j'aurai moins mal dans quelques minutes, ça soulage déjà un peu... »

Elsa remarqua la cicatrice sur laquelle Paul appuyait plus fortement son pouce.

« Ne me réponds pas si c'est gênant, mais tu as eu un accident ?

– On a essayé de me tuer en me fracassant la tête contre un mur en pierre ! »

Elsa et Clémentine ne savaient pas s'il fallait sourire ou être horrifiées.

« J'étais flic. Spécialisé dans le démantèlement de réseaux de trafic d'êtres humains. Des jeunes filles vendues aux proxénètes... Forcément, ça fait des ennemis. »

Clémentine fut impressionnée et ne remarqua pas la contrariété qui contracta le visage de sa mère.

« Au lycée, il y a des filles qui participent à des soirées... s'empressa de lancer Clémentine. ... Et qui sont payées, vous voyez ce que je veux dire ? Il y a des types qui les recrutent, un réseau...

– Au lycée, ici ? Mais tu es où ? demanda Paul.

– À Frédéric-Mistral. Ça fait collège et lycée. Ça deale aussi un peu. Je connais deux des types de terminale... »

Paul la coupa tout en cherchant le regard d'Elsa dans la pénombre.

« À Mistral ? Le lycée Mistral où on était ? À Mirabel ? »

Paul plissa les yeux. Le lampadaire dans le dos d'Elsa l'aveuglait. Elle se décala légèrement et fit une ombre sur le visage de Paul.

« Oui. C'est un peu partout pareil, maintenant. C'est même pire dans le privé. On a dû envoyer son grand frère à Lyon en pensionnat, il voulait faire option internationale. Je ne suis pas inquiète, il est sérieux », affirma Elsa en toute sérénité.

Clémentine enchaîna d'un ton blasé. Son grand frère lui échappait en grandissant.

« Quand il rentre le week-end, il passe son temps à travailler ou il skype avec des copains islandais ou chinois, je ne sais pas… Il ne monte plus jamais à cheval, je ne comprends pas ça ! En plus, il est à Gdańsk pour deux mois… Sur le port ! Là-bas, l'équitation c'est mort !

– Clémentine passe plus de temps au centre équestre qu'au collège ! Il faut dire qu'elle assure ! Et c'est la directrice du centre qui parle, pas la maman !… »

Paul voyait maintenant que Clémentine ne ressemblait pas à sa mère. Ses yeux derrière la vitre l'avaient saisi par surprise.

Le neurologue de l'hôpital lui avait expliqué que ses crises n'étaient pas déclenchées par des émotions, mais par de complexes additions physiologiques et chimiques lorsque certains paramètres se recoupaient. Selon lui, les crises précédaient les émotions, comme la rencontre d'une masse d'air chaud et humide et d'un sol froid précède le brouillard. Il affirmait qu'il serait vain et perturbant de chercher du sens à ses malaises. Paul n'en était pas convaincu. Encore moins maintenant.

« Je fais réchauffer le crumble ? Je l'ai fait avec notre dernier bocal de myrtilles ! » s'enthousiasma Clémentine.

Cette vision d'une famille équilibrée et heureuse lui renvoyait le reflet de son propre naufrage. Il n'avait pas envie de parler de lui. Sa vie se résumait à une succession d'échecs si caricaturaux qu'il s'en sentait minable : célibataire récidiviste, ex-flic épuisé par des années d'enquête dans des milieux sordides…

Mais avant tout, il aurait dû se préparer à revoir Elsa. Il était venu vers elle avec naïveté, feignant d'ignorer qu'au long de sa vie il avait appris davantage à encaisser qu'à guérir.

Il s'était cru capable d'attendre Hervé, de passer une partie de la nuit à parler avec eux deux. De ne pas leur en vouloir de s'aimer.

Une voix lui dictait d'avoir peur et de s'en aller.

« Je dois suivre un protocole médical assez strict. Maintenant, c'est un cachet pour dormir. Je dois m'y tenir le temps que tout reprenne sa place… »

Il avait déjà ouvert la portière de la voiture. Il ne partait pas, il fuyait.

Elsa fut surprise, mais n'insista pas pour le retenir.

Clémentine le stoppa le temps de noter son

numéro de téléphone portable. Tandis que Paul démarrait, elle lui envoya les contacts de ses parents et le sien.

« C'est fait ! » lui cria-t-elle tandis que Paul était déjà loin.

Elle lui fit des signes de la main jusqu'à ce que le Land Cruiser disparaisse derrière les tilleuls.

Elsa appela Hervé pour lui apprendre que Paul était flic, ou ancien flic…

12

Damien, Mathieu et Léo

Damien avait installé sa caravane au cœur du canyon qui l'avait protégé le jour où il fut pour la première fois terrassé par son hypersensibilité aux ondes électromagnétiques. Les hautes parois de calcaire blanc, coiffées de conifères et de chênes nains, encadraient les méandres d'un torrent et se resserraient en une succession de plis en dents de scie. Une seule rive était accessible en suivant les sentiers forestiers à travers une pinède dense. Sur la rive opposée, au pied des falaises, il avait découvert un discret replat de verdure en léger surplomb, orienté plein sud. Ce plateau pas plus grand qu'un terrain de basket serait son lieu de vie.

La zone était inhabitée sur des kilomètres. Personne ne s'était jamais plaint de l'absence de tout réseau de téléphonie mobile.

Mathieu et Léo, les deux jeunes lieutenants de Damien, attendaient Michel près du gué. Les visiteurs n'avaient d'autre choix que de traverser la rivière à pied. Les voitures parvenaient à se faufiler à travers le sous-bois, mais devaient stopper là où le chemin se réduisait à un sentier étroit de galets instables.

Un bosquet de saules hirsutes barrait l'accès au rivage. L'humidité de l'air entretenait l'épaisse mousse vert pâle qui pendait de leurs branches comme des lambeaux de tissu déchiquetés.

Après avoir franchi le gué, une volée de marches en rondins menait à la plate-forme naturelle où était posée la caravane. Mathieu et Léo étaient autorisés à y grimper avec leurs motos tout-terrain, équipées de larges coffres.

Ceux de Léo étaient peints de motifs de camouflage.

Léo avait suivi du regard une chauve-souris d'une taille inhabituelle qui zigzaguait entre les branches et surprit un renard qui se glissait sous une racine proéminente. C'était à coup sûr l'entrée de son terrier. Il se réjouit à la pensée de guetter la sortie des renardeaux.

Le brouillard d'une cascade diffusait la clarté de la lune. Il fut le premier à voir arriver entre les arbres la camionnette brinquebalante de Michel. Enfoncés sous les arcades de son visage effilé, les yeux de Léo étaient sans cesse en mouvement et décelaient le moindre frémissement tapi dans l'obscurité.

Mathieu fixait la cigarette qu'il faisait rougeoyer par de longues inhalations avant d'approcher à fleur de son poignet le bout incandescent pour brûler la surface de sa peau en trois points formant un triangle. Un court séjour en prison lui avait donné goût aux rituels qui pouvaient le faire passer pour un dur.

Les deux garçons s'étaient rencontrés au lycée agricole où ils s'étaient distingués par leur rage de vaincre lors des entraînements de lutte du club sportif. Damien, leur professeur d'agronomie-territoire-citoyenneté, était vite devenu leur mentor. Il expliquait à ses élèves que les dirigeants politiques et les banquiers étaient issus des mêmes écoles réservées aux plus riches, que les sociétés de l'agro-business, les médias, les élus et les milliardaires de l'informatique étaient unis par les mêmes intérêts dans leur plan de domination des populations.

Léo rendait le monde entier responsable de la galère familiale dans laquelle avait plongé depuis des années l'exploitation agricole de ses parents. Il haïssait les chômeurs qui devaient bien se moquer de ces cons de paysans qui réussissaient à peine à gagner à deux la moitié de ce que ces glandeurs touchaient sans travailler. Il avait même conservé un tract sur lequel il avait appris qu'un migrant assez lâche pour fuir son pays en guerre était payé par la France et percevait plus d'argent de l'État qu'un agriculteur à la retraite !

Il vivait encore officiellement chez ses parents, en Haute-Ardèche, car il craignait que sa mère supporte mal son départ de la maison. Il n'avait pas trouvé le moyen de leur faire profiter des sommes importantes qu'il recevait en cash et les aidait de manière détournée en remplissant à leur insu la cuve à fuel ou en allant payer en liquide des factures de créanciers qu'il subtilisait dans leur courrier. Ces actions bienfaitrices menées en cachette alimentaient un peu plus ses penchants schizophrènes et sa haine des profiteurs en tout genre, à commencer par les politiques planqués à Bruxelles et leurs copains journalistes, dont beaucoup d'ailleurs étaient juifs comme le lui avait confirmé le « collègue » qui lui avait donné le tract anti-migrants et qui, lui, savait beaucoup de choses qu'on cachait au grand public.

C'est ce même militant qui avait incité Mathieu et Léo à rejoindre les troupes survivalistes d'Emmanuel préparant la résistance et l'autonomie face aux conspirations des puissances de l'argent. Le duo ambitieux était rapidement monté en grade et avait la confiance d'Emmanuel.

Au milieu du gué, Michel avait dû confier son téléphone portable à Mathieu qui, malgré l'absence de réseau, en avait ôté la batterie par excès de zèle vis-à-vis de son chef hypersensible.

Damien avait appelé Michel dans la soirée pour le convoquer d'urgence. Dans l'heure ! Assis sur son canapé en cuir, il caressait de ses pieds nus une peau de mouton étendue au sol. Il avait indiqué à Michel la chaise face à lui.

« J'ai un double problème. Toi et toi !... D'abord, tu enfreins la règle numéro 1 : interdiction de contacter les Kosovars. Où alors, c'est que tu cherches à m'entuber…

– Mais non, Damien ! Tu sais bien que non ! » s'indigna Michel qui jouait profil bas.

Il se déhanchait sur sa chaise pour échapper aux faisceaux aveuglants de deux spots dont la lumière lui était renvoyée en plein visage par de grandes feuilles métallisées, tendues sur le mur, vibrant sous le souffle d'un ventilateur.

Toutes les cloisons intérieures, le plafond et le sous-plancher de la caravane étaient recouverts d'un habillage d'aluminium afin de rendre l'habitacle imperméable aux ondes électromagnétiques. La lumière rebondissait en tous sens dans un jeu de galerie des glaces. Damien avait collé des cartes de géopolitique et quelques unes marquantes de journaux pour étouffer les reflets qui pouvaient le gêner. La mort de Mao en première page de *Libération* et celle de Brando en couverture de *Match* masquaient les miroitements sur la cloison qui faisait face à son canapé. Par contre, l'aluminium dans son dos était laissé à nu et celui qui s'asseyait en vis-à-vis devait cligner des yeux comme si des morceaux de miroirs brisés lui lançaient des flèches de lumière. Cela amusait beaucoup Damien.

Il adorait l'anecdote concernant l'empereur centrafricain Bokassa qui, couvert d'un épais manteau d'hiver, de chaussettes de laine et de gants fourrés, recevait ses visiteurs importuns dans un salon climatisé à la température polaire d'une chambre froide. Vêtus d'une simple chemise et grelottants, ils écourtaient d'eux-mêmes l'entrevue pour fuir au soleil.

« T'inquiète, je sais que t'as pas la carrure pour faire des embrouilles, c'est ce qui te sauve sur ce point. T'es trop con pour ça. Tu ne recommences pas et j'oublie.

– Merci, Damien, bredouilla Michel, soulagé.

– C'est la première fois que quelqu'un que je traite de con me dit merci ! »

Léo et Mathieu, bon public dévoué à leur chef, rirent en chœur.

« Vous deux, il faudra quand même m'expliquer comment vous avez pu laisser cet abruti entrer en contact avec les Hasani ! »

La réprimande de Damien contraria Mathieu. Il fronça les sourcils sur ses yeux couleur de terre et dévisagea Michel avec dureté. Il avait l'ambition d'un petit voyou qui croit en son avenir et il lui était intolérable qu'un paysan imbécile entrave sa progression sur l'échelle de la criminalité.

Léo avait repéré à travers la baie de la caravane un chevreuil qui descendait vers la rivière et focalisa son regard sur la vitre où une mouche vert et violet tournait sur elle-même. Elle s'envola pour se poser sur un tortillon de papier gluant suspendu au plafond, dont elle ne pourrait plus se détacher, condamnée à une agonie bruyante et stupide.

« Mon second problème, donc encore toi, c'est que les Kosovars sont venus me voir ce soir et ils sont très fâchés. Ce n'est pas bon de les mettre en colère. Ce sont des gens qui n'ont pas l'habitude de se plaindre. Tu leur as demandé de faire peur à un type qui baise ta femme et tu ne les as pas payés. Ils sont venus me demander l'argent ! À moi ! Je leur ai dit que tu leur donnerais ce que tu leur dois demain à treize heures, là où tu les as vus aujourd'hui, avec un bonus de 20 % d'amende. »

Michel était coincé. Il avait agi trop vite, sans réfléchir. La jalousie envers ce type qui avait fait un enfant à sa femme l'avait empêché de penser. Car, contrairement à ce que disait Damien, il était loin d'être idiot mais savait bien s'en donner l'apparence.

« D'accord, je vais faire ça ! dit Michel en hochant fébrilement la tête.

– Voilà ! Ne pense pas avec ta queue, sers-toi de ton petit cerveau !

– En fait, j'étais perturbé. On nous a arraché une vingtaine de pieds de cannabis. Si on a été repérés, c'est vraiment un problème…

– On ne t'a volé que quelques pieds ? C'est des consommateurs ! Ils reviendront se servir… Mathieu et Léo vont aller voir ça. Quelques tours de garde en plein air leur feront comprendre que quand il y a des règles, on les respecte à la lettre. »

Damien sourit avec condescendance et laissa s'installer le silence dû à son autorité.

La mouche prisonnière du papier collant vrombissait désespérément.

« Tu vois, c'est mieux comme ça. Tu as un problème, tu viens me voir… On va frapper fort pour que tes voleurs ne reviennent jamais. »

Mathieu cessa de triturer l'attache Velcro du fourreau de son poignard de ceinture et rabattit sa veste de chasse en toile kaki.

Quoi qu'en pense Damien, ça lui plaisait bien d'aller sur le terrain. S'il avait de la chance, il y aurait un peu d'action. Et c'était l'occasion de tester les pièges explosifs qu'il avait appris à fabriquer auprès des survivalistes expérimentés.

Léo n'avait pas quitté des yeux la mouche qui grésillait comme un vieux tube néon. Il se retenait d'écraser l'insecte qui paniquait en vain. Sa fin inéluctable lui semblait ridicule et obscène.

Les premières années de son exil en « zone blanche », Damien avait installé une modeste caravane mauve, hissée sur le promontoire de l'autre côté de la rivière à l'aide d'un tracteur. Mathieu et Léo lui offrirent l'année suivante pour son anniversaire un modèle plus luxueux, réquisitionné le jour où ils avaient prêté main-forte au démantèlement « citoyen » d'un camp de Roumains qui déplaisait à la population d'un village tranquille. Les gros bras armés de fusils de chasse avaient embarqué dans un fourgon à bétail les quelques familles installées dans un terrain vague derrière la salle des fêtes et les avaient déposées cent kilomètres plus loin. Avant que les Roms ne reviennent au camp récupérer leurs biens et aillent chercher ailleurs l'hospitalité républicaine, les deux gaillards avaient réquisitionné la plus grande caravane pour leur chef. Ils avaient dû la couper en deux à la disqueuse pour pouvoir la monter jusque chez Damien, tractée par deux quads puissants, et l'avaient ressoudée une fois en place. La petite caravane mauve avait été déplacée contre un bosquet et servait d'annexe ou de « chambre d'ami ». Mathieu, qui n'avait pas d'adresse fixe, y restait parfois quelques semaines.

Léo et son acolyte attendirent le départ de Michel pour enfourcher leurs motos qu'ils allaient exhiber comme un signe extérieur de richesse devant une boîte de nuit où le patron était peu regardant sur le jeune âge des jolies filles. Après avoir quitté leurs vêtements achetés à la coopérative agricole pour endosser leurs tenues de soirée conseillées par une « relookeuse » des Galeries Lafayette de Grenoble, ils allaient mettre à jour, au prix de quelques bouteilles de champagne, leur liste d'adolescentes prêtes à jouer les *sugar babies* pour des notables aisés ou des chefs d'entreprises fortunés.

Ce qu'ils avaient retenu des cours d'économie agricole et développement rural, c'était l'importance de diversifier ses activités. Vol de voitures, proxénétisme, cannabis… le duo n'avait pas étudié pour rien.

Le calme revenu chez lui, Damien s'installa sur son lit *king size* et glissa dans le lecteur DVD un classique de Bruce Lee pris au hasard dans la caisse de films de karaté achetés dans un vide-greniers. Il croqua un comprimé d'amphétamine bulgare fraîchement livrée par ses fournisseurs kosovars. Il se réjouissait d'avance de sa soirée.

13

Alexandre

La pluie arriva en avance sur les prévisions et, dès l'aube, un fin crachin transforma la surface du sol en boue collante. L'air s'alourdissait d'une odeur d'humus et d'épandage.

Les véhicules de gendarmerie étaient stationnés sur le bord de la route, près du champ de pêchers où Paul s'était arrêté la veille, au pied de la pente de marnes noires.

L'équipe de l'identité judiciaire et le légiste avaient rejoint le sommet en 4 × 4 par le chemin forestier qui contournait la colline. Ils procédaient aux relevés sous la bruine que des rafales de vent du midi projetaient par vagues plus ou moins denses.

Tôt le matin, des cyclistes avaient longé la crête sur leurs VTT et découvert un corps mutilé accroché à la clôture, les bras déployés emprisonnés autour des barbelés comme ceux d'un catcheur autour des cordes d'un ring. Le jeune homme avait été émasculé, son sexe tranché net sous le pubis posé sur un piquet de clôture. Son pantalon roulé en boule entre ses cuisses était imbibé de sang que la pluie diluait, malgré la bâche que deux gendarmes tenaient en auvent au-dessus du corps. Son torse nu était lacéré d'une inscription tracée à la lame d'un couteau. Des lignes entrecoupées formaient sur sa chair les lettres P et D, semblables à des initiales gravées à la hâte sur le tronc d'un arbre. Le sang coagulé sur son visage lui dessinait un masque sombre d'où ruisselaient des filets d'eau de pluie teintée de rose.

Le légiste sortit de la bouche de la victime des cachets, de toute évidence des amphétamines enfournées de force, qu'il plaça dans un petit sachet.

Alexandre était mort lentement, tard dans la nuit, peut-être à l'aube, mais le ou les tueurs étaient repartis bien avant que le sol ne soit humide et ne puisse imprimer des traces. Le légiste optait pour plusieurs hommes vu le gabarit du martyr qu'il avait fallu soit maîtriser, soit déplacer.

Tel qu'il était positionné, face à la vallée, Alexandre avait pu voir, durant son agonie, briller à travers les brumes de la nuit les lumières scintillantes d'Aigle-sur-Sye, puis les phares de la camionnette qui sillonnait dès l'aube les rues encore désertes pour livrer la première édition du journal local par paquets avant de partir vers les villages.

Si son dernier souffle lui en avait laissé le temps,

peut-être avait-il regardé le jour se lever et révéler sur le ciel pâle le profil des falaises du synclinal formé de sédiments marins depuis quatre-vingts millions d'années.

14

Michel

En fin de matinée, Louise laissa entrer le commandant de gendarmerie. L'homme avait le regard funèbre de ceux qui ont côtoyé l'innommable. En dépit des circonstances, il résistait à la tentation de saisir à pleines mains les seins lourds qui, si près de lui, chaloupaient librement sous un simple tee-shirt et d'y enfouir son visage comme pour oublier le reste du monde, pour chasser de son esprit la vision du corps mutilé d'Alexandre et s'enivrer d'une chair tiède gorgée de lait maternel.

Lorsqu'il aperçut la camionnette de gendarmerie qui slalomait dans la cour encombrée de la ferme, Michel se cacha dans son atelier. Habituellement il ne se sentait pas menacé mais, depuis quelques jours, le vent avait tourné. Il attendit le départ du commandant et de son adjudante, une jeune femme ex-gloire régionale de course en montagne qui traversa la cour en enjambant chacun des obstacles que son chef contournait avec lassitude.

Michel entra dans la cuisine. Louise se tenait debout, paralysée. Sa main était posée sur le plateau de la table, mais elle n'y prenait pas appui. Ses doigts ne faisaient qu'effleurer la surface. Le contact du bois la reliait à la vie qui s'était évaporée de son regard. Sa pâleur inquiéta Michel qui chuchota : « Qu'est-ce qu'ils voulaient ? »

La voix de Louise fut un hoquet. Les mots restèrent engloutis dans sa gorge avant de s'échapper par soubresauts, comme l'eau qui pulse d'un robinet par à-coups après une coupure du réseau.

« Alexandre est mort. Ils me demandent de venir reconnaître le corps cet après-midi. Sa mère refuse d'y aller… Mais ils sont sûrs que c'est lui !

– Il a eu un accident ?

– Il a été tué. Torturé. Ils lui ont même coupé… »

Les mots ne sortaient plus. En tout cas, pas celui qui aurait pu désigner son sexe tranché et posé au sommet d'un piquet tel le pommeau d'une canne.

Michel sentit ses forces s'évanouir. Son sang devint un courant d'air, son corps s'effaçait.

Il avait pu récupérer un peu moins de 3 000 euros en regroupant les cagnottes des trois cachettes où il dissimulait ses primes. Michel avait été élevé par des parents qui ne croyaient qu'à l'argent qu'on voyait de ses propres yeux. Par prudence, Hervé le gratifiait régulièrement d'une petite liasse afin de calmer son impatience à toucher son héritage et repousser sa tentation d'accélérer la mort de la vieille femme qui détenait en banque sans le savoir la fortune de Michel.

Le rendez-vous avec les Kosovars était dans moins de deux heures. Son problème n'était plus de justifier qu'il n'avait pas réuni les 5 000 euros du contrat et encore moins le bonus de sa mise à l'amende. Son problème était qu'il avait peur.

Une telle barbarie avertissait que la dette de Michel n'était pas la priorité des Hasani. Le clan marquait son territoire. Il serait le prochain sur la liste.

La voix de sa femme le sortit de sa torpeur.

« Les gendarmes veulent qu'on n'en parle à personne. Ils n'ont rien dit aux journaux… »

Marie se réveilla en pleurant : sa fille passant avant tout le reste, Louise cessa de sangloter. Elle essuya ses propres larmes du dos de la main, puis toussa pour chasser les bulles d'air qui bloquaient sa gorge. Avant tout, retrouver une voix claire, une intonation douce pour parler à son enfant et la préserver aussi longtemps que possible des noirceurs du monde.

Un rot profond la libéra. Louise alla chercher Marie et ses lèvres tremblèrent pour esquisser un sourire.

Michel en profita pour filer dans son atelier. Il récupéra son fusil de chasse emmailloté d'un vieux drap de coton, couché dans le tiroir d'un meuble TV en bois sur lequel étaient appuyées sa pelle à neige et une faux qu'il n'avait jamais utilisée, dont la lame n'était plus qu'une virgule rouillée. Il l'avait conservée car on ne jette pas un outil.

Il glissa le fusil dans son fourreau en toile épaisse qu'il suspendit à son épaule. L'arme était encombrante. Il endossa par-dessus la veste type canadienne qu'il portait pour la chasse et le bûcheronnage, mais le vêtement ne pourrait jamais dissimuler le fusil, bien trop long !

Il plaça le fusil entre les mâchoires de l'étau fixé à un lourd établi de menuisier et le protégea du mordant de l'acier par deux plaquettes de contreplaqué. Le bois s'écrasa de part et d'autre des platines de l'arme. Il décrocha sa scie à métaux suspendue à un clou et tendit la lame en serrant la vis de maintien.

Michel scia les deux canons de son fusil au plus court, réduisant sa longueur de moitié. Il élimina les ébarbures de métal avec une lime queue-de-rat pour l'intérieur des fûts et une lime plate pour l'extérieur. Il coupa ensuite à la scie à bois la crosse d'épaule en noyer, ne gardant que la poignée du fusil qui ressemblait maintenant à un long pistolet de corsaire, à la différence que la puissance de feu à bout portant pouvait déchiqueter une porte en chêne.

Michel déchira ensuite la couture du fond de la poche latérale droite de sa veste et celle de la doublure matelassée sur une dizaine de centimètres, créant une sorte de holster intérieur où il glissa l'arme, canons vers le sol. Par la poche extérieure décousue, sa main pouvait saisir la poignée, l'index en place sur la double détente, sans avoir à sortir l'arme.

Il remplit ses poches d'une demi-boîte de cartouches et en chargea deux dans le fusil raccourci. Il plaça l'enveloppe contenant les 3 000 euros dans sa poche gauche. Il n'avait plus beaucoup de temps.

Il posa sa veste à plat sur le siège passager de son vieux fourgon et tourna la clé. Le démarreur ronronna sans aucun sursaut du moteur. Il essaya à plusieurs reprises, mais le véhicule refusait de se mettre en marche. Dix fois il avait dit à Hervé qu'il devait acheter un nouveau fourgon, mais celui-ci s'y opposait. Il fallait encore rester discret et faire réparer celui qu'il avait... Mais cette fois-ci, c'était grave.

Michel appela son cousin. La panique étranglait sa voix.

« Mon fourgon est encore en panne ! Et puis là, c'est urgent... J'ai changé l'alternateur, le démarreur, remplacé la batterie... mais il ne démarre pas. Et il faut que je parte... tout de suite ! C'est la pompe ou je sais pas quoi. Je suis pas mécano, moi... mais il faut trouver une solution ! »

Hervé prit l'affolement de Michel pour de l'agacement. Il le connaissait bien. Michel revenait régulièrement à la charge au sujet de son fourgon. Hervé savait le raisonner, même s'il avait le sentiment de lui répéter sans cesse la même chose, comme à un enfant auquel on refuse l'achat d'un téléphone portable et qui espère vous faire céder à l'usure.

« Tu vas appeler Thierry pour qu'il vienne le charger avec la dépanneuse. Et moi, je lui dirai qu'il le remette sur ses pattes mais en commandant des pièces neuves, pas en les prenant à la casse. Tu n'as pas le choix, il faut attendre encore un peu… Après, tu achèteras ce que tu veux…

– Il me faut une voiture ! Maintenant, Hervé ! Je pars dans une heure…

– Bon. Je t'apporte le van du centre équestre et tu me redéposes…

– Ça va faire trop court. Il faut que… Je viens, moi… Je viens chercher le van avec la Mobylette de Louise… »

Hervé s'alarma du débit précipité de son cousin.

« C'est quoi le problème, tu as un rendez-vous urgent ?

– C'est une livraison… À la porcherie… Aux Albanais…

– Mais tu ne dois rien traiter avec eux ! Il est au courant, Damien ?…

– C'est lui qui m'a demandé… Écoute, j'ai plus le temps, là. J'arrive. »

Michel voulait raccrocher rapidement. Il savait qu'il mentait très mal.

Hervé avait pour règle de se tenir à distance des transactions, mais décida instinctivement de ne pas laisser Michel agir seul.

« Non. Je passe te prendre et je t'accompagne. Je resterai à l'écart. Je te laisserai avec Alexandre… »

Hervé n'était donc pas au courant du meurtre

d'Alexandre. Michel inspira profondément. Il avait vu dans un reportage au journal télévisé des employés en Allemagne qui suivaient des séances de respiration pour se préparer au stress des réunions importantes. Alors il garda quelques secondes l'air dans ses poumons, puis il expira profondément et répondit dans le même souffle.

« OK. Je t'attends au croisement de la départementale… »

Mathieu et Léo épiaient Michel et le virent ressortir de son fourgon. Arrivé sur le chemin, il commença à trottiner. Il gardait sa main droite dans la poche de sa veste canadienne et se déhanchait en courant.

Léo avait conseillé de ne pas entrer dans la cour. Les oies les auraient repérés. « Elles sont pires que des chiens de garde ! » avait-il dit à Mathieu.

Ils avaient traversé les champs sur leurs motos pour arriver par l'arrière de la ferme, les avaient cachées derrière un bosquet et avaient marché jusqu'à l'abri à bois. Dissimulés par une pile de planches de chantier que Michel avait récupérées pour le poêle, ils avaient une vue partielle sur la cour.

Damien les avait chargés de s'assurer que Michel se plierait strictement à ses exigences et se rendrait sans retard au rendez-vous avec les Kosovars. Sa priorité était de préserver sa relation avec le clan Hasani, dont dépendaient sa santé économique et sa sécurité personnelle.

Agim, le patriarche et chef du clan, avait jusqu'à présent été satisfait de sa collaboration avec Damien, même s'il lui semblait que celui-ci était entouré d'une équipe d'amateurs.

Il restait vigilant et veillait à garder la maîtrise de son implantation sur ces territoires vierges de toute structure mafieuse. Il avait limité le contrat de Damien à la distribution d'amphétamines et préférait travailler avec des réseaux plus expérimentés pour l'héroïne.

Les Hasani avaient fait du nomadisme criminel une spécialité. Montagnards aguerris, ils ne restaient jamais longtemps au même endroit et se déplaçaient avec la plus grande discrétion, dormant le plus souvent dans leur voiture ou à la belle étoile. Ils ne fréquentaient pas les restaurants, encore moins les boîtes de nuit. Il n'était pas question de dépenser en plaisirs futiles l'argent qui devait aller dans les poches du patriarche, ni d'être repérés. Ils étaient des soldats d'élite, des maquisards voués à la seule cause pour laquelle ils se battaient, celle de l'enrichissement de la lointaine famille. D'abord celle du chef, puis la leur. Chacun d'entre eux avait été doté par Agim d'une maison et d'un lopin de terre où grandissaient leurs enfants.

Organisés selon les anciennes règles de la vie rurale patriarcale, les Hasani avaient prospéré sur les ruines de l'après-guerre des Balkans. Ils n'avaient pas hésité entre les deux seules options qui s'offraient à eux : s'enrichir quels que soient les moyens ou crever de faim.

Le clan était structuré par la terre et la famille, selon le schéma des trois cercles. À sa tête, Agim, discret mais omniscient, restait au pays. Le second cercle, la Fratrie, était constitué de proches de la famille et de membres de la même région, voire du même village. Tout l'argent des trafics y repartait directement en cash. La gestion du territoire de Damien était laissée à Gil, un des deux fils d'Agim, qui supervisait trois autres grands territoires ruraux où la consommation d'amphétamines avait explosé. Gil se montrait peu mais était partout, laissant deux de ses hommes les plus sûrs gérer physiquement les relations avec le troisième cercle, celui de la main-d'œuvre locale : les Ombres.

Pour les Hasani, Damien n'était que le chef des Ombres. Michel n'était rien.

« Merde, mon blouson ! »

Mathieu avait accroché la manche de son cuir noir à une longue vis à bois qui dépassait du tas de planches. Une estafilade blanchâtre barrait l'avant-bras du blouson du coude au poignet.

Léo et Mathieu regardaient Michel s'éloigner sur le chemin.

« Il y va à pied, ce con ?

– J'imagine que son petit copain Alexandre va le récupérer en voiture… répondit Mathieu en lissant de l'index la déchirure de sa manche.

– Tu penses qu'ils baisent tous les deux ?

– Avec une femme comme la sienne, je serais pas pédé, moi ! Putain, je vais lui faire payer mon cuir ! » éructa Mathieu, contrarié.

Léo avait pris l'habitude de laisser Mathieu prendre les décisions.

« Qu'est-ce qu'on fait ? On peut quand même pas le suivre ?

– Pas besoin, tout roule, non ? On va plutôt voir ce qu'elle fabrique là-dedans... »

Ils marchèrent sans discrétion jusqu'au mur arrière de la maison, côté champs. Les vitres d'une fenêtre étaient occultées par un Venilia autocollant qui imitait le verre cathédrale. Le film plastique était craquelé par le soleil et les angles déchiquetés laissaient voir l'intérieur.

Louise était debout dans la baignoire et tenait contre sa poitrine Marie qui riait sous le jet de la douche chaude.

Léo et Mathieu ne bougeaient plus et avaient cessé de respirer.

L'eau ruisselait sur le dos de Louise, glissait sur les dômes de ses fesses. De fines gouttelettes s'accrochaient aux poils bruns de sa toison et scintillaient sous son ventre lisse. Elle dégagea un bras, libérant un sein gorgé de lait que Marie tentait d'agripper de ses petits doigts. De sa main libre, Louise fit une fontaine et dirigea un filet d'eau sur le front de son enfant.

Léo et Mathieu n'avaient jamais vu plus beau baptême.

15

Thierry

Une grêle de caillasses crépitait sous la voiture. Paul s'était engagé sur une route sinueuse qui coupait le flanc d'une colline. L'asphalte défoncé avait répandu de larges flaques de graviers enrobés de goudron. En contrebas, Aigle-sur-Sye s'étirait le long de la rivière qui avait creusé la vallée bordée de terrasses alluviales, abondants terrains de chasse des hommes du paléolithique.

De l'autre côté de la chaussée, la pente s'adoucissait sur un paysage de prés en jachère ponctués de bâtisses aux façades ternes. Sur les toitures, des pneus retenaient les tuiles que le vent soulevait en frappant les coteaux. Une pancarte fixée sur le plot en ciment d'une boîte à lettres signalait la vente de melons et fromages. L'écriture grossière et la peinture écaillée n'invitaient pas à franchir le portail, pour autant que des touristes s'aventurent le long de cette route sans attrait.

Paul rétrograda à l'approche d'un haut mur d'où dépassaient les deux toits asymétriques d'une ancienne maison bourgeoise aux tuiles vernissées. Les fenêtres côté nord avaient été obturées par des rangées de parpaings. Il franchit à petite vitesse le porche de pierre dont la grille coulissante automatisée était ouverte.

Thierry avait installé son atelier de mécanique dans un hangar adossé à l'immense cour où s'entassaient des dizaines de carcasses de voitures, motos, fourgons et même celle d'un autocar dont le flanc était arraché, témoin de la violence de l'accident.

Depuis la mort de sa femme, il avait pris goût à la solitude et il était rare de croiser sa silhouette longiligne ailleurs qu'à l'église, où il prenait soin d'arriver en retard pour la messe et de repartir avant la sortie des fidèles.

Il chassait seul, ne fréquentait pas les bars et se faisait livrer ce qu'il ne pouvait acheter dans les fermes avoisinantes. Mais il accueillait toujours sa clientèle avec un réel dévouement, prêt à passer une heure sur une carcasse pour extirper la pièce qui prolongerait un peu l'espérance de vie d'un véhicule en bout de course et éviter à son propriétaire des frais au-dessus de ses modestes moyens.

Sur le seuil de l'atelier, Thierry était penché au-dessus du moteur d'une Mégane aussi neuve qu'en sortie d'usine, masqué par le capot ouvert. Paul remarqua qu'elle n'était pas encore immatriculée.

Le garagiste éteignit sa disqueuse pour accueillir Paul qui reconnut Thierry Roche. Il était dans sa classe en primaire, mais n'appartenait pas au même cercle d'amis. Le futur mécanicien n'avait pas suivi Paul et Hervé au collège, préférant s'orienter vers un CAP. Son frère et lui passaient la semaine chez leur grand-mère qui les incitait à apprendre rapidement un métier et à lorgner vers un autre avenir que la ferme de leurs parents, trop isolée pour y fonder une famille et aux ressources trop ingrates pour en vivre.

Les années avaient peu modifié les traits de Thierry. Ils étaient plus rugueux, les joues pleines s'étaient creusées, les paupières alourdies. Le temps s'était contenté de quelques empreintes, comme les dernières touches d'un sculpteur qui accentue les ombres sur la glaise encore molle d'un visage.

Thierry ne reconnut pas Paul qui se garda bien de se présenter et annonça d'emblée ce qu'il recherchait. Il n'y avait pas de Land Cruiser parmi les épaves entassées, mais Thierry examina attentivement le cabochon du pare-chocs de la voiture de Paul. Il eut l'idée de bricoler le feu arrière d'un 4 × 4 de pompiers dont la forme assez proche s'adapterait après un passage à la meuleuse.

Tandis que le garagiste fignolait la pièce, Paul s'approcha de la dépanneuse flanquée de l'inscription GARAGE ROCHE – CASSE ET DÉPANNAGE en lettres de style western. Sur son plateau était arrimée une Mégane noire accidentée. C'était exactement le même modèle que celle sur laquelle s'affairait Thierry à l'entrée de l'atelier. Les deux voitures seraient jumelles si l'une n'était pas complètement broyée.

Dans le duo, le vol de voitures était le domaine réservé de Mathieu. Léo suivait les instructions.

La première étape était d'acheter sur le Darknet une carte grise, de préférence à l'étranger. Mathieu et Léo subtilisaient ensuite un véhicule identique à celui du document et l'apportaient à Thierry qui le maquillait pour qu'il s'accorde à la carte grise.

Mathieu avait longuement réfléchi à un plan pour se passer de l'achat sur le Darknet et augmenter leur marge. Il en était venu à l'idée que pour obtenir les papiers d'une voiture, il suffisait que le conducteur soit au volant. La semaine précédente, les deux motards avaient repéré sur la voie rapide une Renault Mégane break noire et la suivirent. Léo s'approcha en doublant et brisa du poing le rétroviseur extérieur avant d'accélérer. Le conducteur, furieux, le prit en chasse et slaloma à sa poursuite d'une voie à l'autre. Mathieu, demeuré en retrait, mit pleins gaz, doubla et coupa la route à la Mégane qui fit une embardée contre l'extérieur d'un virage, percuta le rail de sécurité et enchaîna trois tonneaux.

Thierry, au volant de sa dépanneuse, vint remorquer ce qui restait de la voiture tandis que le conducteur, qui par miracle ne fut que légèrement blessé, avait déjà été pris en charge par l'équipe des premiers secours.

Léo fut tourmenté par cette nouvelle méthode née dans l'esprit tordu de Mathieu.

« Putain ! Et si on l'avait tué, le mec ?

– C'est blindé d'airbags, là-dedans ! Il est vivant, non ? Et puis il ne dira rien, à moins de raconter aux flics qu'il s'est amusé à faire la course sur la quatre-voies !... »

Mathieu paradait en agitant la carte grise récupérée dans une pochette Cartier glissée dans la boîte à gants.

La voiture accidentée était la réplique parfaite d'une Mégane noire qu'ils avaient localisée deux jours plus tôt parmi les stocks de véhicules neufs sur le parking d'un concessionnaire, dans la zone d'activités plantée entre la plaine agricole et la voie du TGV.

Au milieu de la nuit, après la découpe rapide d'un panneau de la clôture grillagée, la luxueuse voiture fut treuillée sur une rampe au-dessus du muret de protection et glissa sur le plateau d'une remorque bâchée. Le bruit dérangea à peine les chevreuils venus se nourrir dans les hautes herbes.

Thierry s'occupa de frapper à froid les numéros de série et de modifier les programmations électroniques, ressuscitant l'épave en son clone flambant neuf. Il fit la manipulation inverse avec la voiture détruite qui avait maintenant l'identité de la Mégane volée.

En grand seigneur, Damien avait décidé d'offrir une belle voiture au chef du clan des Hasani, le patriarche Agim. Mathieu et Léo ne tireraient pas de la Mégane le bénéfice espéré, mais comprenaient l'enjeu de leur investissement.

« Voilà ! C'est nickel. Dix euros, ça vous va ? »

Thierry avait vissé le cabochon de plastique sur le support du pare-chocs du Land Cruiser. Il dévisageait Paul.

« Vous êtes déjà venu, non ?

– Non, mais on me le dit souvent. Je dois avoir des sosies un peu partout ! »

16

Paul

Paul avait facilement retrouvé la chapelle de Notre-Dame-des-Sources, au cœur de la forêt de la Sye, entre un bosquet de hêtres et le flanc d'un coteau couvert de pins noirs d'Autriche. Un parking avait été aménagé en bord de route depuis que les élus locaux faisaient la chasse aux touristes et rendaient visibles les accès à tous les lieux insolites ou notables.

Car on venait de loin pour boire ou remplir des jerricans de l'eau de la fontaine miraculeuse. Au milieu du chemin qui menait de la route à la chapelle forestière, un abreuvoir de pierre recueillait l'eau d'une source fraîche qui avait, au XIe siècle, redonné la vue à une jeune fille aveugle de naissance. Ce cœur pur avait pris l'habitude de se promener seule dans la forêt, respirant les essences végétales que le soleil ou les pluies rendaient plus tenaces. Elle se laissait guider par son chien qui, chaque jour, faisait une halte pour s'abreuver à la source. Elle buvait après lui. Un matin d'automne, après avoir porté à ses lèvres l'eau cristalline, la jeune fille en fit couler un filet sur ses paupières. Le voile grisâtre qui emprisonnait ses yeux fondit peu à peu. Sa première vision fut celle de la Vierge, qui lui sourit et lui demanda qu'une chapelle soit construite en ce lieu.

Paul ne fut frappé d'aucune vision après avoir bu l'eau glaciale dans le creux de sa main.

Il poussa la porte de la chapelle. Une odeur d'encens, de cire à bois et de mèche de bougie le submergea. Il eut un haut-le-cœur. Toutes sortes d'odeurs lui étaient devenues supportables depuis des années et il s'était particulièrement habitué à celles de la mort et de la pauvreté, mais la pratique religieuse l'avait toujours mis mal à l'aise.

Le lieu de culte avait été rénové. La chaux blanche des murs vibrait du rougeoiement des flammes des bougies votives, soufflées par les nappes de mistral qui s'infiltraient sous la porte. Les peintures murales, que le temps avait presque effacées, avaient été rehaussées de couleurs vives.

Paul remonta l'allée centrale qui séparait les rangées de bancs en bois clair et leva la tête vers la voûte en berceau lissée de ciment gris. La maquette d'une goélette était suspendue par une tige de fer et semblait voler vers l'autel. Une plaque fixée au mur à hauteur d'œil expliquait au visiteur l'histoire de l'ex-voto, offert à la chapelle par un officier de la marine de Louis XVI. L'homme rendait grâce à la Vierge d'avoir préservé son bateau du naufrage au large de Saint-Domingue. Rien n'était écrit sur la suite de sa carrière et sa promotion au commandement d'un navire négrier qui fit de lui un homme riche et respecté.

Le matin même, Paul avait trouvé sous un essuie-glace de sa voiture une feuille de papier quadrillé, arrachée d'un carnet. Une inscription au stylo rouge remplissait une ligne de carreaux avec application : « Notre dame des sources. Midi. Un ami. » L'écriture appliquée et tremblée paraissait être celle d'une personne âgée.

Paul alla s'asseoir sur le banc de la première rangée, près du mur. Ses oreilles commencèrent à bourdonner. Il appuya fortement son pouce contre sa tempe pour repousser la douleur. Il sortit de sa poche la plaquette froissée de médicaments. Il ne lui restait qu'un seul cachet.

Le vitrail au-dessus de son épaule était traversé par des flèches de soleil. Ses paupières clignaient devant ses yeux secs. Il se concentra sur les dessins du vitrail. La partie haute représentait un blason : une muraille de château surmontée d'une tête de sanglier dont la gueule ouverte laissait sortir une langue rouge sang. Dans la partie inférieure, la jeune fille aveugle au regard blanc, à genoux, faisait face à la lueur divine qui transperçait la roche au-dessus de la source.

Paul avait chaud. Des dents pointues de jeune chien mordaient ses tempes. La douleur irradiait vers l'arrière de ses yeux et pinçait son nerf optique. Il était décidé à lutter sans l'aide de la chimie pharmaceutique. Les ténèbres s'abattirent soudainement sur la chapelle. Seules brillaient les vitres colorées.

Il reconnut la jeune aveugle du vitrail. C'était Betty ! La forme du nez, des lèvres, les cheveux, ses yeux qui préfèrent ne plus voir… Paul se laissa glisser du banc et tomba à genoux.

« Pardonne-moi, mon amour… Je n'ai pas su te sauver », implora-t-il.

Betty la jeune aveugle avait tourné son visage et ses yeux blancs harponnaient les siens. Les milliers d'étoiles de poussière éclairées par les rayons du soleil s'animèrent. Elle lui parla.

« Je te pardonne et les autres filles te pardonnent aussi…

– Quelles autres filles ?

– Celle que tu as retrouvée asphyxiée à l'arrière d'un camion, cachée par les passeurs sous des cartons de fruits, celle morte d'overdose, abandonnée nue dans un entrepôt glacial, la face rongée par les rats…

– Elles me pardonnent aussi ?

– Oui, Paul. Tu les as toutes aimées ?

– Chacune d'entre elles était ma fille.

– Tu n'as pas eu de fille, Paul… Ta femme est partie parce que tu ne voulais pas d'enfant.

– J'aurais eu trop peur de la perdre. Peur de mourir de chagrin s'il lui arrivait quelque chose.

– Tu aurais pu la sauver !
– Non. Ce sont toujours les autres qui gagnent… »

Un spasme le plia. Ses mains claquèrent sur les dalles du sol en retenant sa chute. L'impact vibra dans la chapelle.

Paul pleurait pour toutes les filles qu'on avait vendues et détruites, pour leurs corps qu'on avait ravagés, pour leur solitude et leurs souffrances, pour le visage martyrisé de Betty, pour son propre désespoir.

Il ne bougeait plus, égaré dans le flot du temps. L'eau salée qui coulait dans sa gorge s'adoucit peu à peu. Il dut crier pour trouver la force de se redresser. Un fauve à terre qui refuse le coup de grâce du chasseur et tente un dernier sursaut. Son cri rebondit longtemps contre les pierres et finit par s'assoupir.

Il leva le regard vers le vitrail. Les nuages avaient éteint le soleil. La jeune aveugle n'était pas Betty. Sa chemise collait à la sueur de son dos. Paul n'avait pas eu besoin de son médicament, mais une trappe s'était ouverte sur un abîme.

Il marcha vers le porte-cierge où se consumaient quelques bougies votives. Il choisit dans un carton posé sur une tablette un cierge à l'embase large, alluma sa mèche à la flamme d'une bougie et le piqua parmi les autres.

« Je vais dire une prière pour toi, Betty… »

Il ne trouva dans ses poches que quelques

centimes d'euro qu'il glissa dans un tronc au pied de la Vierge qui tendait vers lui une main apaisante.

Paul fixa la flamme qui brûlait pour Betty et récita d'une voix claire :

« Röslein auf der Heiden,
War so jung und morgenschön,
Röslein, Röslein, Röslein rot,
Röslein auf der Heiden… »

Il conclut par un signe de croix, soumis à l'obligation du rituel.

Une voix bienveillante chuchota dans son dos :

« Il faut dire "Amen" à la fin d'une prière ! »

Paul se retourna. Un homme maigre et voûté lui souriait. Sa bouche de travers donnait l'impression qu'il mâchonnait les mots avant de les cracher. Ses yeux bleu ciel étaient parfaitement ronds et roulaient en haut de son visage comme les billes de plastique dans les yeux d'un pantin. Ses traits étaient modelés dans un mastic clair, sec et jauni sur les crêtes de ses rides. Ses longs cheveux gris retenus par un catogan reposaient sur son épaule comme un écureuil endormi.

Paul reconnut Arnaud, un homme sans âge qui percevait depuis sa majorité une pension d'invalidité pour cause d'incapacité mentale partielle et autour duquel une forme de solidarité avait fini par s'installer sans que personne ne se pose de questions. On l'embauchait pour des petits boulots, le ramassage des feuilles ou le castrage des maïs. S'il arrivait qu'il tombe dans la rue d'avoir trop bu, le premier qui passait par là le raccompagnait discrètement chez lui. Il habitait un minuscule logement aménagé dans une aile de l'ancienne magnanerie, une pièce unique aux murs de pierres brunies par la fumée du poêle à bois sur lequel il faisait chauffer ses conserves à même la boîte.

Arnaud avait travaillé autrefois chez les parents de Paul. Il avait toujours dans ses poches des bonbons gélatineux qu'il achetait pour donner aux enfants qui faisaient la grimace quand sa main aux ongles noirs leur tendait la boule tiède des bonbons agglutinés, mêlés au chocolat fondu d'un ourson en guimauve. Comme le mot d'ordre des parents était de prendre les bonbons en souriant et de dire « merci », Arnaud, fier de son succès, en achetait sans cesse pour recueillir le sourire des enfants et entendre leur « merci ».

Un bip à peine audible tinta près du boîtier électrique au-dessus de la porte d'entrée de la chapelle. Arnaud leva un index pour fixer l'attention. La cloche électrifiée s'anima et sonna douze fois, chacun des coups rythmé par un petit signe de l'index d'Arnaud.

« J'aime bien à cette heure-là. C'est là qu'elle sonne le plus ! Tu as compté ? Pile douze !

– Oui, il est midi pile… C'est toi qui m'as donné rendez-vous ici, Nono ?

– Tu n'as pas connu Alexandre ? C'était un ami de Michel… un cousin de sa femme, demanda Nono sans détour.

– Quel Michel ?

– C'est sûr, Michel, il était trop jeune pour être avec vous. C'est un petit cousin d'Hervé. Ton ami Hervé…

– Je l'ai revu rapidement, Hervé. Toujours aussi costaud, hein ?

– Alexandre aussi, c'était un costaud. Il a été tué. On l'a accroché à des barbelés et on lui a même coupé la queue… »

Paul sentit refroidir la sueur qui humidifiait son dos.

« On l'a retrouvé ce matin. À l'arrière des terres de chez les "Hervé". Tu sais, sur la colline au-dessus des pêchers…

– Putain, je… »

Paul allait dire qu'il s'y était arrêté la veille, qu'il avait grimpé la colline et que ça l'avait rendu heureux. Il ne comprenait pas ce que voulait Nono.

« C'est pour ça que tu m'as donné rendez-vous ?

– Je suis venu ici ce matin et je lui ai écrit une prière. Tu peux la lire, sur le cahier. »

Un cahier d'écolier était posé sur un lutrin en noyer. Un crayon dépassait d'entre les feuilles, attaché par une ficelle de chanvre à un anneau fixé dans le bois du pupitre.

Paul ouvrit le cahier. Sous l'inscription « Pour Alexandre », un « Je vous salue Marie » était retranscrit sans ponctuation ni retour à la ligne. C'était la même écriture tremblée que celle du mot glissé sur le pare-brise. La dernière ligne se démarquait par des lettres majuscules aux boucles appliquées : « MINTENAN ET À L'HEUR DE NOTRE MORT AMEN ».

Paul tourna machinalement les pages du cahier où étaient écrits les espoirs et désespoirs de ceux qui n'ont d'autre solution que d'implorer un miracle pour résoudre les problèmes de la vie et de griffonner leur supplique sur une feuille à carreaux. Un gendarme avait rédigé pour saint Antoine de Padoue une prière afin qu'il l'aide à réussir ses prochains examens. Une mère de famille sommait la Vierge de « faire partir par tous les moyens » sa belle-fille qui rendait son fils malheureux… Une mort brutale ne semblait pas exclue. La foi n'avait pas de limites.

« C'est l'heure d'aller manger », dit Arnaud en sortant précipitamment de la chapelle.

Paul le rattrapa. Un chien au pelage douteux trottinait déjà aux côtés du vieil homme. Ils traversèrent en silence le sous-bois pour rejoindre le parking. Une Mobylette reposait sur sa béquille, à côté de la voiture de Paul. Le chien sauta dans le panier fixé sur le porte-bagages.

« C'était toi sur la route hier, Nono ? »

Arnaud fit démarrer sa Mobylette, posa sur sa tête un casque en forme de bol et plissa les yeux vers le ciel. Un rapace planait.

« C'est un circaète Jean-le-Blanc ! Il cherche les serpents…

– Pourquoi tu voulais me raconter tout ça, Nono ? »

Les paupières d'Arnaud s'écarquillèrent et sa vue s'envola vers un point au-delà de l'horizon.

« Je vois beaucoup de choses, mais je ne raconte rien à personne. Juste à mon chien… Ton père était bon avec moi. »

Paul regarda s'éloigner la Mobylette et eut envie de vomir.

17

Hervé

Le van du centre équestre quitta la route en lacet pour s'engager sur le plateau. Michel et Hervé virent briller le pare-brise du pick-up noir des Kosovars. Michel se raidit et glissa ses mains dans les poches de sa veste. Il lui fallut moins d'une seconde pour positionner sa main droite sur l'arme cachée dans la doublure. Il inspira profondément et bloqua l'air dans ses poumons.

Au volant, Hervé observait l'agitation de son cousin. Lui aussi était tendu. Il n'avait jamais approché les membres du clan Hasani et il ne le souhaitait pas.

« Tu diras à Damien que tu préfères avoir affaire à ses deux lascars à moto. C'est pas notre domaine, ce genre de types. Ou si tu veux, je lui dirai, moi, qu'on ne change pas nos habitudes et qu'on ne veut pas rencontrer les Kosovars », dit Hervé avec autorité.

Michel expira l'air par les narines avant de parler.

« Je lui ai dit, déjà… C'est rien que cette fois et on n'en parle plus.

– Alors détends-toi. C'est juste du business, ça va bien se passer… »

Michel plissa les yeux.

« Putain, je les vois pas, ils sont où ?…

– Il y en a un à l'intérieur. L'autre a dû aller pisser… »

Le van décrivit un arc de cercle pour s'arrêter contre le mur du bâtiment de la porcherie, contournant largement le pick-up. Dissimulé par la plate-forme arrière, le plus jeune faisait une série de tractions, sa veste en cuir soigneusement pliée au sol.

Hervé cherchait du regard la voiture d'Alexandre et tentait de faire baisser la pression qui étouffait Michel.

« Tu vois ! Il n'était caché nulle part, le deuxième gars ! C'est juste un accro de la gonflette… »

Le jeune Kosovar se redressa, enfila sa veste et fixa avec dureté les deux hommes dans le van. Michel sentit son cœur tambouriner jusque dans ses oreilles. Il crispa ses mains qui tremblaient.

Hervé ne se laissait pas impressionner. Quelques matchs de rugby un peu chauds lui avaient appris que l'arrogance était souvent une marque de faiblesse.

« Alexandre n'est pas là ? demanda Hervé à son cousin de plus en plus fébrile.

– Il ne va pas tarder… »

Michel descendit du fourgon bien qu'il eût

préféré à cet instant se trouver à l'autre bout du monde. Il se concentra sur l'image d'Alexandre, imagina son corps supplicié. Son cœur boxa encore plus fort. Il rejoignit les deux hommes avec la sensation de sauter dans le vide.

Hervé les observait. Ils se serrèrent la main, puis Michel sortit de sa poche gauche l'enveloppe qu'il tendit au plus âgé, celui qui parlait français, tandis que sa main droite disparaissait dans la toile de sa canadienne. L'homme ouvrit l'enveloppe et son frère baissa le regard vers les billets.

C'est alors que tout bascula.

Le bas de la veste de Michel se dressa à l'horizontale et fut déchiqueté par une gerbe de feu et de plombs qui frappa à bout portant le jeune Kosovar dont la poitrine se déchira comme si elle explosait de l'intérieur. Michel fut aspergé en pleine face de lambeaux humides de chair rose et d'éclats d'os. Il eut à peine le temps de lever le bras pour s'essuyer le visage et diriger vers l'autre homme le fusil à canon scié. Celui-ci pointait déjà un pistolet automatique. Il tira deux balles qui perforèrent le crâne de Michel.

Hervé vit les giclées de sang et de cervelle ressortir par l'arrière de la tête de son cousin qui tomba sur le dos, la main droite restée enfoncée dans sa poche. Dans sa chute, son doigt appuya sur la double détente. Le second tir lui arracha les orteils du pied droit et déchira le mollet du Kosovar qui s'était déjà tourné vers le pick-up pour y saisir un fusil d'assaut. Hervé attendit une seconde de trop avant de redémarrer le moteur.

Le Kosovar lui barrait le chemin et avançait vers lui en boitant, son arme de guerre en main. Il commença à tirer en rafales, Hervé se coucha, ouvrit la portière du van dont la vitre explosa et se glissa au-dehors.

En deux enjambées, il se faufila dans la porcherie.

Alexandre avait enfermé les porcs l'avant-veille et bouclé les accès arrière par lesquels ils entraient et sortaient librement dans la journée. Les auges étaient vides. Les bêtes n'avaient pas été nourries et, lorsqu'elles virent Hervé, elles se précipitèrent contre les portillons des enclos où elles étaient séparées par groupes, de part et d'autre d'une allée centrale.

Il passa devant une brouette débordant de maïs en attente devant la porte. Affamés, les porcs grognaient, impatients qu'Hervé pousse vers eux le chargement et remplisse les mangeoires. Leurs groins enfoncés entre les barreaux secouaient les grilles et mordaient l'air.

Une mince couche de paille et de poussière rendait le sol cimenté aussi glissant qu'une plaque de verglas. Hervé dérapa dans sa course et sauta le portillon de l'enclos le plus éloigné. Il s'aplatit ventre au sol derrière huit porcs de cent quarante kilos et rampa vers le volet qui donnait accès au pré. À chaque brassée, il ratissait des monticules de paille souillée, chargée d'excréments et d'urine, qu'il entendait s'écouler sous lui vers les caniveaux d'évacuation. Il atteignit la trappe de sortie et libéra le battant du volet de bois.

Celui-ci résista quand il voulut l'ouvrir. Le panneau était verrouillé par une targette extérieure.

Hervé ne pouvait fuir que par la porte d'entrée où venait d'apparaître le Kosovar qui avançait, mâchoires crispées. Chacun de ses pas tirait sur les chairs déchiquetées de son mollet. Les porcs braillaient et cognaient de tout leur poids contre les barrières de métal.

Le bâtiment n'était pourvu d'aucune fenêtre. De larges plaques de Plexiglas translucide doublé d'une maille de fer diffusaient la lumière du jour. Le Kosovar fit coulisser la porte derrière lui et condamna la seule issue. Il avança de quelques pas sur le sol glissant. Son instinct l'orienta vers la mezzanine en planches au-dessus des enclos, bâtie tout du long de la porcherie. De cet étroit grenier de stockage, la paille propre de litière pouvait directement tomber par des trappes. On y accédait par une échelle proche de l'entrée, c'était une cachette facile. Il ne se risqua pas à y grimper et vida le chargeur de son fusil d'assaut en mitraillant l'étage qui disparut sous un déluge de foin déchiqueté et d'éclats de bois. Hervé profita du chaos et de la tornade de débris pour se rapprocher du portillon de l'enclos où il était tapi et se glisser entre les porcs. Il ouvrit le loquet et libéra les huit bêtes voraces qui se ruèrent en grognant vers la brouette de maïs et bousculèrent le Kosovar qui s'apprêtait à recharger son arme. L'homme fut déséquilibré et tomba sur le coccyx. Le choc pinça sa moelle épinière. Les porcs, dans leur charge, le plaquèrent contre la barrière du premier enclos. L'énorme cul d'un verrat en furie écrasa sa joue contre les barreaux d'où surgit un groin gluant qui renifla l'intérieur de son oreille et y plongea sa langue râpeuse. Son arme, tombée au sol, était inaccessible. Il tentait en vain de dégager un bras pour attraper dans sa poche intérieure son pistolet automatique quand il aperçut, entre les masses porcines, Hervé qui se dirigeait prudemment vers lui et ouvrait au passage le portillon du second enclos. La horde des porcs libérés se rua à son tour vers les céréales répandues au sol. La brouette piétinée avait perdu sa forme de brouette.

Hervé, dans la bousculade, ramassa le fusil d'assaut sans quitter des yeux le Kosovar et ne détourna le regard que pour tenter d'ouvrir la porte de sortie qu'une truie aux mamelles pendantes bloquait de tout son poids. La poussée du second groupe de porcs créa un mouvement dans la mêlée qui se goinfrait. L'homme parvint à libérer une épaule, à hisser un genou contre le portillon et sortit son pistolet sans cesser d'être ballotté comme si la bouche d'un monstre immense était en train de l'avaler. Des dents se plantèrent dans son mollet blessé. Il tira à travers la nuque du goret qui le mordait et dans l'œil de la truie qui grimpait sur son dos. L'animal vibra en s'affaissant contre lui. Il se rattrapa d'une main au portillon pour diriger au jugé son troisième tir vers la porte. La balle se logea dans le bois du montant, à quelques centimètres de la tête d'Hervé qui saisit par le bout du manche une masse à fendre le bois. Il la fit tournoyer à hauteur d'épaule comme un lanceur de marteau. L'homme essayait de le viser. Hervé plongea vers lui et les quatre kilos de métal de la masse frappèrent sa tempe. Son orbite droite s'enfonça dans son crâne. L'énergie quitta instantanément son corps. L'homme tomba comme un jouet électrique qu'on débranche par surprise.

Le premier réflexe d'Hervé fut d'éloigner le corps du troupeau qui le piétinait. Il le tira par les pieds jusqu'au-dehors et referma la porte derrière laquelle les porcs éructaient de plaisir en se gavant de la nourriture répandue au sol.

Hervé regarda avec horreur le crâne défoncé qui faisait ressembler l'homme à un monstre de foire. La scène défilait en boucle dans sa tête. Tout était allé trop vite. Il pensait l'assommer, ou plutôt il n'avait pensé à rien, il s'était juste défendu ainsi que le font les hommes depuis le temps des cavernes.

Il allait désormais porter l'image de ce visage détruit. Il le recouvrit d'un sac vide de farine pour porcelets. Il ne fallait pas que le clan des Hasani retrouve un des siens dans cet état. Il devait le faire disparaître, tout comme le corps de son comparse dont la poitrine n'était plus qu'un trou. Et avec eux, celui de Michel.

Il ne pourrait rien dire à Elsa, surtout pas qu'il avait tué un homme. Depuis vingt-cinq ans, il ne lui avait rien caché, lui avait tout raconté de ses doutes et de ses certitudes, s'était confié à elle. Il lui avouait même parfois des fantasmes sexuels qui le rendaient un peu honteux. Elle le laissait faire et reprenait rapidement le dessus avec une tendresse et un désir qui le faisaient fondre en elle comme lors de leur première étreinte sous les étoiles.

Mais jamais il ne pourrait dire à Elsa qu'il avait tué un homme.

Il amorça la pompe du puits pour remplir les abreuvoirs, vida quelques seaux de maïs dans les mangeoires extérieures et ouvrit les volets des enclos. Il ratissa le lisier sous les caillebotis de la porcherie et poussa le jus noir dehors, vers la grande fosse pleine à ras bord, où il avait plongé les trois corps qui coulaient avec lenteur. Hervé espérait que leur décomposition dans les boues fermentées du purin se mêlerait aux gaz toxiques qui flottaient à la surface du bassin en ciment.

Il s'installa au volant du pick-up des Kosovars. Une odeur de frites froides et de tabac humide collait à l'habitacle. Un chapelet musulman était enroulé autour du levier de vitesses. Au sol, côté passager, un sac en papier débordait de barquettes vides et souillées de restauration rapide. Un ordinateur portable était relié à l'allume-cigare et posé sur un sac de couchage en duvet roulé en boule sur le siège. Le vide-poche sous l'écran du GPS servait de tirelire où se mélangeaient de la petite monnaie et une dizaine de jetons de station de lavage automobile. Les deux hommes prenaient soin des apparences.

Hervé roula vitres baissées jusqu'à ses hangars à paille, derrière le centre équestre.

Les bottes méthodiquement empilées remplissaient les deux bâtiments jusqu'à la charpente. Il équipa le tracteur d'une fourche de levage, accrocha un contrepoids à l'arrière et déplaça les bottes des deux piles centrales pour ouvrir un couloir dans le mur de paille.

Il y poussa le pick-up comme un sarcophage au cœur d'une pyramide et, avant de replacer les ballots pour l'enfermer, il prit enfin le temps de réfléchir. D'ici quelques semaines, quand la moitié de la paille aurait disparu du hangar, il faudrait déplacer le pick-up, trouver une autre cachette… Il n'avait pas d'idée.

Et jusqu'où iraient fouiller les gendarmes quand la disparition de Michel les inciterait à lancer des recherches ? Alexandre allait reprendre le travail à la porcherie, il faudrait le convaincre de ne pas pomper le lisier pour l'épandage même si la fosse n'était pas loin de déborder… Il aurait dû déshabiller les corps avant de les noyer au fond de la cuve… Une crampe pinça son plexus.

Il se pensait jusqu'alors suffisamment à l'écart. Le vent venait de tourner et poussait dans sa direction un orage inévitable. Son regard flottait dans le vide. Il était seul dans le désert et devait trouver une issue.

Il remarqua que les pneus des deux roues de secours posées sur le plateau du pick-up des Kosovars étaient sortis de leurs jantes. Il les inspecta. Des lambeaux de scotch d'emballage étaient restés accrochés à l'intérieur des pneus. Il se précipita dans la double cabine et ouvrit les sacs de voyage posés sur la banquette arrière. L'un d'entre eux était chargé de dizaines de sachets plastiques de poudre blanche collés en chapelet pour s'enrouler autour des jantes. Il soupesa le sac et estima son poids à vingt kilos. Hervé sut alors que le clan Hasani allait vraiment tout faire pour retrouver ses deux hommes disparus.

Il enfourcha sa moto pour retourner à la porcherie et récupérer le van du centre équestre. Il roulait vite. Ses pensées étaient focalisées sur la vitesse. Rien d'autre que se concentrer sur la route, balancer le poids du corps et enchaîner les lacets vers les hauts plateaux.

L'ombre noire d'un nuage couvrait Roche-Colombe qui se dressait tel un doigt d'obsidienne pointé vers le ciel, dans l'axe du cirque formé par une chaîne de cinq sommets irradiés par le soleil. On eût dit un pistil gigantesque entouré de pétales dorés. Hervé pensa que ce paysage était là avant les hommes, qu'il leur survivrait et, étrangement, cela le rassura. Il hésitait à s'arrêter pour contempler cette lumière magique et avait ralenti malgré lui quand son téléphone vibra.

Elsa avait déjà essayé de le joindre à trois reprises. Elle ne lui laissa pas le temps de parler.

« Tu as appris, pour Alexandre ?

– Quoi, Alexandre… ? »

18

Paul

La route reliait deux cols à travers la forêt. Les anciens en avaient tracé le parcours pour mener les troupeaux aux alpages. Le sentier rocailleux avait été élargi et asphalté, mais permettait à peine à deux voitures de se croiser. La clairière de la source miraculeuse avait été aménagée en parking dans une boucle de la route qui piquait soudainement vers la plaine. La succession de virages secs imposait une conduite nerveuse. À chaque lacet en épingle à cheveux, Paul ressentait une douleur au thorax. Son corps était endolori des spasmes qui avaient déchiré sa poitrine marquée de leur empreinte. Éprouver dans sa chair ses troubles neurologiques était encourageant. Il se sentait vivant et plus solide. Se laisser couler pour puiser la force de remonter à la surface avait été une expérience pénible mais électrisante.

Les médicaments l'abrutissaient et venir à bout de sa crise sans leur aide était une victoire. Ses sens n'étaient pas émoussés par l'engourdissement du traitement chimique.

Un chevreuil apparut derrière un bouquet d'alisiers et pivota la tête vers la route. Paul accrocha le regard craintif de l'animal si libre et si vulnérable.

Il pensa aux yeux noirs de la jeune fille croisée à la station-service.

Il atteignit la plaine et ralentit en longeant les terres de ses parents, mais ne s'arrêta pas. Il roula lentement jusqu'au village.

Paul s'installa sur un tabouret haut au comptoir du café-restaurant. Toutes les tables étaient occupées pour le déjeuner par une clientèle d'habitués, principalement des ouvriers en tenue de travail appréciant à la fois les assiettes copieuses d'une cantine à base de produits frais et locaux et l'esprit vintage avec lequel les jeunes propriétaires avaient mis en valeur le vieux décor de l'ancien bistrot. Le percolateur était d'un autre siècle mais fonctionnait toujours, chargé désormais d'une mouture issue du commerce équitable.

Paul aperçut une photo jaunie dont l'image était à peine visible tant elle s'était enroulée sur elle-même, punaisée sur la tranche d'une étagère en bois blanc sous un alignement de sirops en bouteille aux parfums éclectiques, depuis les traditionnels menthe, grenadine ou châtaigne jusqu'aux moins habituels cactus-piment ou rhubarbe-canneberge. Il contourna le comptoir et s'approcha de la photo, ému à l'idée de retrouver les visages des trois pompiers disparus lors de l'incendie historique de la raffinerie. Ses doigts déroulèrent le bord inférieur.

Il ne vit pas apparaître les sourires des trois hommes. La photo représentait un très jeune couple de trekkeurs qui posaient devant un bus coloré sur une piste poussiéreuse filant en ligne droite vers une chaîne de montagnes enneigées.

« Le Pérou ! Vous connaissez ?... »

Paul relâcha la photo qui se recroquevilla comme un escargot dans sa coquille et il s'écarta pour laisser passer le jeune homme. En trois appuis sur l'écran tactile de sa caisse, celui-ci finalisa l'addition d'une tablée. Il fit un signe vers ses clients pressés, deux hommes en chemise-cravate et une femme en tailleur qui s'étaient déjà levés et enfilaient leurs vestes de cadres.

« Non. Jamais allé... » répondit Paul.

Le jeune homme attendit quelques secondes la sortie de la note imprimée, son visage illuminé d'un large sourire.

« C'est là-bas qu'on a décidé de se marier... Je vous sers quoi ?

– Vous faites des sandwichs ?

– Non. Mais je peux vous dépanner. J'ai que du gros pain, mais c'est un levain bio vraiment top, et jambon à l'os... Avec cornichons maison ?

– Cornichons, oui... Ça vous embête pas si j'attends dehors ? »

Il appuya par réflexe son pouce sur sa tempe.

Il avait eu raison de ne pas s'arrêter à la ferme de ses parents. Il n'était pas prêt.

Le bruit de la clientèle l'oppressait. Le jeune homme remarqua une goutte de sueur qui roulait sur la pommette de Paul et lui servit un verre d'eau qu'il posa sur le comptoir.

« On a de la chance. Ça marche bien. Eux, ils viennent tous les midis. Vingt kilomètres aller-retour ! dit-il en pointant le menton vers le trio qui approchait pour payer. Mais à cette heure-là, c'est vrai que ça chahute ! Je vous apporte votre sandwich dehors… »

Paul vida le verre d'un trait et sortit.

Deux tables hautes étaient appuyées sur le côté de la façade pour les fumeurs. Un couple était accoudé à l'une d'elles, debout. Paul s'installa à l'autre table et les observa.

Ils levaient tour à tour leur demi de bière, en sirotaient une gorgée et le reposaient sans un mot. Ils ne se regardaient pas, ne se parlaient pas, et semblaient partager en couple le besoin de boire, faute de mieux. Les cheveux de la femme, attachés en queue-de-cheval, étaient teints en noir corbeau, dissimulant probablement quelques mèches blanches précoces sous une teinture bon marché. C'était là sa seule coquetterie. Son visage sans maquillage trahissait l'usure prématurée d'une vie qui s'incrustait chaque jour davantage dans les rides grises sous ses yeux. Des taches rougeâtres remontaient de son cou vers ses joues, s'étalant comme une encre sur un buvard. Des paillettes argentées cousues sur les poches arrière de ses jeans formaient deux virgules fantaisie au-dessus des bourrelets de ses fesses qu'on devinait comprimées dans une culotte trop serrée.

L'homme portait un sweat à capuche dont le dos était criblé de trous minuscules d'où pointaient des fibres du tissu. Ses pommettes luisantes et ses arcades sans sourcils enfonçaient dans un cratère de chair ses yeux globuleux qui semblaient sortir de leur orbite et lui donnaient le visage du faux méchant qu'on voit dans les films, celui qui aidera le héros à la fin. Ils avaient tous deux l'âge de Paul et avaient certainement fréquenté la même école que lui. Il essaya de les imaginer avec les traits insouciants de l'enfance.

La femme alluma une cigarette, tira une longue bouffée et glissa son briquet en plastique jaune dans la poche poitrine de son blouson en fibre polaire rose. Des deux mains, elle entreprit de resserrer l'élastique qui tenait sa queue-de-cheval et plissa son œil gêné par la fumée de la cigarette pincée entre ses lèvres qu'elle tordait pour l'éloigner de son visage. Sans un mot, son compagnon retira la cigarette le temps qu'elle ajuste sa coiffure et la replaça délicatement quand elle eût terminé. Ils échangèrent un rapide sourire. Leur complicité simple et muette les maintenait en vie. Ils vidèrent leur verre d'un même geste.

Paul les regarda s'éloigner avec l'étrange sentiment de les connaître. Il savait qu'il était comme eux, issu d'un autre sang mais né de la même terre. À la différence que ces deux-là avaient fait le choix d'aimer.

Ses maux de tête avaient disparu.

Paul posa sur le siège passager le sandwich enveloppé dans un sachet en papier et roula jusqu'à la sortie du village. À la première fourche, il tourna vers la route qui disparaissait dans la forêt et se prolongeait en chemin de terre pour finir en cul-de-sac au pied d'une ancienne carrière de pierres d'où partaient des sentiers de randonnée vers les combes et les collines.

Il marcha longtemps d'un bon rythme, concentré sur le synchronisme de ses pas et de sa respiration, guidé par le plaisir de ne penser à rien. Les ronces étaient aplaties sur le côté du chemin et ouvraient un tracé pentu qui ondulait vers la crête entre les roches et les buissons épineux. Il quitta le sentier et grimpa. Le tracé dans les herbes se scindait en deux : une ascension plus courte vers le sommet, mais plus raide, ou une autre plus longue qui s'enroulait en pente douce à flanc de colline. Il fit entre les deux sa propre trace, s'accrochant souvent aux épines sèches d'arbustes nains. Il dérangea un serpent endormi qu'il entendit s'enfuir et atteignit le pied des ruines d'un château bâti sur la roche en position dominante au-dessus de la vallée. La montée avait été sportive et les tiraillements qui chauffaient les muscles de ses cuisses étaient plutôt agréables.

Il repéra un bloc de granit creusé en forme de siège et déchira le sachet de son casse-croûte.

La mie du pain était lourde et nourrissante mais incroyablement fraîche, chargée d'un goût de noisette qui adoucissait le sel du jambon, coupé épais et bordé d'une couenne si grasse qu'elle fondait au simple contact de la langue. L'acidité des cornichons s'y noyait.

Paul perçut un mouvement sur la paroi opposée. Deux chamois sautaient vers la saillie d'un promontoire et s'arrêtèrent pour regarder vers le ciel, dans sa direction. Un vautour tournoyait en jouant avec les ascendances du vent qui sifflait. Son vol décrivait de larges cercles à l'aplomb des ruines du château dont on disait qu'il avait servi de refuge à un mercenaire désœuvré, devenu le chef d'une bande de pillards après la guerre de Cent Ans.

Son estomac réveillé le sortit de sa confortable oisiveté et il pensa qu'il devrait appeler Hervé. Il lui proposerait de boire un café. Hervé lui parlerait certainement de ce type retrouvé mort et torturé juste derrière ses terres. Paul ne lui dirait pas qu'il y avait grimpé la veille.

Il activa le contact que Clémentine avait mémorisé dans son téléphone. Hervé ne répondit pas. Paul ne laissa pas de message.

Il décida de retourner sur la colline de marnes, au-dessus du champ de pêchers. Il voulait comprendre le sens de la mise en scène macabre de ce meurtre, justement là où il se trouvait quelques heures plus tôt.

Il ne pouvait s'empêcher d'y voir un signe.

Il conduisit sans se soucier de la route. Il avait

le pressentiment que les événements qu'il avait vécus depuis son arrivée n'étaient que les premières pièces d'un puzzle qui ne s'emboîtaient pas mais appartenaient à la même image.

Il longeait un sous-bois et approchait du virage où il avait vu disparaître Arnaud sur sa Mobylette et le motard qui lui avait parlé. Il roula sur le bas-côté et accéléra pour franchir le fossé et se faufiler dans une trouée. Il s'arrêta derrière une pile de bois abandonnée depuis plusieurs années, envahie par un lierre épais duquel s'échappait le vrombissement sourd d'un nid de guêpes. De la route, le Land Cruiser était invisible.

Il marcha quelques centaines de mètres jusqu'au champ de pêchers qu'il traversa pour contourner la colline de marnes noires et monter sans prendre le risque d'être vu. Il trouva un accès plus abrupt entre deux plis des ondulations de la pente, comme les rampes d'un toboggan qu'il remonta vers le sommet.

Ses pieds accrochaient facilement le sol meuble et humide, rendu plus compact par l'amoncellement de millions de coquillages brisés, témoins des sédimentations marines.

Arrivé tout en haut, il fit un dernier effort pour se hisser en agrippant les branches noueuses d'un buis dont les feuilles avaient été épargnées par les chenilles de pyrales, ces papillons qui avaient dévoré des pans entiers de forêt.

Il devait franchir un mur de buissons touffus pour atteindre le chemin de crête qui longeait les clôtures de fils barbelés. Il traversa l'odeur familière des feuilles de camérisier. Il apercevait par intermittence, à travers la végétation, la Rubalise jaune de la gendarmerie, accrochée à la clôture, délimitant le périmètre de l'agonie d'Alexandre.

La nature se nourrissait de la mort et Paul savait que l'espace était déjà lavé par la pluie, nettoyé par les animaux de toutes espèces, du plus petit insecte rampant au massif hibou grand-duc dont le vol traverse la nuit sans un bruit.

19

Paul et Elsa

Vingt-cinq ans plus tôt

Les arbres s'étaient mis à trembler, d'abord agités par de légères rafales, et le ciel ressembla à un océan gris. La masse nuageuse envahit l'espace à la vitesse d'un raz de marée et engloutit les collines. La forêt se coucha sous la tempête et les feuilles furent arrachées à leurs branches, virevoltant comme des nuées d'oiseaux fuyant l'incendie.

Paul était parti de chez lui à vélo avant la pluie, mais l'orage le surprit dans la grande montée vers la ferme des parents d'Hervé. Il pédalait de toutes ses forces face au vent, arc-bouté en position de grimpeur. Sa tente et son sac à dos étaient attachés au porte-bagages qu'il avait recouvert de son poncho plastique. S'il l'avait mis sur son dos, il aurait en un rien de temps été trempé de sueur.

Il préféra être douché par l'averse et garder au sec ses vêtements de rechange.

Elsa l'attendait à l'abri sous le petit porche près des écuries, là où on ne pouvait la voir de la maison d'Hervé. Elle l'avait aperçu aider son père à refermer les volets des box et rassurer les chevaux.

La mère d'Elsa l'avait déposée en voiture et lui avait laissé son parapluie de golf. Elle avait insisté pour qu'elle apporte deux tartes, un cake au chocolat et quelques bouteilles de jus de fruits pour la fête.

Il n'y avait pas de fête. Même Hervé ne savait pas que Paul et Elsa se retrouvaient pour camper. Elle rit en voyant arriver Paul en sprint final jusqu'à elle et lever les bras en vainqueur. Ils s'embrassèrent sous l'avant-toit qui gouttait sur la nuque de Paul. Il se serra contre Elsa et l'eau qui ruisselait de son corps traversa son chemisier. Elle frissonna.

Ils contournèrent les enclos et firent le tour de la ferme par le chemin extérieur. Paul poussait son vélo d'une main. Elsa marchait collée contre lui et tenait au-dessus d'eux le grand parapluie dont la toile se creusait sous les bourrasques. Leur ombre disparut derrière les trombes d'eau.

Ils arrivèrent au sommet de la colline. La vue était totalement bouchée par l'orage qui avait avalé le paysage.

Ils montèrent rapidement la tente qu'ils lestèrent de lourdes pierres. Ils se déshabillèrent dehors, laissant tomber sur les herbes couchées leurs vêtements alourdis par l'eau. Elsa fut nue la première. Paul la regardait, émerveillé. Il fit glisser son caleçon. Elsa sourit en voyant son sexe durci. Paul n'en fut pas gêné, elle l'avait souvent senti contre elle quand ils s'embrassaient et l'avait effleuré timidement de ses doigts.

Elle plongea à l'abri sous la tente et sortit du sac une serviette pour se sécher. Paul la rejoignit. Il s'assit sur la couverture qui les protégerait de la fraîcheur de la nuit. Elle se plaça derrière lui, embrassa ses omoplates et entrouvrit les lèvres. Un mélange de sueur salée et de pluie tiède coula sur sa langue. Paul s'allongea, posa sa tête sur les cuisses d'Elsa, la joue collée à son ventre. Il se gorgeait de l'odeur de sa peau. Sa bouche remonta de son nombril à sa poitrine qu'il embrassa avec douceur. Ses mains découvraient un nouveau continent. Leurs paupières closes s'ouvrirent au même instant et quand leurs regards se noyèrent l'un dans l'autre, leurs corps se rejoignirent.

Ils ignoraient s'il faisait encore jour. Une averse plus forte s'abattit sur la toile qui vibra. Ou peut-être était-ce le séisme qui les traversa au seuil de ce nouveau monde qui leur appartiendrait.

Suivit un grand silence. La nature s'était apaisée. L'écoulement de l'eau chuintait sur la roche.

Une chouette poussa trois cris… Une réponse chanta dans un écho lointain.

Ils surent alors qu'il faisait déjà nuit.

20

Alice

Le ruban de plastique jaune, maintenu à la couronne d'un buisson, formait une demi-lune face à la clôture qui emprisonna les derniers instants d'Alexandre.

Au centre se tenait agenouillée une jeune femme. Paul s'approcha et reconnut Alice.

Devant elle, au pied des barbelés, elle avait planté une petite croix de bois, faite de deux branches unies par une ficelle de chanvre, semblable à celle qu'aurait fabriquée un enfant pour enterrer un écureuil mort ou un oiseau tombé du nid. Elle tenait, serré entre ses mains jointes, un bouquet de marguerites teintées de couleurs artificielles, bleu menthe et orange, les parfums préférés des bonbons chimiques que croquait Alexandre. Elle murmurait une prière inaudible ponctuée de grognements de tristesse.

Une présence la troubla. Elle redressa la tête et se tourna vers Paul.

La douceur de son visage se brisait de deux

cernes violets qui creusaient ses yeux noirs et accentuaient sa pâleur de déesse naufragée. Elle se leva d'un bond. Le bouquet s'échappa de ses doigts. Elle franchit la ligne de Rubalise qui se tendit et s'arracha des barbelés. Elle se planta à quelques centimètres de Paul. Son corps mince tremblait.

« Sale voyeur ! Il n'y a plus rien à voir, alors fous le camp et laisse-moi prier tranquille ! Ça t'excite de venir renifler la mort ? Allez, casse-toi !

– C'était ton ami ? » lui demanda Paul avec douceur.

Il avait été souvent insulté par des gosses paumés et enragés. Il savait que la douleur d'avoir été arraché à l'enfance distille la colère.

« Quoi ? lâcha-t-elle d'une voix étranglée.

– Je t'ai juste demandé si c'était ton ami. Alexandre… c'est ça ?

– Putain, je rêve ? T'es flic ! Je me disais bien que t'avais une gueule de flic. Tu ferais mieux de chercher qui l'a tué… C'est pas dans la forêt que tu vas trouver !

– Je suis pas flic.

– Ça m'étonnerait. T'as une gueule de flic ! »

Un ronflement mécanique gronda entre les arbres. Paul vit apparaître quatre quads à l'allure de crapauds géants, qui roulaient vers lui à travers les flaques. En tête, Emmanuel, l'homme qui avait conduit Alice vers la maison d'accueil.

Il se tenait debout sur les repose-pieds, bras tendus sur le guidon. Il appela la jeune femme.

« Alice ! Recule et regarde vers moi. »

Il n'avait pas besoin de crier. Sa voix grave

portait loin et rebondissait sur les ronronnements des moteurs.

« Retourne-toi, Alice. Je suis là… avec toi ! »

La jeune femme marcha à reculons, sans quitter du regard Paul qu'elle défiait avec une lenteur de louve.

L'homme descendit du quad et avança vers elle. Sûr de lui, il sourit à Paul et ses yeux clairs se plissèrent sous la ligne de ses sourcils décolorés. Alice lui tournait le dos. Il l'enlaça, la plaqua contre lui. Il sentait sur son torse vibrer les muscles tétanisés de la jeune femme. Il approcha ses lèvres de son oreille et chuchota des phrases qu'il répéta tels des mantras dans un flot continu de paroles que Paul n'entendait pas. Alice continuait à le fixer mais Paul disparaissait de sa vue, devenait transparent. Elle voyait à travers lui ou plutôt à l'intérieur de lui, sa colère crevait ses pupilles pour se couler dans son sang et détruire son cœur.

Le premier homme qu'elle frappa dans sa vie fut son père. À quatorze ans. Il avait porté le premier coup et elle décida que ce serait le dernier. Alors, elle avait répliqué en saisissant un quart de bûche sur le flanc de la cheminée où se consumait un reste de pizza sur une pile de prospectus de supermarchés.

Le regard d'Alice effraya son père davantage que la massue improvisée qu'elle tenait en main et qu'il pensait pouvoir attraper, ignorant que sa fille portait dans sa chair une rancœur explosive. Elle ne haïssait pas ses parents, elle les méprisait.

Ils représentaient à ses yeux tous ceux qui, vaincus par la vie, ne cherchent même plus à lutter et s'enfoncent dans la laideur. Elle refusait de se laisser couler avec eux, de leur ressembler, même si ses chances d'avenir étaient sérieusement réduites. Elle avait pensé les réveiller de leur torpeur engluée de misère en leur parlant de plus en plus durement, les mots sortant de sa bouche malgré elle, s'abandonnant à la colère qui jaillissait de sa révolte et de sa souffrance. Son père, usé jusqu'à la corde d'avoir été happé par le siphon qui avale ceux qui n'auront pas une seconde chance, résigné à se taire, mettait depuis quelque temps fin aux crises de sa fille par des gifles sèches, plus humiliantes que douloureuses, sous le regard soulagé de sa femme qui ne savait plus qu'être muette. Alice écarquillait les yeux en posant la main sur sa joue, comme une enfant qui attend de grandir pour comprendre. Mais les coups de son père étaient devenus plus brutaux et Alice avait senti craqueler et tomber en poussière l'écorce de son enfance.

L'arête du quart de bûche se planta comme le fer d'une hache sous l'œil de son père dans la suture de l'os facial, tranchant l'attache du muscle zygomatique qui se recroquevilla sous la peau. Sa bouche tomba sur le côté comme un morceau de viande morte et dessina sur ses lèvres une grimace de clown triste.

Les parents d'Alice ne lancèrent pas d'alerte quand elle fugua le lendemain.

Alice erra deux années aux côtés de routards qui considéraient la vie marginale comme leur seule liberté. Elle trouvait refuge dans des squats de groupuscules de tous bords, auprès d'artistes itinérants revendiquant la manche comme passeport d'indépendance. Elle ne restait jamais longtemps avec les mêmes, juste assez pour imprimer en elle la soumission sexuelle comme un fait sans importance.

Ce qu'elle préféra dans ces mois passés sur les routes, c'étaient toutes les fois où il avait fallu se battre pour défendre son territoire ou ses maigres biens face à des loubards minables, des junkies en quête de cash ou des punks à chien qui jouaient les durs pour tromper l'ennui. Jamais son camp n'avait perdu et ses pulsions de guerrière y étaient pour quelque chose. Elle gardait dans son sac une branche noueuse et fine, dure comme de la pierre, son arme favorite.

Et un jour, elle rencontra Emmanuel.

Elle campait dans la vallée avec son homme du moment, qui avait rejoint quelques zadistes opposés à un plan d'irrigation défendu par des agriculteurs poussés à bout. Les ruraux ne souhaitaient pas voir les médias s'emparer du sujet et avaient décidé de passer rapidement à l'action. Ils firent appel aux survivalistes-miliciens d'Emmanuel qui n'hésitèrent pas à montrer d'abord leurs muscles, puis leurs armes, pour faire déguerpir les activistes, moins organisés. Ceux-ci mirent en pratique leurs entraînements non violents et se réunirent en une chaîne humaine qui fit sourire la meute de complotistes. Seule Alice voulait en découdre et crispait son poing sur la branche qu'elle tenait le long de son corps, debout au milieu du champ en friche.

Tandis que les hommes d'Emmanuel rouaient de coups la chaîne humaine qui se disloquait rapidement, Alice réglait son compte à un grand gaillard gonflé aux hormones qui avait eu le malheur de l'appeler « ma poulette » en lui tendant une main dont elle brisa aussitôt deux doigts avant de faire pivoter sa branche et lui fracasser le nez. Elle acheva le molosse en frappant son entrejambe de la pointe de ses boots à coque d'acier. Emmanuel regarda, fasciné, le spectacle qui dura quelques secondes et se dirigea vers elle en souriant. Elle abattit son bâton sur lui, mais Emmanuel esquiva la branche qui gifla l'air. Au second coup, le poignet d'Alice heurta le tranchant de la main d'Emmanuel et elle ressentit une violente douleur qui remonta le long de son bras et lui fit perdre son arme. Emmanuel frappa sa gorge de la pointe de son autre main et elle s'écroula à genoux, le souffle coupé.

Elle entendit dans son dos un coup de feu et se retourna.

Les zadistes fuyaient tandis qu'un homme tirait en l'air. Elle vit à peine son compagnon se retourner vers elle avec un regard désolé qui signifiait qu'il préférait sauver sa peau plutôt que venir l'aider. Dégoûtée, elle se releva. Emmanuel ramassa le bâton qu'il lui lança et qu'elle saisit au vol. Il la désarma une nouvelle fois quand elle tenta de le frapper.

Emmanuel tournait autour d'elle, la désarmait puis lui rendait son arme et l'épuisait tel un dresseur qui fait comprendre à un cheval sauvage qu'il est le maître. Quand elle fut à bout de forces, Emmanuel s'approcha d'elle et dégagea la chevelure filasse qui masquait son visage maculé de terre et de sueur.

« J'ai besoin d'une fille comme toi. Je ne connais pas un seul homme qui t'arrive à la cheville. Tu es magnifique… » lui dit-il avec sincérité. Il lui rendit sa branche noueuse et se dirigea vers son quad. Les compagnons d'Alice avaient disparu et les hommes d'Emmanuel s'éloignaient.

Quand il roula lentement vers Alice et s'arrêta près d'elle, elle monta derrière lui.

Paul dévisageait les trois autres hommes qui avait stoppé en position d'arrière-garde sans descendre de leurs quads.

Ils portaient la tenue paramilitaire complète de la branche armée des complotistes, élus de l'apocalypse équipés pour survivre à l'inévitable chaos qui plongerait tôt ou tard la société dans un monde brutal et sans lois, où chacun devrait défendre sa famille lorsque les autorités et les secours de l'État seraient inopérants ou réservés aux plus riches.

À leurs ceinturons – des sangles kaki – étaient accrochés les fourreaux d'un poignard, d'une pince multi-outils et d'une bombe lacrymogène. Les nombreuses poches de leurs gilets de survie étaient alourdies par les indispensables accessoires, du simple sifflet au purificateur d'eau. Il ne leur manquait que les armes. Paul pensa qu'elles étaient plus ou moins dissimulées dans les coffres amphibies fixés à l'arrière de leurs engins tout-terrain, au milieu des sachets de repas déshydratés, des barres protéinées, des batteries solaires et du kit de pêche. Leur tenue était maculée de la boue dans laquelle ils avaient rampé ou combattu au cours de leur entraînement quotidien. L'un des hommes avait masqué le bas de son visage d'un foulard sur lequel était imprimée une tête de mort, la mâchoire du squelette recouvrant la sienne. Le carénage de son quad était orné du profil d'un sanglier dont le groin pointait vers un autocollant représentant une mosquée barrée d'une croix rouge dégoulinante de sang.

Alice virevolta et plongea son visage contre la poitrine d'Emmanuel, l'entourant à la taille de ses deux bras. Il fut surpris de la facilité avec laquelle elle s'était dégagée de son étreinte et de l'énergie avec laquelle elle le serrait. Il fit glisser lentement ses mains jusqu'au haut des fesses d'Alice. Elle le serra davantage.

La gorge de Paul s'irrita. Une bile au goût de vinaigre remontait de son estomac. L'emprise de cet homme trouble sur une jeune fille déboussolée lui tordait le ventre.

L'homme vit Paul grimacer et déglutir.

« Je suis Emmanuel, le directeur de la maison d'accueil de la Renaissance solaire. J'ai vu votre photo dans le journal. Vous êtes l'ancien policier revenu au pays, c'est bien cela ? »

Paul luttait contre le reflux aigre qui encombrait ses sinus. Son émotion excessive le déstabilisa. Son cœur battait trop fort, cet homme lui faisait peur.

« Vous accueillez dans votre maison des jeunes que vous endoctrinez, c'est ça ?

– Monsieur l'ancien policier… Le monde est devenu dur et les jeunes gens ont besoin de certaines valeurs pour l'affronter. Je ne force personne à venir chez moi, ni à en repartir !

– Et vous leur demandez quoi, en échange ?

– Ils bricolent un peu… Il faut apprendre à gagner son pain. »

Paul tremblait et avait froid.

« J'avais raison. Il a une tête de flic !… J'ai envie de rentrer, maintenant, mon amour », dit Alice d'une voix lasse, la joue collée à la poitrine d'Emmanuel.

Paul sentait des larmes percer le coin de ses yeux trop secs, le vent griffait son visage. Une lame aiguë perfora sa tempe. Il n'avait plus la force de parler, ses lèvres amollies refusaient de bouger. Il se résigna à prendre dans sa poche le dernier cachet qu'il glissa entre ses dents et le croqua. Il lui faudrait quelques minutes pour se ressaisir.

Emmanuel observait Paul avec la fascination du chercheur qui regarde, dans son laboratoire, un rat se débattre dans une cage de verre.

« Il paraît que vous avez beaucoup souffert. Je pourrais vous confirmer que ça se voit », dit cyniquement Emmanuel à Paul qui sentait à peine son sang se fluidifier et son cœur reprendre un rythme régulier. « Alice aussi a beaucoup souffert de la perte de son ami », enchaîna-t-il en éloignant la jeune femme de son torse pour la regarder dans les yeux. « Va poser correctement ton bouquet au pied de la croix ! »

Alice bouscula Paul et ramassa le petit bouquet qu'elle avait lâché près des barbelés. Elle l'installa contre la croix de bois, se signa en pliant un genou vers le sol et rejoignit Emmanuel qui enfourchait déjà le quad. Il la saisit par le bras et appuya ses lèvres contre les siennes avant de la laisser prendre place derrière lui.

Les quatre engins s'éloignèrent. Leur son disparut dans la profondeur de la forêt. Paul entendit sa propre respiration émerger du silence.

Le plastique jaune de la Rubalise frémissait dans le vent et claquait par à-coups. Paul enroula autour de son poing le ruban qu'il dégrafa des buissons et en fit une boule qu'il glissa sous une pierre. Il tournait le dos à la clôture et se tenait là où Alexandre avait été supplicié. Il imagina la position du jeune homme, les bras ouverts tel le Christ, ses yeux ensanglantés souillant à jamais le paysage sacré qui s'étirait face à lui.

Cet endroit entre ciel et roche était à lui. À lui et à Elsa. Pour toujours.

Paul ne savait pas ce qu'il était venu chercher, mais il avait trouvé Alice. Elle avait le même regard qu'une jeune fille qu'il avait connue. Une jeune fille qu'il n'avait pas su sauver. Une amie qui avait appelé au secours et qu'il n'avait pas su écouter, ses yeux semblables à deux puits noirs où sombraient ses cris. Tout en bas, dans la vallée, deux hérons survolaient la rivière, traversant le fin rideau de l'évaporation qui montait des hautes herbes chauffées par le soleil.

Les coups rythmés du bec d'un pic-vert contre un tronc creux sonnaient dans le dos de Paul, tandis que les gouttes de pluie libérées des feuillages s'écrasaient à ses pieds sur les bois morts qui jonchaient le sol.

Il pouvait se racheter de ne pas avoir secouru cette amie autrefois. Il devait libérer Alice de l'emprise de cet homme. Il fallait qu'il en trouve la force.

« … Röslein, Röslein, Röslein rot,
Röslein auf der Heiden… »

21

Paul

Vingt-cinq ans plus tôt

Ma tante m'a empêché d'aller retrouver Hervé et Elsa cet été. Ils ont proposé de venir camper près d'ici (je ne parviens pas à dire « chez nous »), dans le Jura suisse, mais elle a aussi refusé. Alors la mère d'Elsa a téléphoné pour insister. J'étais sûr que ça marcherait, c'est une femme habituée à parler et à négocier. Mais ma tante lui a expliqué de sa voix sèche que mon comportement de ces trois derniers mois nécessitait une prise en charge dans un centre qui aiderait à me recadrer et qu'il serait plutôt nocif de « me raccrocher » à tout ce qui rappelait la ferme.

Je n'ai pas l'intention de m'écraser devant elle et son mari (je ne l'appelle pas mon oncle) et il ne se passe pas un jour sans que je leur répète que dans trois ans, quand je serai majeur, je ramènerai les corps de mes parents au cimetière du village.

Je suis depuis deux semaines au centre Harmonie, Terre et Soleil. Je n'ai pas vu le soleil, il pleut tout le temps et la terre mouillée sent la pisse de chat. Le mari de ma tante a donné beaucoup de son argent au centre. Le directeur est un de ses amis très proches, un naturopathe qui lui vend des tisanes pour soigner son cancer par des voies non chimiques. J'imagine que les tisanes doivent coûter cher pour payer ce petit manoir qui surplombe le lac de Neuchâtel.

Le mari de ma tante participe aussi à des séances de prière et de méditation. Je crois l'avoir aperçu la semaine dernière, déposé par une ambulance-taxi.

Ma tante et lui sont certainement soulagés d'être débarrassés de moi pour l'été.

Nous sommes dix-huit jeunes ou enfants ; certains sont ici avec leurs parents, mais nous restons séparés des adultes. La plus petite a neuf ans. Le matin, nous allons dans une grande salle pour écouter des conférences sur la nature, le cosmos, la guérison par la pensée... On doit aussi chanter. Ce qui est dingue, c'est que tout le groupe participe. Je suis tellement fatigué que je fais comme les autres.

L'après-midi, on a des ateliers dans le potager du parc ou dans les serres. Ça me fait plaisir de travailler la terre, même sous la flotte. Les après-midi passent vite. Je me suis porté volontaire pour débiter les grands arbres qu'ils ont abattus. Ils ont vu qu'ils avaient devant eux un « pro » du bûcheronnage !

Le jour où je suis arrivé, un garçon de douze ou treize ans s'est mis à insulter les adultes, à gueuler. Il a été privé de repas pendant deux jours. Il est resté debout à nous regarder manger à la cantine. C'est dingue, c'est pire que l'armée ! Le plus grand, Max, il a dix-sept ans. Il me dit que si je suis crevé c'est qu'ils foutent des cachets dans la bouffe. Mais lui il s'en fout, ça lui plaît bien d'être ici. Il dit que dehors il va bientôt y avoir une guerre mondiale et que les croyants seront protégés. Il prie souvent. Il est barré, mais je le laisse croire ce qu'il veut…

J'essaie de ne pas penser à Elsa. Ça me fait du bien de fermer les yeux et de voir son visage, mais je ne sais pas quand je la reverrai alors ça me fout le moral à zéro. J'essaie de ne pas penser à elle.

Ne plus penser à elle.

22

Léo et Mathieu

Damien avait chargé Léo et Mathieu de tenir des gardes de nuit au bord du champ de maïs d'Hervé. Il fallait agir vite et fort. Convaincre les voleurs de cannabis de ne plus revenir et leur faire oublier qu'ils étaient venus. Damien n'aimait pas les grains de sable qui grippaient son organisation.

Léo avait insisté pour faire les premières nuits. Il venait de s'offrir une jumelle de vision nocturne ultraperformante et c'était l'occasion de tester ce petit bijou tout juste reçu des États-Unis. Il était monté sur le plateau au crépuscule.

Allongé sur le dos à même le sol entre deux rangs de maïs, il observait le vol des buses qui traversaient son champ de vision. Son regard était pointé vers le ciel et il avait lui-même l'impression de voler, ignorant autant la fraîcheur de la terre dans son dos que le crissement des feuilles qui s'inclinaient en auvent au-dessus de lui.

Il attendit la nuit pour sortir de son étui sa jumelle américaine. Il alluma le faisceau infrarouge et s'installa à plat ventre.

Le spectacle fut au-delà de ses espérances. À travers les optiques, le champ s'illumina et une image électronique verte fit apparaître ses moindres détails. Cet effet, il l'avait vu dans les films de guerre ou les jeux vidéo. Il en avait rêvé.

Presque aussitôt, un blaireau jaillit de l'épaisseur des maïs et bifurqua à angle droit. Le blaireau courait vers Léo mais ne le voyait pas. Au mieux, l'animal discernait face à lui une forme qui ressemblait à un remblai de terre. Mais Léo, lui, le voyait de mieux en mieux. L'animal fonçait droit sur lui, son postérieur se balançant en cadence.

Léo distinguait ses yeux qui s'approchaient, rouges et brillants comme des billes d'acier au milieu des deux bandes noires qui striaient le pelage blanc de sa tête. Sa truffe se retroussait à chaque respiration. Quand soudain, le blaireau se retrouva nez à nez avec le pire danger qui menace son espèce : un homme !

L'animal freina des quatre fers et fit un roulé-boulé avant de disparaître dans une volée de terre sèche.

Léo voulait rester silencieux et son ventre était douloureux tant il retenait des contractions de fou rire. Il s'agenouilla et essuya les larmes qui piquaient ses yeux. Il appuya sur son abdomen tordu de crampes. De sa vie, il n'avait jamais rien vécu d'aussi drôle.

À peine reprenait-il ses esprits qu'il revoyait comme au ralenti les yeux exorbités du blaireau, son freinage d'urgence et sa roulade en catastrophe. Demain, il faudrait raconter cela à Mathieu. Déjà, il cherchait les mots pour décrire le regard halluciné du blaireau et ce n'était pas facile. Cela l'occupa un long moment. Non, ce n'était pas facile de trouver les mots justes.

Quand il commença à avoir un peu froid, il sortit de son sac la sangle-casque qui permettait d'accrocher la jumelle devant les yeux et de laisser les mains libres. Il alluma la vision nocturne et courut entre les rangs de maïs. Il s'imaginait commando des forces spéciales et courait de plus en plus vite, grisé de sa propre vitesse, le corps fouetté par les hautes tiges qui claquaient à son passage.

Il entendit une voiture ralentir sur la route en contrebas. Il stoppa et respira lentement pour écouter. La voiture accéléra et poursuivit sa route. Il avait été imprudent, pas assez concentré. Il avait couru en zigzag, perdant tout repère, et ne savait plus où se trouvaient son sac et sa carabine. Il releva le nez vers les parois qui dominaient le champ et s'orienta facilement.

La seconde nuit, il s'amusa à tirer des balles subsoniques avec sa carabine 22LR équipée d'un silencieux. Le son des coups de feu était considérablement atténué mais il se répercutait tout de même dans le profond silence du plateau, comme l'arrivée sourde d'un orage lointain. En dix tirs, il dégomma dix têtes de tiges de maïs, de plus en plus éloignées. Puis il visa la muraille rocheuse qui se dressait à l'extrémité du plateau et obstruait l'horizon à plus de mille mètres de distance. Il riva son regard à une faille sur la roche noire et vit à travers la nuit la balle y faire une étincelle en s'écrasant sur le flanc de la falaise.

Il ne pensait plus aux voleurs de cannabis, concentré sur ses tirs et le plaisir de caler son arme contre sa joue, la crosse et la poignée imbibées de l'odeur d'huile de lin et de savon noir dont le dosage faisait partie des secrets de famille.

Ses vêtements sentaient l'humus et la chlorophylle. Il laissait en permanence sa veste et son pantalon de chasse dans un grand fût, rempli de feuilles et de branches mortes, de coupes de petits buissons. Le fond s'était tapissé d'une couche de terre végétale plus épaisse de jour en jour, où grouillaient des insectes des bois. Ses effluves corporels se voilaient sous le parfum de forêt et de terre qui imprégnait ses vêtements. Il était peu couvert afin de ne pas transpirer et ne pas être trahi par son odeur. Il avait beaucoup progressé depuis qu'il s'entraînait avec les survivalistes encadrés par Emmanuel. Il se sentait plus autonome et n'était plus seulement un chasseur. Il était devenu un guerrier.

Il laissa passer trente minutes après l'écho de son dernier tir avant de se mettre en marche, ses pas frôlant à peine le sol. Il se positionna sur la ligne de la dernière rangée de maïs, à la lisière d'une prairie qui descendait en pente douce vers un ruisseau pas plus large qu'un écoulement de gouttière, aux rives bordées de trèfle sauvage.

Il tira deux lièvres, puis marcha jusqu'à un bouquet de chênes nains.

Le ciel s'éclaircissait déjà et un bandeau de nuages roses teintait les ombres d'une couleur d'incendie. Il vit la harde sortir d'un tunnel de ronces au moment même où la brise se leva. Les herbes hautes ondulèrent sous la caresse du vent. Sans chercher à compter les cochons sauvages, il choisit une laie de taille moyenne. Le plus gros serait trop difficile à transporter. Ses balles n'étaient pas assez perforantes pour abattre un sanglier. Il devait toucher l'œil.

À plus de cent mètres, il visa à travers les herbes qui dansaient. La balle déchiqueta quelques pousses avant de traverser la cornée de l'animal et de rebondir à l'arrière de son cerveau.

Il éviscéra la bête qu'il hissa dans la remorque basse de sa moto. Demain, il apporterait à ses parents les deux lièvres et le sanglier. Ce sera le tour de garde de Mathieu.

Léo demanderait à sa mère de cuisiner des pâtés. Elle congèlerait le reste des viandes. Elle n'avait pas vu son fils depuis près d'une semaine et lui avait laissé plusieurs messages truffés de questions sur son stage forestier. Il n'avait pas encore pris le temps d'inventer des réponses.

Mathieu avait profité d'être seul ce soir-là pour retourner à la ferme de Michel et Louise. Il s'était posté à l'arrière de la maison, près de la fenêtre de la salle de bains, impatient d'épier Louise à l'heure de la toilette. Il fut déçu lorsqu'elle baigna Marie dans une petite bassine et resta vêtue, penchée au-dessus d'elle. Il imagina qu'après avoir couché sa fille, elle viendrait seule sous la douche. Cela valait la peine d'attendre. Il l'entendit chanter une berceuse à la petite. De toute évidence, Michel était absent.

Mathieu attendit longtemps. Il ne tenait plus en place. Il avait envie de voir Louise de près, de la plaquer contre lui et de sentir la fermeté de son corps sous la fine étoffe de sa blouse.

Il contourna la maison. Les oies étaient rentrées. Il franchit l'enceinte de la cour au moment où Louise ouvrit la porte pour sortir. La surprise lui fit perdre son audace et il se cacha derrière le tracteur rouillé mangé par les ronces.

Louise n'avait plus sur le visage la douceur qu'elle réservait à Marie. Elle était tendue et courut presque pour entrer dans l'appentis. Mathieu entendit des objets s'entrechoquer, des cliquetis de métal et des raclements de bois. Il essayait d'identifier les bruits. Il reconnut le frottement mat d'une lourde pierre que l'on descelle d'un mur et qui tombe au sol. Puis le bip d'une touche de téléphone portable. Louise parla en traversant la cour.

« Michel, j'ai vu que tu avais pris tout l'argent. Même la cagnotte… Je vais arrêter de te laisser des messages mais si ça veut dire que tu ne reviendras pas, au moins dis-le-moi. Ta fille et moi on a besoin de savoir. Tu dois accepter que c'est aussi ta fille… Et si ça a à voir avec la mort d'Alexandre, tu dois aussi me le dire. Après, tu fais ce que tu veux… mais tu peux pas partir sans me répondre. »

Mathieu attendit que Louise rentre chez elle et fila informer Damien.

Il résuma à son chef ce qu'il avait entendu. Damien savait déjà pour Alexandre. Sa mort n'était pas restée secrète bien longtemps. Mais si Michel s'était enfui, c'est que les ennuis n'allaient pas tarder à arriver.

La soirée de Mathieu avait été gâchée. Il disparut dans la petite caravane mauve en compagnie de quelques bouteilles d'alcools forts.

Il se réveilla tard dans la journée et tua le temps en bricolant un piège explosif.

Damien reçut un appel de Gil, un des fils d'Agim, le patriarche des Hasani. Il n'avait plus de nouvelles de ses deux hommes et allait venir dès que possible. Les instructions étaient claires : l'attendre.

Le vol de cannabis dans le champ d'Hervé n'était plus la priorité, mais Mathieu tenait à son tour de garde. La première chose qu'il fit en arrivant sur le plateau fut d'installer le piège. Quelques tiges brisées dans les rangs de maïs trahissaient le chemin qu'avaient pris les voleurs. Et c'est forcément par là qu'ils passeraient à nouveau.

Il déroula une vingtaine de mètres d'un solide

fil de pêche en Nylon qu'il n'utilisait plus pour le brochet depuis qu'il avait opté pour la tresse en titane. Il plaça deux charges explosives, chacune avec son système de mise à feu déclenché par la tension du fil, et les recouvrit de deux petits tas de silex qu'il ramassa en bordure du chemin d'accès, sans se douter qu'ici, autrefois, il y avait eu la mer et que les squelettes du plancton s'étaient décomposés durant des dizaines de milliers d'années en boues siliceuses. Les brisures de silex en portaient l'histoire.

Il n'eut pas à patienter longtemps. Une fourgonnette se gara le long de la route en contrebas. Il entendit le claquement des deux portières et des chuchotements qui ne parvenaient pas à se fondre dans l'épais silence de la nuit. Mathieu épaula sa carabine pour guetter les intrus à travers la lunette de visée. La lune découpait le paysage de sa lumière bleutée. Il y voyait presque aussi bien qu'en plein jour. Damien lui avait montré ces scènes de western filmées en plein soleil puis assombries pour faire croire à une nuit de pleine lune. « Maintenant, avec le numérique, ils ne s'emmerdent plus pour faire la nuit au cinéma ! avait-il expliqué. Ils balancent toutes les images dans l'ordinateur et c'est la machine qui fait le boulot ! Le jour, la nuit, le ciel, les nuages... »

Les voleurs n'étaient que deux, très jeunes, et portaient un long sac sur lequel était imprimé un logo de matériel de parapente. Mathieu devina qu'ils avaient découvert le champ de cannabis depuis le ciel, même si les parapentistes sautaient presque toujours de l'autre côté du plateau. Les vents de ce côté-ci soufflaient dans le mauvais sens. Mais il ne connaissait pas grand-chose aux sciences aérologiques, si ce n'était qu'on ne s'envolait pas avec le vent dans le dos, souvenir lointain de la fabrication de cerfs-volants à l'école primaire. Le sien était monté très haut, en tout cas c'est l'image qu'il en avait gardée. L'aile en papier coloré gonflée à bloc par la poussée de l'air, la cordelette qui filait entre ses doigts, jusqu'au moment où le squelette de balsa s'était décollé du papier et qu'il avait vu l'aile fouetter l'air comme la page d'un livre dans une tempête. Le fil était retombé mollement à ses pieds. La chute du cerf-volant avait été interminable, aussi longue que les rires moqueurs des autres enfants.

Comme il l'avait anticipé, les parapentistes suivirent le chemin qu'ils avaient déjà tracé, se repérant aux tiges brisées. Il les entendait glousser jusque dans leurs silences. Il n'aurait su dire lequel des deux déclencha le piège, mais le fil se tendit et l'explosion fut immédiate. Mathieu baissa sur son visage sa cagoule militaire percée de deux orifices pour les yeux et se redressa. Le plus jeune sautait sur place. Il criait, la main plaquée sur le cou. Le piège explosif avait propulsé un silex large et plat qui s'était planté dans sa gorge comme une pointe de flèche.

Les deux garçons terrorisés virent surgir Mathieu, visage masqué, pointant son arme vers eux.

« On reviendra plus, m'sieur ! On va payer ce qu'on a pris et on reviendra plus ! » pleurnicha le compagnon du blessé.

Mathieu alluma sa lampe torche qu'il dirigea sur le cou du jeune parapentiste. Le sang ruisselait autour du silex enfoncé dans la chair.

« Putain ! Faut que je t'enlève ça ! cria son compagnon.

– N'y touche surtout pas ! l'interrompit Mathieu. Si tu tires le caillou de travers, tu lui tranches la carotide et, hop ! Comme un poulet ! »

Les deux garçons se regardèrent, effrayés. Il s'approcha d'eux jusqu'à coller son visage front contre front. Sa cagoule sentait la chaussette sale.

« Allongez-vous par terre ! Sur le dos ! » ordonna Mathieu. Ils s'exécutèrent.

« Il faut que j'aille à l'hôpital, m'sieur ! » geignit le blessé dont la main ne parvenait pas à retenir l'écoulement du sang.

Mathieu donna des coups de pied dans les mottes de terre autour des deux gars couchés au sol. Une pluie de poussière grasse retomba sur eux comme s'ils étaient cernés par des tirs de mitraille. Il sauta à pieds joints sur le blessé qui poussa un cri étouffé, essuya ses semelles sur ses vêtements, puis s'assit à califourchon sur sa poitrine. La carabine dans une main, il ramassa de l'autre une poignée de terre avec laquelle il lui frotta le visage. Le jeune type toussa et cracha la terre qui entrait dans sa bouche. La chair de ses joues le brûlait, râpée par les dizaines de microscopiques cailloux qui le tailladaient. Mathieu frottait aussi fort que s'il récurait le fond d'une casserole à la paille de fer.

Il réserva le même sort au second garçon.

« Maintenant, tu accompagnes ton pote à l'hôpital et quand ils te demandent comment c'est arrivé, tu racontes que vous avez dévalé un pierrier en vous cassant la gueule. Vous ne venez plus jamais ici et vous ne racontez à personne ce que vous avez trouvé. La prochaine fois, je vous tue ! »

Mathieu ramassa une pierre qu'il serra dans sa paume comme un outil préhistorique.

« Debout, maintenant. »

Les deux gars se relevèrent, couverts de terre, le visage en feu.

« Vous avez bien compris ?

– Oui, m'sieur ! » répondirent-ils en chœur.

Ils hésitèrent et firent demi-tour quand Mathieu l'ordonna d'un geste. Il les suivit quelques pas, son souffle sur leur nuque, et tapa sur l'épaule de celui qui n'était pas blessé. Quand le garçon se retourna, Mathieu lui fracassa le nez d'un coup violent avec la pierre. Le sang pissa aussitôt de ses narines.

« Maquillage ! » dit-il en riant au garçon dont les yeux saisis d'effroi étaient aveuglés de larmes de douleur.

Puis il lui donna un coup de pied comme on fait déguerpir un chien.

23

Paul et Clémentine

Le ciel était resté le même. Le centre équestre ne ressemblait plus au souvenir que Paul en avait, mais le ciel qui se dressait au-dessus des prairies d'altitude était celui qu'il avait toujours connu. Un ciel immense qui donnait l'impression qu'on arrivait là aux confins de la planète, qu'au-delà de l'horizon commençait l'univers. Un ciel qui veillait de toute sa souveraineté sur une des plus belles terres de la région.

Paul planta son pouce dans sa nuque et pinça fortement la chair le long des cervicales. La douleur grimpa de son cou vers son crâne et irrita ses yeux. Il n'avait presque pas parlé à Elsa depuis son retour et il était temps de mettre à l'épreuve ses blessures.

Les paddocks et les box construits par le père d'Hervé avaient été refaits à neuf, plus grands, plus nombreux et dans des bois de qualité supérieure. Un vaste manège couvert d'une toiture de bardeaux de chêne jouxtait la carrière où tournait un groupe de cavaliers sous les directives d'Elsa. À l'écart, Clémentine faisait enchaîner à son cheval voltes et pirouettes. Elle vit arriver Paul. Il franchissait à pied la haie d'amélanchiers et arbousiers plantés en écran le long du parking. Il dérangea un couple de verdiers qui s'envola dans une cacophonie de trilles.

Clémentine fit trotter son andalou à la robe grise vers l'entrée de la carrière. Elsa remarqua la démarche trop décidée de Paul, celle d'un homme qui vient pour une raison précise.

« Remplace-moi, Clémentine ! »

Clémentine, déçue, fit un bref salut à Paul qui ne répondit pas. Il se dirigea droit sur Elsa.

Derrière le centre équestre, Hervé stoppa sa moto le long du hangar à paille et la fit reposer sur la béquille latérale.

Il avait décidé à l'aube de se débarrasser du van criblé de balles et l'avait conduit jusqu'en haut de Combe froide. Il força les passages étroits entre les éboulis des pierriers qui raclèrent le bas de caisse. Arrivé au sommet, il chercha longuement comment s'approcher du bord de la falaise qu'un barrage de hautes ronces rendait inaccessible. La seule solution était d'utiliser la puissance du moteur pour traverser l'obstacle végétal. S'il restait au volant, il n'aurait jamais le temps de sauter du véhicule avant la grande bascule dans le vide.

Il coupa une fourche de buis et bloqua la pédale d'accélérateur en calant l'extrémité de la branche contre le bas du siège. Portière grande ouverte, la main en appui sur l'embrayage, il dut s'y reprendre à plusieurs reprises pour trouver la juste pression sans faire caler le moteur.

Tandis qu'il regardait le van traverser les ronces et basculer dans le précipice, l'idée lui vint qu'il aurait pu disposer les trois corps dans le véhicule, peut-être même y mettre le feu, mais le van rebondissait déjà cent mètres plus bas et disparaissait au milieu des arbres.

« C'est comme si on nous envoyait un message, tu comprends ?

– Oui, Paul, c'est un crime atroce. Mais pourquoi un message ? Je ne vois pas de quoi tu parles.

– Tu sais où on l'a retrouvé ? À notre endroit !

– Quel endroit ? Qu'est-ce que tu racontes ?... »

Paul se rapprocha d'Elsa. Très près. Il inclina la tête et riva son regard dans l'axe de ses yeux si verts. Il garda le silence. Il guettait l'instant où naîtrait sur ses lèvres le sourire de leur lointaine complicité d'amants.

Elsa restait impassible. Le sourire étrange de son ami d'enfance lui faisait peur. Elle ne connaissait pas l'homme qu'il était devenu.

Paul luttait pour contrôler son émotion et refouler une nouvelle crise. Ses pensées s'embrumaient, mais il avait raison de la douleur tapie sous sa tempe.

Elsa remarqua les larmes qui scintillaient sous ses yeux.

Paul chuchota.

« C'est là qu'on a fait l'amour la première fois, toi et moi... »

Elsa se glaça.

« Mais, Paul, qu'est-ce que tu t'es mis en tête ?

– J'aimerais retourner là-bas avec toi... ça nous aiderait à se parler ! »

Elsa fut rassurée de voir Hervé longer les paddocks et marcher vers eux.

« On peut t'aider, Hervé et moi.

– Ça n'a rien à voir avec Hervé et toi. C'est de nous deux qu'il est question, tu comprends ? »

Paul saisit le bras d'Elsa d'un geste trop brusque. Hervé accéléra le pas pour intervenir.

« Oh, doucement ! Tu fais quoi, là ?

– C'est au sujet de ce qui est arrivé à Alexandre », dit Elsa avec calme. Elle dégagea son bras d'un geste doux.

« D'ailleurs, j'aurais dû commencer par là. C'est qui, Alexandre ? Qu'est-ce qu'il a à voir avec nous ? lança Paul à la face d'Hervé.

– Qui ça... nous ? répliqua-t-il.

– Elsa et moi !

– Mais Paul, il n'y a pas d'Elsa et toi !

– Réponds, Hervé, s'il te plaît. Quel est le lien avec ce type ?

– Tu me parles comme un flic, Paul...

– J'ai essayé de t'appeler cet après-midi. Tu n'as pas répondu.

– Paul... tu as disparu il y a vingt-cinq ans. On est sincèrement contents de te revoir. Mais là, tu me gonfles. Alors comme tu es chez moi, je vais te demander de foutre le camp. »

Debout dans ses étriers, Clémentine fit trotter son cheval jusqu'à eux. Elle avait laissé les apprentis cavaliers retourner seuls vers les box où ils allaient déharnacher et panser eux-mêmes leurs montures.

« Maman m'a dit que tu montais à cheval, Paul ? Mister Zee a besoin d'une balade. Tu vas voir, c'est un montagnard ! »

Les trois adultes se tournèrent vers la jeune fille qui les dominait. Son cheval secoua sa crinière en soufflant.

Elsa effleura de ses doigts la main de son mari.

La brise descendante diffusait une odeur de thym sauvage et de lichens.

Paul dirigeait le cheval vers les pentes les plus raides. Rien ne pouvait plaire davantage à Mister Zee qui grimpait comme un chamois et se délectait des difficultés que lui proposait son cavalier. La robe noire du mérens brillait sous l'effort.

Clémentine se réjouissait de voir Paul en si parfaite entente avec Mister Zee. L'homme et le cheval aimaient tous deux les parcours les plus retors.

« C'est là que je viens pour les myrtilles ! »

Clémentine pointa le menton vers un tapis de buissons serrés qui avait colonisé jusqu'à son sommet un large tertre surmonté d'une croix de bois bicentenaire, grisée par le temps. Une face avait noirci sous l'agression des vents dominants.

Une saignée dans un talus abritait une rudimentaire bâtisse de pierres bordée d'une rangée de vieux abricotiers étouffés par les ronces. Le toit à pente unique couvrait au plus haut du mur une petite ouverture occultée par un volet de bois qui semblait avoir pris racine dans la pierre. Une porte coulissante en planches fermait l'entrée de plain-pied. Ses poulies rouillées n'avaient pas tourné depuis plusieurs saisons. Paul sauta du cheval avec l'enthousiasme d'un enfant qui a découvert un repaire interdit. Il plaqua sa main en œillère entre l'encadrement de pierres de taille et la porte de chêne, mais l'interstice trop étroit maintenait dans la pénombre le secret de la bâtisse. Il escalada la façade dont les schistes en saillie offraient des prises faciles.

Clémentine eut à peine le temps de le rejoindre que Paul atteignait le bord du toit. Le battant qui masquait la petite ouverture était voilé et Paul parvint à coller son œil dans l'espace entre le bois et la pierre.

« Tu vois quelque chose ? » lui cria Clémentine.

Paul patienta le temps que sa pupille s'ouvre à l'obscurité. L'angle de vision était très réduit.

« Des vieilles chaises empilées et quelques outils de jardinage… »

Il glissa ses doigts en crochet derrière la butée de volet scellée dans le mur, lança son bras libre au-dessus de lui pour agripper un chevron de la toiture et pivota les épaules, dos à la façade, comme s'il s'apprêtait à s'envoler. Le paysage déclinait une succession de versants verdoyants et de corniches rocheuses, vierges de toute habitation.

« C'est dingue ! » s'exclama-t-il. Il voulait appartenir à cet espace sauvage, le contempler chaque jour pour y trouver la paix.

Tous deux chevauchaient à nouveau côte à côte, descendant la pente la moins encaissée.

« … Maman avait pensé qu'on pourrait l'acheter et faire un refuge pour des départs de randonnées.

– Et pourquoi elle ne l'a pas fait ?

– Les parents ont toujours plein de projets…

– Ça me tente bien, moi ! L'endroit est incroyable !

– Pour faire un refuge ?

– Non… ma maison ! Pour y vivre ! Avec six mois de travaux, c'est jouable… »

Clémentine ne voulut pas montrer à Paul qu'elle souriait. Ça lui plaisait bien, que ses parents retrouvent leur meilleur ami d'enfance. Et Paul lui plaisait bien.

Elle détourna le regard vers un mont en pain de sucre au-dessus duquel tournoyait un groupe de gypaètes barbus. Les vautours avaient repéré une carcasse et la ciblaient au cœur de leur vol concentrique.

24

Paul et Louise

La maison qu'on avait attribuée à Paul s'apparentait à un des pires services qu'on ne lui ait jamais rendus. Il aurait préféré acheter une tente et s'installer en pleine nature.

Il ressentait le besoin de se sentir seul et minuscule, enfant de la montagne et du ciel.

Quand il descendit du Land Cruiser, il remarqua que le portail était entrouvert.

Le voisin fit irruption de l'autre côté de la clôture de séparation, un grillage aux mailles larges envahi de rosiers grimpants, et interpella Paul qui remontait l'allée.

« J'étais parti à la poste… ils ont dû guetter. Mais je suis revenu très vite. Depuis que le bureau a été remplacé par une annexe, on ne sait jamais quand c'est ouvert ou fermé… c'était fermé ! Ils ont filé quand ils m'ont entendu, mais j'ai eu le temps de les voir. Ils étaient sur deux quads. Ils font partie des gars qui s'entraînent en forêt en attendant la fin du monde. Je suis formel. Je peux témoigner !

– Merci, je vais m'en occuper.

– Il faut porter plainte !

– Oui, merci…

– Je me suis permis d'aller voir chez vous. Ils ont laissé la porte grande ouverte.

– Je ne ferme pas à clé.

– Je n'ai pas vu de traces d'effraction sur les huisseries… C'est embêtant pour les assurances… »

Paul planta là le voisin déçu et entra dans la maison. L'odeur de javel l'oppressa. Depuis qu'il avait arrêté de fumer, son odorat était moins tolérant. Il éprouva l'envie d'acheter un paquet de cigarettes, ne serait-ce que pour contredire le médecin qui l'avait félicité avec la bienveillance paternaliste de ceux qui savent ce qui est bon pour vous.

Son sac avait été vidé sur la housse en Nylon fleuri du canapé. Son ordinateur était posé sur la table du coin cuisine, l'écran figé après plusieurs tentatives de déblocage du mot de passe.

Paul n'était pas mécontent. Si les survivalistes étaient entrés chez lui sans discrétion, c'est qu'ils voulaient être vus et l'intimider. Il dérangeait et était donc sur le bon chemin. Ce qu'il cherchait à comprendre allait s'éclaircir.

Sa volonté de se passer de son traitement l'avait éprouvé. Il se résolut à prendre un cachet. Il l'avala avec un grand verre d'eau qu'il but avec lenteur. L'eau ne provenait pas de la fontaine miraculeuse, mais sa fraîcheur et son goût de roche l'aidèrent tout de même à mettre de l'ordre dans ses pensées.

Paul énuméra mentalement les faits de ces derniers jours pour y trouver un sens.

La nuit où il avait épié l'entraînement des obsédés de l'apocalypse dans la maison d'accueil, un motard l'avait repéré. Il avait vu ce même homme parler avec Arnaud la veille de la mort d'Alexandre. Il avait à nouveau croisé le chemin des survivalistes quand Alice était venue se recueillir et déposer des fleurs. Arnaud lui avait donné rendez-vous à la chapelle. Il s'était contenté de l'informer du meurtre d'Alexandre et de lui montrer la prière écrite pour accompagner son âme.

Paul se souvenait d'un principe de son instructeur durant sa formation de policier : « Il faut parfois tirer sur un petit brin qui dépasse pour défaire un nœud. »

Le petit brin qui dépassait, c'était Arnaud. Il vivait au centre du village, à neuf cents mètres du lotissement. Paul avait justement besoin de marcher.

L'ancienne magnanerie avait connu un bref sursaut d'activité dans les années de guerre quand l'État avait sollicité la fabrication des parachutes français avec de la soie française, mais la Libération avait sonné la fin de l'élevage du ver à soie. Longtemps laissée à l'abandon, la magnanerie avait été acquise par la commune et transformée dans les années 1970 en appartements, locaux commerciaux et ateliers d'artisans. Arnaud en avait été un des premiers bénéficiaires, disposant d'un logement social loué à très bas prix par la municipalité. Un simple studio en rez-de-chaussée, équipé d'un poêle à bois, agrémenté d'un étroit jardin en pente vers la rivière.

Paul reconnut le bar mitoyen des logements. Le bistrot de village avait laissé place à un café-restaurant associatif qui accueillait des soirées de lectures musicales.

La boîte à lettres d'Arnaud était condamnée par de larges bandes de scotch d'emballage beige sur lesquelles le soleil et les pluies avaient estompé une inscription au feutre épais : « Glissé le courier sou la porte acose des voleur ».

Paul cogna à la porte, attendit une réponse, tourna la poignée qui s'affaissa et entra.

La couleur des murs n'existait dans aucun nuancier. La chaux s'était encroûtée d'une teinte moutarde balafrée de matières pâteuses, cocktail des vapeurs grasses de cuisine et de la suie déposée par la combustion d'un bois de mauvaise qualité.

Sur la trappe du poêle en fonte reposaient des boîtes de conserve ouvertes qu'Arnaud avait réchauffées à même la flamme. Une odeur âcre de fumée froide et de moisissures rendait l'air irrespirable à qui n'avait pas vécu dans la pauvreté.

Paul se dirigea vers la petite porte qui ouvrait sur le jardin. Une remise au toit de tôles enchevêtrées, appuyée contre la façade arrière, protégeait un stock de bois composé en grande partie de planches de chantier, souillées de peinture écaillée ou de ciment de coffrage, d'où émergeaient de gros clous rouillés.

À mi-pente, un mûrier plus que centenaire avait été autrefois taillé en parasol mais l'épaisseur des branches secondaires qui pointaient vers le ciel témoignait que la taille avait été délaissée depuis des années. Paul fut intrigué par les dizaines de petits carrés de tissu noués autour des branches et qui pendaient, semblables à des drapeaux de prière tibétains. Plantées sur la face la plus plane du tronc, des lignes de pointes aux têtes arrondies dessinaient une grande croix argentée, à la façon des clous sur un tableau de ficelle. Une moisissure blanchâtre recouvrait une inscription gravée au couteau sur l'écorce.

Paul quitta le studio avec le sentiment coupable de l'intrus. Dans le café voisin, il apprit que c'était jour d'entraînement de foot et qu'Arnaud serait probablement au stade avec son chien.

Le terrain était à la sortie du village, protégé du mistral par une haie de cyprès aux pieds dégarnis. Des buissons de lauriers-roses encadraient les conteneurs de tri sélectif. Partiellement enfouis, ils avaient l'air de bunkers chapeautés de plastique coloré.

Au-delà s'étendaient les champs de sorgho fourrager et de tournesols. Le plus proche voisin était un éleveur de vaches et des nuées de taons s'aventuraient parfois sur le stade où les exhalaisons de transpiration promettaient aux insectes d'étancher leur soif de sang.

Le chien d'Arnaud courait sans répit le long de la ligne de touche en suivant le trajet du ballon. Comme il ne franchissait jamais le tracé blanc de limite de terrain, les joueurs avaient pris l'habitude de l'ignorer. Mais lors des remises en jeu à la touche, il fallait composer avec les bonds du chien qui voulait se saisir de la balle et, souvent, retombait sur les épaules du lanceur.

Assis sur l'herbe, Arnaud mâchouillait une tige de pissenlit au jus amer et lançait des encouragements à son compagnon. Le jeu s'interrompit le temps de la mise en place du mur de défenseurs avant le tir d'un coup franc. Arnaud en profita pour sortir de sa poche une gourde en plastique dont il dévissa le capuchon.

« Viens, pépère… faut boire un coup ! »

Il versa dans la paume de sa main de l'eau que le chien lapa avidement avant de repartir en courant vers la limite de terrain dès le coup de sifflet de l'arbitre. Du coin de l'œil, Arnaud avait vu Paul s'approcher.

« Il tient une de ces formes, aujourd'hui ! » commenta-t-il. Paul croisa ses avant-bras sur la traverse de la main courante, imitant les supporters éparpillés autour du terrain. Arnaud rangea dans sa poche la gourde dont la face était décorée d'une image de la Vierge au voile bleu azur.

« Je voudrais te parler, Nono. »

Arnaud abattit sa main sur sa cuisse, tout en retenant son coup à l'impact. Il souleva lentement sa paume et saisit délicatement le taon qu'il venait d'estourbir sans le tuer, le pinçant sous les ailes entre le pouce et l'index comme on tient un avion en papier.

« Prends un petit fil, dans ma poche », commanda Arnaud en se déhanchant pour dégager le bas de sa saharienne.

Paul y plongea la main et en sortit quelques brins de fils de coton de diverses couleurs.

« Un rouge ! » décida Arnaud.

Paul isola le fil rouge et remit les autres dans la poche d'Arnaud tandis que celui-ci, de sa main libre, fourrageait un amas d'herbes coupées. Il en extirpa une paille courte et sèche qu'il enfonça dans l'abdomen du taon. L'insecte se réveilla d'un coup et battit des ailes sans parvenir à se libérer de la main de son tortionnaire.

Paul n'eut pas à attendre les autres instructions et prit l'initiative de nouer le brin de coton à l'extrémité de la paille. Il se remémorait les concours de taons voltigeurs à l'école primaire.

« Je voudrais que tu me parles d'Alexandre, Nono. »

Arnaud relâcha la pression de ses doigts et le taon prit son envol en vrombissant, traînant derrière lui le fil rouge qui virevoltait au-dessus du terrain de football comme la banderole d'un avion publicitaire survolant une plage bondée.

Arnaud se tourna vers Paul.

« Après le foot, tu vas me suivre. On va aller chez Louise. C'est la cousine d'Alexandre. Ils étaient plus que frère et sœur !

– Je vais chercher ma voiture et je passe te prendre.

– Non. Tu vas me suivre. Je prends la Mobylette avec le chien.

– Il peut monter dans ma voiture…

– Ça va pas lui plaire ! »

Une heure plus tard, Paul suivait la Mobylette. Le chien, assis à l'arrière dans sa caisse, pointait le museau pour renifler l'air qui lui rabattait les oreilles ; ses babines claquaient contre ses mâchoires comme un drap fouetté par le vent.

Arnaud s'arrêta à une station-service, prit sur un présentoir un bidon d'huile et en versa une petite quantité dans un pichet en plastique qu'il remplit ensuite avec l'essence tirée à la pompe. Dès que son réservoir fut plein à ras bord du mélange, il renouvela l'opération dans un jerrican de dix litres accroché au flanc de la bécane. Il fit signe à Paul qui comprit qu'il devait payer et entra dans le préfabriqué.

Quand il retourna à la voiture, Arnaud était assis côté passager. Son chien était installé sur un coussin, à l'ombre, au pied de la Mobylette, devant une poignée de croquettes à même le sol et un bol d'eau.

« Il a l'habitude de rester là quand je ne peux pas l'emmener avec moi au travail. Il aime bien, il voit passer du monde. »

Ce qui semblait naturel à Arnaud ne l'était pas pour les autres. Il n'avait pas arnaqué Paul en lui faisant payer son essence, il vivait comme cela, voilà tout.

« Et c'est où, ton travail ?

– Comme toujours. Un peu ici et un peu là… C'est plus comme à l'époque de tes parents. Les paysans, ils ont plus de quoi payer un ouvrier à l'année…

– Et le type à moto, sur la route. Tu travailles avec lui aussi ?

– Qui ça ?…

– Il t'a donné une enveloppe. Je sais que tu m'as vu.

– Je ne me souviens pas… Je fais du nettoyage au parc de la maison d'accueil. Ça devait être ma paye…

– Alexandre fréquentait la Renaissance solaire ?

– Il faut y aller, là. Le chien commence à gémir, il va pas comprendre si on part pas ! »

Arnaud avait son rythme. Il ne fallait pas le brusquer. Paul ne posa pas d'autre question durant le trajet vers la ferme.

Il ne fut pas surpris de la précarité dans laquelle vivaient Louise et Michel. Il avait connu, autrefois, des agriculteurs en grande difficulté. Mais la gangrène de la pauvreté qui s'était répandue avait un goût d'irrémédiable et frappait chaque jour davantage.

Sur la route, ils étaient passés devant trois autres fermes qu'il aurait crues à l'abandon s'il n'y avait vu des enfants pédaler sur des vélos rafistolés ou un couple sans âge penché au-dessus des plantations d'un potager de subsistance, le dos brisé par le labeur, arrachant à la terre de quoi se nourrir à défaut de retirer le minimum vital du fruit du travail d'une vie.

Le soin que Louise portait à l'entretien de sa maison suscitait l'admiration. Il y flottait une odeur de propreté végétale et de fleurs fraîches qui donnait le sentiment d'avoir ouvert la porte sur le printemps et rendait invisible l'état misérable des meubles, des murs, du sol.

Paul n'avait jamais croisé une femme comme Louise. Sa libido se réveilla de sa longue abstinence, tel le buveur repenti devant l'odeur tourbée d'un malt écossais. Elle ne portait ni maquillage ni parfum mais des effluves de savon de Marseille à la lavande s'échappaient de la robe qui ondulait sur sa peau.

Paul avait toujours méprisé l'idée de désirer une femme avant même de lui avoir parlé. Là se trouvaient les fondements d'une bestialité masculine sur laquelle se construisaient le commerce sexuel et l'esclavage dit moderne. La conscience qu'il en avait ne suffisait pourtant pas à le rendre si différent de la majorité des hommes, il le savait et ne pas comprendre pourquoi le désolait.

Il se rappela que le plus beau corps de femme sur lequel ses yeux s'étaient posés était celui d'une jeune Béninoise, fauchée par l'overdose à laquelle on l'avait poussée, nue dans le froid glacial d'un pavillon isolé. Cette vision hantait parfois ses fantasmes et il en avait honte.

Louise avait toutes les raisons de se sentir perdue. Michel ne lui répondait pas, elle ne savait pas si son silence était lié à la mort d'Alexandre. Est-ce qu'il avait fui parce qu'il avait peur ? Mais elle pensait aussi qu'il n'en pouvait plus de sa vie, qu'il ne voulait pas fonder une famille et qu'il avait saisi le moment de tenter sa chance ailleurs. Seul. Il refusait d'être le père de son enfant. Il n'avait même pas essayé.

Quelles que soient ses raisons, elle était prête à accepter le départ de Michel.

D'abord méfiante, elle fut rassurée quand Arnaud présenta Paul comme un ex-super flic, ami d'enfance d'Hervé et Elsa. Elle avait entendu évoquer dans sa famille l'incendie qui avait coûté la vie aux parents de Paul, mais jamais on n'avait cité son nom. Ou bien elle ne s'en souvenait pas.

Elle avait besoin de parler, de libérer son esprit. De trouver un moyen de sortir du brouillard et de continuer à avancer.

Elle raconta avec nostalgie les années d'enfance passées aux côtés d'Alexandre, son cousin. Il fut très tôt son protecteur, sans machisme ni arrière-pensée. Au contraire. Il était peu intéressé par le « touche-pipi » sollicité par sa cousine et il alla chercher un voisin de leur âge dont il profita tout autant que Louise, même davantage tant il n'aimait pas voir un garçon toucher sa protégée. Ce n'est que quelques années plus tard que ces événements anodins refirent surface, quand ils connurent l'un et l'autre leur première expérience. Un groupe de scouts, issus d'une mouvance marginale, était venu installer son campement pour l'été. Alexandre jeta son dévolu sur un garçon de seize ans comme lui, beau comme un jeune roi, à l'image du prince

Éric, héros des lectures préférées du scout qui les partagea avec Alexandre dans la moiteur des nuits où leurs corps s'enlacèrent.

Quant à Louise, un développement tardif emprisonnait ses formes sous les tissus adipeux de l'enfance. Sa lourde silhouette et une interminable poussée d'acné la classaient irrémédiablement parmi les filles « pas baisables », selon les critères des jeunes types impatients de perdre leur pucelage à l'occasion des fêtes d'été et qui s'en mordirent au moins les doigts quand, quelques années plus tard, Louise se révéla d'une insolence érotique fulgurante.

Mais cet été-là, motivée par l'abandon de son confident qui s'enivrait des étreintes avec son prince blond, elle trouva le culot d'aller parler au seul garçon qui restait assis pendant les slows, écrasé par la timidité et la honte de sa pauvreté qui le rendait illégitime en tout lieu. Ses vêtements tristes semblaient eux-mêmes baisser le regard vers le sol.

Alexandre découvrit la relation qui se nouait entre Louise et Michel. Il perçut un nouvel éclat dans les yeux de sa cousine. Il prit le parti de les chaperonner tous les deux et, au fil des années, fit tout son possible pour aider Michel à prendre confiance.

« Michel, c'est votre mari, maintenant ? Le père de la petite ? » demanda Paul en regardant Marie qui dormait entre deux coussins.

Le sourire de Louise qui se tourna vers sa fille était une réponse.

« Ils se voyaient beaucoup, avec Alexandre ? continua Paul.

– Tous les jours ! Ils travaillaient souvent ensemble et Alexandre laissait tout tomber si Michel avait besoin d'un coup de main !

– Michel est par là ? J'aimerais bien lui parler... »

Louise hésita et tourna le regard vers Arnaud. Assis en tailleur sur le carrelage près de l'entrée, il grattait la nuque du chien qui avait posé la tête sur sa cuisse. On n'aurait pas su dire s'il écoutait la conversation ou si son univers se limitait en cet instant à l'échange silencieux entre lui et l'animal.

Louise pencha le buste pour se confier à Paul. Il fut tenté de plonger le regard vers la poitrine qui s'offrait à sa vue dans l'échancrure de la robe, mais résista. Il se contenta d'en humer l'odeur d'herbe sucrée qui montait vers ses narines.

« Depuis la naissance de Marie, tout est devenu compliqué... enfin, pour Michel...

– Ce n'est pas facile de devenir père, j'imagine.

– Michel n'est pas rentré depuis qu'on a retrouvé Alexandre. Et il ne répond pas au téléphone... »

Paul prit le temps de réfléchir. Cela semblait peu probable que Michel soit impliqué dans l'assassinat d'Alexandre, mais plus que certain qu'il y était lié d'une façon ou d'une autre. Soit il se cachait pour se protéger, soit on l'avait éliminé.

« Vous avez prévenu la gendarmerie ?

– Non...

– Louise, il faut faire des recherches le plus vite possible. En espérant que…

– Je ne crois pas qu'il lui soit arrivé quelque chose. Il est parti, c'est tout…

– Qu'est-ce qui vous fait penser cela ?

– Je lui ai appris la mort d'Alexandre. J'ai bien vu qu'il n'était pas au courant. Il est allé dans son atelier. Il a laissé son fourgon. Il est parti à pied. Michel avait une petite cagnotte… en cas de coup dur. Il a pris l'argent. Près de 3 000 euros.

– D'où il sort, cet argent ?

– De temps en temps, Hervé lui donne une prime. En cash… »

En entendant le nom de son ami d'enfance, Paul fut parcouru d'un malaise.

« Il travaille pour Hervé ?

– Depuis des années. Il l'a embauché comme ouvrier agricole. Je sais qu'Hervé et Elsa ont fait ça pour nous dépanner…

– Et Alexandre ?

– Alexandre, pas officiellement, mais comme il aidait Michel, forcément…

– Et Hervé les paye en liquide ?… »

Paul avait eu raison de prendre son cachet. Il avait besoin d'être serein pour penser.

« Si on vous pose des questions, Louise, dites que vous ne savez rien. Juste que Michel est parti chez des amis…

– Il a un copain d'enfance vers Limoges. Je ne sais pas où exactement…

– Limoges, c'est bien !… »

Le chien geignit en relevant le museau vers Arnaud qui avait cessé de le gratter au-dessus des oreilles. L'homme regardait Louise. Sans la quitter des yeux, ses doigts descendirent lentement vers le flanc du chien et se posèrent sur son ventre tiède.

25

Mathieu et Léo

Les pluies récentes avaient gorgé d'eau les rivières. Des orages violents s'étaient abattus sur les hauts plateaux. Des sources se réveillaient entre deux buissons, de minuscules geysers jaillissaient de terre. Au pied du promontoire où la caravane de Damien trônait comme un château de Bavière, les flots brunâtres avaient submergé le gué.

Mathieu et Léo avaient dû laisser leurs motos sur l'autre rive et traverser à pied le courant qui cisaillait les genoux. Le tumulte de la rivière avait envahi le silence.

Le téléphone sonna. C'était Agim. Damien fit sortir ses deux adjoints. Il ne voulait pas perdre la face devant eux. Le patriarche du clan Hasani était furieux de la disparition de deux de ses hommes et, plus encore, de celle de leur cargaison. Damien allait devoir se montrer docile, accepter sans broncher.

Mathieu fumait en silence, assis en caleçon

sur le marchepied de la petite caravane mauve. Son pantalon et ses bottines séchaient devant la grille rougie d'un radiateur à gaz posé sur une palette, si près de la source de chaleur qu'une vapeur dense s'échappait des vêtements détrempés.

Il n'avait pas froid, mais avait recouvert ses jambes nues d'un plaid mité. Il n'aimait pas exhiber son corps blanchâtre où l'absence de poils évoquait la peau d'un poulet prêt à cuire. Son torse constellé d'hématomes violets ressemblait à celui d'un vieillard maltraité. Le dégoût de sa propre nudité l'avait toujours conduit à rester habillé lors des rapports sexuels qu'il préférait rapides et brutaux. Il craignait le regard des femmes.

Léo avait repéré un héron, juché sur la pointe d'un rocher. L'oiseau guettait les poissons piégés dans un bassin en bordure de rivière, formé par un éboulis où s'infiltrait un courant plus transparent qui s'écoulait en fontaine claire entre les galets. Le bec de l'échassier plongeait et ressortait de l'eau, toujours victorieux, soulevant vers le ciel un poisson frétillant prisonnier de ses deux mandibules. L'oiseau faisait pivoter sa proie d'un coup sec et la laissait glisser dans le toboggan de son bec pour l'avaler.

Le héron en était à son neuvième chevesne. Léo se souvint qu'il avait été si fier d'en attraper cinq en moins de trois heures avec sa première canne pour la pêche au coup, appâtée à la sauterelle. Sa mère les avait roulés dans une assiette de farine avant de les faire frire dans du beurre.

Damien couvrait de sa main l'écouteur plaqué à son oreille pour ne pas rater un mot de la conversation lointaine. Les intonations autoritaires d'Agim résonnaient du fond d'une pièce vide. Un de ses fils faisait l'interprète.

« Dis-lui que nous aussi on a un gars qui a disparu… Il veut quoi ?… Son nom ?… Michel… » Il se garda bien de révéler que Michel était en dette avec les deux hommes d'Agim et que son partenaire avait été éliminé après une séance de torture. Il devait gagner du temps, essayer d'y voir clair par lui-même dans ce sac de nœuds.

Damien craignait autant la rupture des accords passés avec le patriarche que les représailles qui ne manqueraient pas de tomber si la drogue n'était pas retrouvée.

« Dis à Agim que je suis honoré qu'il m'appelle en personne et que ma priorité est de retrouver sa marchandise, que ce n'est pas la peine qu'il envoie ses hommes, ils seront repérés s'ils fouinent partout… »

Damien laissa au fils d'Agim le temps de traduire et entendit le vieil homme hurler sa réponse. Le fils traduisit d'un ton neutre les cris de son père et ses menaces. Damien sentait la terre se dérober sous ses pieds et essayait de contenir sa panique. Il devait montrer qu'il maîtrisait la situation.

« Je suis d'accord avec lui, il faut chercher autour de Michel, savoir s'il y a un lien entre sa disparition et celle de vos hommes. Il a forcément laissé des traces… Je vais envoyer deux de mes gars ! »

La réponse hurlée était chargée d'une brutalité qui pétrifia Damien. Il attendit la traduction que le fils prononça d'une voix mécanique.

« Chercher s'il y a un lien ? Tu veux perdre du temps ?… Ton Michel a tué mes neveux et s'est enfui avec ma drogue, tu le retrouves et je le veux vivant pour le livrer à leur père ! »

Après avoir raccroché le vieux combiné Socotel bleu à touches, Damien écrasa deux comprimés qu'il sniffa d'un trait. Il attendit quelques minutes avant d'ouvrir la porte de la caravane et d'exposer la situation à ses sbires.

Michel avait déconné, c'était certain. Mais il était loin d'avoir le cran d'éliminer deux tueurs et de voler le clan Hasani.

« Et après, vous le voyez en cavale avec la marchandise ? Alors, les questions sont : Où est Michel ? Où sont les deux Kosovars ? Qui se cache, qui s'est enfui, qui est mort ?

– Et pourquoi ils ont fait ça à Alexandre ?… ajouta Mathieu dans un souffle éraillé.

– Là, je n'y comprends rien, lui répondit Damien. J'ai du mal à croire que ce sont les hommes d'Agim qui ont fait ça… Quand ils tuent, ils cachent les corps, ils ne signent pas. Leur force, c'est de rester invisibles.

– Ils ont voulu laisser un message ! intervint Léo qui écoutait Damien avec le sérieux excessif qu'il mettait dans tout acte, même celui de respirer.

– À qui ? Pas à Michel ! Si c'est un message, c'est adressé à nous tous et dans ce cas, ça provient de quelqu'un qui n'est pas dans le circuit, en tout cas pas encore, mais qui va se manifester… »

Mathieu se leva en serrant autour de sa taille le plaid qui masquait ses jambes. Il attrapa son pantalon presque sec et ouvrit la porte de la caravane mauve.

« Je propose qu'on aille fouiller chez Michel. On va bien trouver quelque chose ! »

Mathieu pensait surtout à Louise. Il allait l'approcher, peut-être même la toucher… La présence de Léo lui donnerait confiance. Leur longue complicité n'avait pas fait d'eux des amis. Ils étaient devenus comme des jumeaux, au point que chacun avait besoin de l'autre pour prendre des décisions, parfois aussi radicales que l'achat d'une paire de chaussettes.

Quand le duo arriva à la ferme, Louise allaitait Marie et les garçons restèrent debout sur le seuil, figés. Des enfants de chœur devant la crèche de Noël.

C'est Mathieu qui parla. À voix basse. Louise masquait son anxiété. La présence des deux larrons lui faisait peur. Elle ne les connaissait que de vue et savait qu'ils étaient peu fréquentables. Son instinct de mère lui donna le courage de les affronter.

Ils prétendirent être des collègues de Michel. Ils devaient le retrouver, mais il n'était pas venu à leur rendez-vous. Il restait injoignable.

Louise leur raconta qu'un ami d'enfance de son mari était décédé et qu'il était parti à l'enterrement. Elle n'avait pas appris à mentir et évitait de les regarder pour ne pas trembler.

« Où ça ?

– Près de Limoges.

– Et il ne répond pas au téléphone ?

– Il a dû le perdre. C'est tout Michel, ça !

– Et il n'a pas appelé d'un autre téléphone ?

– Non. Pas encore. Mais je lui dirai que vous êtes passés… »

Léo n'avait pas quitté des yeux la petite main de Marie posée sur le sein de Louise. Les doigts minuscules se contractaient et s'ouvraient au rythme des succions accompagnées de soupirs de plus en plus repus. Léo avait calé sa propre respiration sur le rythme de la petite. Il aimait regarder les veaux et les agneaux téter leur mère, mais c'était la première fois qu'il voyait un nourrisson être allaité.

« Nous, on trouve ça bizarre, quand même. »

Mathieu avait haussé le ton malgré lui. L'impatience avait durci le timbre de sa voix. Louise posa son doigt en travers de ses lèvres pour lui faire signe de parler plus bas.

« Elle s'endort. Je monte la changer et la coucher.

– On va jeter un coup d'œil dans les hangars.

– Si vous voulez. Au revoir. »

Louise monta l'escalier qui conduisait à l'étage. Elle était soulagée d'avoir su garder son sang-froid.

« On viendra dire au revoir à la petite avant de partir ! » lança Mathieu.

Louise posa Marie dans son petit lit, vit par la fenêtre les deux hommes marcher vers les dépendances et s'empressa de téléphoner à Hervé.

« Il faut que ton ami Paul, le policier, vienne vite ! Je n'ai pas son numéro...

– Qu'est-ce qui se passe ?

– Il y a les deux types à la ferme... les deux jeunes à moto qui trafiquent à droite à gauche !

– Je suis là dans dix minutes. »

Léo tenait à la main les canons du fusil que Michel avait sciés. Mathieu s'approcha de Louise, comme s'il allait l'enlacer et regarda son cou. La sueur perlait sous sa gorge. Il renifla son odeur à pleines narines.

« Léo dit que Michel s'est fabriqué une arme plus courte, certainement pour pouvoir la cacher. Il a dû partir en urgence parce que son atelier est plutôt bien rangé sauf sa scie à métaux et ses limes.

– Je ne sais pas... il est parti à Limoges. C'est ce qu'il m'a dit.

– Il était en voiture, alors ? » demanda Léo avec malice.

Il se souvenait qu'ils avaient vu Michel partir à pied pour son rendez-vous avec les Kosovars.

Il pensait que Louise allait tomber dans le panneau, mais son sourire était aussi discret qu'une lumière clignotante posée sur un piège à renard.

« Non.

– Ça fait loin, Limoges à pied, non ? » ricana Léo.

Louise faiblissait. Elle pensait à sa fille. La protéger la rendait plus forte.

Mathieu ne parlait plus et respirait avec la délicatesse d'un chien en rut.

« Il a pris tout l'argent qu'on avait de côté.

– Il a peut-être voulu payer ses dettes moitié en cash, moitié en plombs, alors… » railla Léo.

Mathieu ne pouvait plus retenir ses pulsions. Il glissa sa main dans le décolleté de Louise et lui empoigna un sein. Il colla son ventre contre celui de la jeune femme et referma ses doigts sur son mamelon qu'il pinça, se délectant de l'expression de douleur qui se dessina sur son visage. Dans son fantasme, c'était le plaisir qui crispait les lèvres de Louise. Il colla sa bouche contre la sienne et introduisit sa langue.

Le surgissement d'une moto déchira le silence de la cour. Mathieu eut à peine le temps de se retourner. Louise se dégagea en poussant un cri et Hervé s'élança dans la pièce, bousculant Léo qui s'affala contre la table.

« Qu'est-ce que vous foutez là ?

– On est venu prendre des nouvelles de la famille…

– C'est pas ta famille, alors vous foutez le camp ! »

Mathieu n'était pas de taille à affronter au corps à corps Hervé qui avait quelques K.-O. mémorables à son palmarès. Louise palpait son sein endolori.

« Ils t'ont fait mal ?

– Ça va... » Elle s'efforçait de ne pas pleurer.

Mathieu étouffa son orgueil et l'excitation qui le stimulait. Humilié, il se dirigea vers la porte où Léo l'attendait. Son arrogance blessée le poussa à une bravade.

« Louise... tu sais que je vais revenir, hein ? »

Hervé bondit sur lui et l'agrippa.

« Si tu remets les pieds ici, je m'occupe de toi et de ton copain.

– Damien ne va pas être content que tu changes de camp !

– Je vais aller lui rappeler les règles, si c'est lui qui vous envoie. »

Hervé relâcha Mathieu et suivit dans la cour les deux garçons qui enfourchèrent leurs motos.

« Tu as une belle bécane, toi aussi ! Je me demande où tu trouves tout ce pognon... » gloussa Mathieu avant de démarrer, levant bien haut son majeur pour avoir le dernier mot et le dernier geste.

Une oie poursuivit Léo en sifflant, le cou tendu. Il lui décocha un shoot fulgurant en pleine tête. L'oie s'effondra. Ses ailes fouettèrent le sol.

Louise avait sorti une bouteille d'eau du réfrigérateur et buvait au goulot. Un filet clair s'écoulait de la commissure de ses lèvres qu'elle essuya du revers de sa main qui tremblait.

« Tu as appelé Paul avant de venir ? demanda-t-elle à Hervé.

– Je préfère qu'il reste en dehors de tout ça…

– Moi j'ai confiance en lui. Et c'est ton ami, non ? »

Hervé enchaîna mentalement une liste chronologique des décisions à prendre. Un joueur d'échecs pense en une fraction de seconde les coups qui vont le mener à la victoire, à la différence qu'Hervé était encore loin de la fin de la partie et qu'il jouait sur un échiquier truqué.

La première décision concernait Damien.

Mais avant tout, il devait épargner à Louise une interminable et inutile attente.

« Michel ne reviendra pas », lui dit-il gravement.

Louise tressaillit mais ne fut pas bouleversée. Depuis la naissance de sa fille, Michel était resté en marge. Le deuil de son couple appartenait déjà au passé.

Elle était soulagée de savoir. Elle comprit dans le regard d'Hervé qu'elle n'en apprendrait pas davantage.

Il n'y avait plus qu'elle et Marie, désormais.

26

Hervé et Damien

De son passé d'activiste, Damien avait conservé la pratique des sifflements codés, permettant en pleine nature de communiquer sur de longues distances. Il s'était inspiré de divers langages sifflés, des Yupiks de Sibérie à celui des bergers béarnais d'Aas.

Il avait aménagé une plage loin de sa caravane, dans un coude où la route longeait le torrent. Son ponton privé était un assemblage de quatre palettes arrimées en ligne l'une à l'autre, les trois premières en appui contre les rochers émergeant à la surface. La dernière flottait au-dessus d'un trou d'eau, portée par une chambre à air de tracteur. Assis sur un siège en toile, Damien était invisible depuis l'étroite route en corniche, masqué par un rideau de végétation. Mais de là où il était, il bénéficiait de la vision panoramique du large virage qui suivait les méandres du cours d'eau.

Il positionna l'index et le pouce en O entre sa

langue et ses dents et siffla au passage de la moto d'Hervé qui freina pour s'arrêter. Hervé n'avait pas prévenu de sa visite. Il pensait surprendre son créancier chez lui, quatre cents mètres plus loin.

Hervé franchit à pied une barrière de roseaux et apparut à l'orée du sentier menant au ponton. Damien se redressa. Il releva à l'aide d'une branche fourchue la « balance », sorte de nasse immergée qu'il sortit de l'eau en soulevant le fil amarré à la planche d'une palette.

« La pêche m'ennuie avec tout l'attirail : canne, fil, hameçon... mais l'écrevisse, c'est pas compliqué ! »

Damien parla fort pour couvrir le son de la radio qui diffusait un débat dans une langue d'Europe centrale. Il n'en comprenait pas un mot mais appréciait l'écoute des langues étrangères, relent nostalgique de sa jeunesse internationaliste. Désormais, il appréciait la musique des mots davantage que leur sens.

« Tiens, deux belles », dit-il en plongeant la main entre les mailles.

Il saisit les écrevisses derrière leurs pinces qui avaient lâché le morceau de poisson blanc accroché au fond de la balance et cliquetaient pour se défendre.

Il lança les crustacés dans un seau à moitié rempli d'eau et redéposa à distance la balance à l'aide du bâton fourchu qu'il fit coulisser le long du fil comme la gorge d'une poulie.

« Mathieu m'a appelé. Je sais que tu n'as pas aimé leur petite visite chez la femme de ton cousin, mais Michel me pose beaucoup de problèmes. »

Hervé éteignit la radio.

« Je t'ai tout remboursé, Damien.

– Oui, je sais. Tu travailles pour toi, maintenant… C'est agréable de gagner de l'argent, non ?

– Eh bien, j'arrête. C'est terminé. »

Ce n'était pas le bon moment pour Damien d'encaisser cette nouvelle. La contrariété déforma son sourire.

« Ça va te faire un gros trou de trésorerie ! Et je dois t'avouer que ça ne m'arrange pas énormément… Ça va prendre du temps de te remplacer et les entretiens d'embauche, ça n'est pas mon truc.

– Tu trouveras.

– Toi aussi tu peux trouver quelqu'un pour remplacer Michel. Ce qui est moins évident, c'est un type qui fasse le sale boulot à ta place et endosse tout sous son nom pour te protéger… Non, le mieux pour toi c'est que Michel réapparaisse ! Mais là, j'ai des amis qui vont vouloir lui parler et qui sont très en colère. Il a disparu avec deux de leurs copains qu'il a voulu arnaquer. On peut penser qu'il y a eu un problème, non ?

– Je ne crois pas qu'on le reverra. »

Damien s'approcha d'Hervé et prit un ton moins fanfaron.

« C'est aussi mon avis. Mais il t'a peut-être parlé ?

– Il ne m'a rien dit. Il ne répond plus. Soit il a

été tué, soit il s'est enfui et il ne peut plus faire demi-tour.

– On n'avance pas vraiment, là…

– Dimitar.

– Quoi ? »

L'idée lui était venue chez Louise. Placer au cœur du jeu un ennemi d'autant plus insaisissable qu'il n'existait pas. La vie en exil de Damien avait attisé une paranoïa qu'il était facile d'alimenter.

Hervé avait en mémoire le judoka bulgare Dimitar Zapryanov, battu en finale des jeux de Moscou de 1980 par Angelo Parisi qui empocha la première médaille d'or de l'histoire du judo français. Durant son enfance, Hervé avait pris ses petits déjeuners face à la photo de Parisi plaçant son *morote-seoi-nage* victorieux, affichée en place d'honneur dans la cuisine par son père dont les exploits de ceinture noire avaient franchi une seule fois les frontières régionales.

« Dimitar. Un Bulgare. J'ai surpris Michel qui parlait fort au téléphone et devait rejoindre ce type.

– Et ?…

– C'est tout. Je ne lui ai rien demandé et je ne veux rien savoir. Alors je ne sais rien. Toi et moi, on est quittes. Tu m'oublies. Salut ! »

Hervé avait déjà fait demi-tour. Damien appela dans son dos.

« Et la dernière récolte ? »

Hervé ne se retourna pas.

« Partie avec Michel !… »

27

Paul

Vingt-cinq ans plus tôt

Ça me fait moins mal qu'avant quand je pense à Elsa. D'ailleurs, je pense moins souvent à elle. Je me suis confié à Judith, une fille qui a un an de plus que moi. On parle beaucoup. Ou plutôt on chuchote pendant le jardinage. Elle est marrante, un peu folle. Elle est très fatiguée. Elle me dit que c'est à cause des huiles essentielles qu'on ajoute à la tisane des filles. Elle a de gros cernes sous ses beaux yeux noirs.

Elle me propose de la retrouver à minuit sous les fenêtres de la cuisine. On ira au-dessus du réservoir d'eau qui est enfoui sous une petite colline d'où on peut regarder les étoiles. Je lui dis qu'il y a toujours des nuages, ici, et qu'on verra pas les étoiles, mais on s'en fout, on pourra parler.

Le ciel est noir et sans étoiles, mais la lune parvient à se démarquer des nuages. On est allongés côte à côte et forcément, nos doigts se touchent, s'enlacent. On s'embrasse. Sa bouche a un goût fort de plantes distillées et sent le lavandin, mais ça ne me dérange pas et je ne lui en parle pas. Elle repousse avec tendresse mes mains qui descendent vers le bas de son ventre, les remonte vers sa poitrine et elle glisse sa main dans mon pantalon. Elle me caresse en m'embrassant et ses lèvres autour de ma bouche étouffent mon soupir quand je jouis.

Elle me demande si je veux m'enfuir avec elle. Je lui réponds par un sourire idiot.

Cela fait deux jours que je ne vois pas Judith. Pas moyen de poser la moindre question à qui que ce soit et je ne veux pas dévoiler notre lien. Je n'ai pas fermé l'œil la nuit dernière.

Une main secoue mon épaule. Dans ma chambre, les trois autres gars dorment profondément et j'ai du mal à ouvrir les yeux. Mon corps est épuisé et endolori des heures de bûcheronnage pendant lesquelles j'ai tronçonné, débité, porté les billes jusqu'à l'écroulement. J'avais besoin de sentir mes muscles brûlés par l'effort pour ne pas laisser mon esprit s'agiter. Mon coude gauche est en feu. L'infirmière m'a donné un puissant antidouleur à assommer un bœuf.

Je vois le visage de Judith à quelques centimètres du mien. Son regard m'implore. Elle veut qu'on s'enfuie maintenant. J'ai du mal à me réveiller. Elle me dit qu'elle a été violée à nouveau. C'est comme ça ici depuis qu'elle a treize ans. Ses parents sont dans la section des adultes. Ils savent très bien ce qui se passe avec les jeunes filles et elle voudrait les tuer.

Maintenant qu'elle m'a rencontré, elle ne se sent plus seule. Avec moi, elle aura la force de s'échapper. Mes membres sont lourds, je peux à peine bouger et pourtant ce qu'elle me dit passe à travers mon corps comme des centaines d'aiguilles rougies par le feu. Je crois que je pleure. Je lui réponds qu'on va réfléchir à ça demain, que c'est super difficile de partir d'ici. Elle veut s'enfuir maintenant. Demain, elle sera donnée à d'autres hommes. Elle me raconte à voix basse ce qu'elle voudrait vivre avec moi et ses chuchotements m'endorment. Je lui dis une dernière fois qu'on parlera de tout ça demain.

Je rêve que sa main caresse mes cheveux, un murmure d'adieu, ses pas qui s'éloignent puis le bruit d'une vitre qui se brise suivi d'un choc sourd.

L'autopsie du corps de Judith a révélé les viols. Le centre Harmonie, Terre et Soleil a été fermé.

J'ai dit à l'assistante sociale que je ne voulais pas retourner chez ma tante. J'ai demandé à aller en internat à Lyon pour préparer l'école de police.

28

Alice

Le vent avait annoncé l'orage qui tonna dans la nuit et porté l'odeur humide de la forêt jusque dans la maison. Paul avait laissé grandes ouvertes toutes les fenêtres qui claquèrent dans une bourrasque. Une vitre se brisa et le réveilla. Paul bondit de son lit.

Un feu glacial torturait sa tempe et la pulsation du sang dans ses artères heurtait son oreille avec l'écho de lourdes pierres jetées au fond d'un puits à sec. Il fouilla dans son sac. La boîte de médicaments était vide.

Un vieux fantôme souffla sur ses cendres : qui devait-il accuser de ne pas avoir sauvé Judith, les cachets qui l'avaient assommé ou sa lâcheté ?

La pluie avait faibli, mais le flot boueux dévalait la ruelle en pente. Le trop-plein qui débordait des fossés venait mourir sur un pré en herbe transformé en marécage. La cloche de l'église sonna quatre heures. L'éclairage public était éteint et les éclairs en s'éloignant diffusaient une faible lueur qui faisait briller les gouttelettes tombant d'un ciel noir.

Paul marchait vite. Le martèlement de ses pas montait le long de son dos et absorbait les coups qui pilonnaient son cerveau. La bruine qui mouillait son visage brûlant n'apaisait pas sa douleur. Quand il était enfant et qu'une fièvre le clouait au lit, sa mère posait sur son front un linge humide qui gouttait sur ses yeux. Cela ne faisait pas chuter sa température, mais la sensation de fraîcheur le lui faisait croire.

Il pénétra dans la forêt en contournant la barrière qui interdisait aux véhicules à moteur l'accès au chemin coupe-feu. Le bas-côté herbeux avait été creusé et fouillé. Une harde de sangliers avait profité de la pluie pour labourer de leur groin la terre devenue meuble et se goinfrer de racines tendres.

Paul entendit un frémissement en provenance d'un buisson, trop peu touffu pour abriter plus gros qu'un renard ou un oiseau. Comme l'animal ne s'enfuyait pas à son approche, il pensa que le roncier dissimulait une des multiples entrées du terrier d'un blaireau. Le fouisseur solitaire profitait de la nuit pour évacuer sa litière. Curieux de surprendre la bestiole en pleine action, Paul s'approcha de l'arbrisseau, alluma la torche de son téléphone portable et plongea le bras entre les ronces.

Deux yeux ronds brillèrent dans la lumière. Un marcassin s'était étranglé dans une boucle formée par la tige épaisse d'un rejet, refermée comme un collet autour de son cou. En se débattant, le marcassin s'était emprisonné davantage. Les pattes ligotées par un enchevêtrement de racines, il ne pouvait prendre appui pour se dégager.

Paul regrettait de ne pas avoir de couteau pour trancher ses liens. Il avança vers une futaie pour y ramasser une grosse branche morte qui l'aiderait à libérer l'animal de son piège de ronces. Il eut à peine le temps de se pencher qu'une masse sombre fonça sur lui, le projetant au sol. Un énorme sanglier le chargea plusieurs fois. Paul se tenait en boule, protégeant son crâne de ses mains. Il tenta de se lever et fut à nouveau bousculé ; sa jambe fut fauchée par la puissance de l'impact. Il se rappela la mésaventure fatale d'une nonne en recueillement spirituel dans la forêt, près de Notre-Dame-des-Sources, mise en pièces par la charge d'un sanglier blessé. Même s'il était plus solide qu'une bonne sœur octogénaire, il ne tiendrait pas longtemps.

Il comprit qu'il avait affaire à la mère qui protégeait son petit. Elle resterait près de lui et se contenterait d'éloigner le danger. Il devait réussir à prendre de la distance et à sortir de la zone de protection. Il rampa jusqu'à la branche au pied de la futaie, s'en saisit à deux mains comme d'une batte de base-ball et, tandis qu'il encaissait de violents coups de boutoir dans les côtes, il pivota sur le dos et frappa l'œil de la laie avec toute la puissance de ses épaules. La branche, sèche et vermoulue, se brisa comme une allumette mais l'animal, surpris, recula de quelques pas. Paul se hissa et détala à toute vitesse, le corps meurtri, zigzaguant entre les arbres. Le sanglier le poursuivit sur une dizaine de mètres avant de retourner auprès du marcassin, sans savoir qu'il venait de priver son petit d'une chance de survie.

Assis sur un tabouret dans l'arrière-salle de la pharmacie, Paul tendait le visage vers le stagiaire venu faire l'ouverture matinale de l'officine. Le garçon était plutôt bon élève et avait placé quelques sutures adhésives sur les plaies qu'il avait soigneusement nettoyées.

Sous les cheveux de Paul, il remarqua la cicatrice au niveau de la tempe.

« Une vilaine blessure, que vous avez eue là !

– Un porc nazi a essayé de me tuer il y a quelques mois. »

Le stagiaire tordit la bouche et força un sourire, jugeant la blague plutôt moyenne.

Paul appliqua lui-même le gel antalgique sur ses flancs bleuis par les contusions et constata qu'il n'avait plus mal à la tête. Sa mise en danger bien réelle avait relégué ses émotions au second plan, emportant avec elles les troubles de son système nerveux. Décidément, le neurologue de l'hôpital avait faux sur toute la ligne. Affirmer que le déclenchement de ses crises résultait de phénomènes physiologiques et chimiques était une absurdité.

Il fallait tout de même qu'il renouvelle son stock de cachets en cas d'urgence.

Paul sortit de sa poche une ordonnance qu'il tendit au futur pharmacien qui relut deux fois les dosages prescrits.

« Ah ouais, carrément ! Moi qui allais vous proposer du Doliprane... »

Paul marcha jusqu'à la sortie du village et descendit la route qui menait au domaine d'Emmanuel, la Renaissance solaire.

Il s'arrêta devant le portail du parc. Sur toute sa longueur, le mur d'enceinte était hérissé d'une spirale de barbelés anti-intrusion à doubles lames d'acier. Le manoir et les dépendances n'étaient pas visibles de l'extérieur. Des bouquets de hêtres et de sapins encadrés par un alignement de chênes pubescents formaient un bois touffu tout autour des bâtiments. Il lui sembla entendre des tirs couverts par le rugissement de moteurs d'engins de cross.

Paul longea le mur pour atteindre l'arrière du parc qui s'appuyait sur la pente d'une colline boisée. Il grimpa vers la forêt qui dominait la maison d'accueil. Le haut d'un talus couvert de mort-bois offrait une vue plongeante sur l'ensemble de la propriété. Les pieds de Paul s'enfoncèrent à mi-cheville dans la couche de broussailles et prirent appui sur l'argile sableuse.

À l'extrémité nord, au-delà du parcours commando, deux motards s'exerçaient au tir sur des cibles fixes autour desquelles ils tournaient à la manière d'Indiens à cheval encerclant un convoi. Il reconnut la moto du plus fin des deux. C'était l'homme qu'il avait vu parler sur la route avec Arnaud et qui avait regardé dans sa direction quand il avait épié l'entraînement nocturne à travers la grille.

Léo était rapide et précis. Chacun de ses tirs était suivi du choc métallique de la balle touchant sa cible. Ce n'était pas le cas de Mathieu qui enchaînait dérapages et freinages, virevoltant comme un acrobate sur sa moto, préférant le style au résultat.

Paul regretta d'avoir laissé dans sa voiture sa paire de jumelles.

À deux mètres du mur, des gamins avaient bricolé une plate-forme dans un gros arbre, certainement pour espionner avec envie les séances d'exercices militaires des survivalistes. Il y monta. Les planches étaient calées entre les fourches des branches, nouées par de la grosse corde de chanvre. Il fit facilement pivoter la plus longue qu'il appuya sur le barbelé, créant un pont entre l'arbre et le mur. Il posa le pied pour tester la solidité de sa passerelle improvisée. Le tunnel de barbelés s'affaissa et la planche plia sous son poids. Paul s'assit à califourchon et se dandina jusqu'au mur en appui sur ses mains, se redressa et sauta de l'autre côté de l'enceinte derrière un taillis de chênes nains.

Quand il toucha le sol, une branche noueuse s'abattit sur sa nuque. Il roula sur lui-même. Alice, en treillis, était debout face à lui et s'apprêtait à le frapper de nouveau. Il lança ses jambes en ciseau et la déséquilibra, la plaqua face contre terre et enserra son cou en étranglement, tandis qu'il lui tordait le bras de son autre main.

« Sale pute de flic ! On t'a dit de pas fouiner !

– Je suis venu t'aider…

– Je vais appeler. Ils vont te faire ton compte. »

Paul pressa plus fortement la gorge d'Alice qui poussa un petit cri de loir, étouffé et aigu comme la toux d'un nouveau-né.

« Je veux savoir ce qu'il s'est passé avec Alexandre ! » dit Paul avec calme.

Il sentit peu à peu le corps d'Alice se relâcher. Il libéra sa gorge.

« Qu'est-ce que ça peut te foutre, ce qu'il s'est passé ?

– Je veux trouver qui a fait ça… et pourquoi. »

Il laissa Alice se dégager. Elle s'assit à côté de lui, le regard vide. Ses cheveux étaient ramassés en un chignon maintenu par un crayon planté en travers.

L'odeur épicée des sapins était apaisante. Paul se souvint des bonbons à la sève des Vosges dans une petite boîte vert et or que sa mère avait toujours au fond d'une poche.

« Et pourquoi tu t'intéresses à Alexandre ? Personne n'en a rien à foutre. Et puis, je croyais que t'étais plus flic !

– Moi je n'en ai pas rien à foutre. Avec toi, ça fait deux à qui ça cause souci. Je peux t'aider mais il faut que tu m'aides aussi. »

Alice remarqua les pansements sur le visage de Paul.

« Tu t'es fait casser la gueule ?

– Disons que c'est pas mon jour !... Tu le connaissais d'où, Alexandre ?

– C'était mon meilleur ami. On se disait tout. Ça rendait Emmanuel jaloux et pourtant il avait rien à craindre ! »

Paul se retenait de lui crier qu'Emmanuel était un manipulateur, un complotiste cinglé et certainement dangereux, et qu'elle devait s'enfuir.

Alice était ailleurs, focalisée sur le souvenir de son ami.

« Alexandre s'entraînait ici avec moi. Il était super fort ! Même Emmanuel n'arrivait pas à le battre.

– À la lutte ?

– Tout. Lutte, boxe... Un jour, Emmanuel l'a attaqué au couteau... »

Alice semblait fixer Paul, mais son regard s'envolait bien au-delà.

« Et ?...

– Alexandre lui a cassé deux doigts. Je savais que c'était à cause de moi alors j'ai tout dit à Emmanuel, je ne voulais pas que ça dégénère entre eux.

– Qu'est-ce que tu lui as dit ?

– Alexandre aimait les garçons. Il n'avait jamais rien fait avec une fille... Après ça, Emmanuel l'a laissé tranquille. Ça l'a rassuré.

– Tu parles comme si tu lui appartenais. »

Alice baissa les yeux. Son regard d'enfant blessée grattait le sol pour y trouver les mots. Paul ne parvenait pas à surmonter la colère qui coulait dans ses veines et l'engourdissait comme un poison.

« Ici, je suis protégée. Il est ma famille. Comme un père et un frère.

– On ne couche pas avec sa fille ni avec sa sœur…

– Je m'en fous. Si ça lui fait plaisir, ça ne me dérange pas… »

Paul se leva sans énergie. Un vertige diffusa sous son crâne une brume de confusion. Son affect avait eu raison de ses forces.

Il sortit de sa poche le sachet de la pharmacie.

Un quad se dirigeait droit sur eux. Il était trop tard pour faire demi-tour et repartir par la forêt. Paul avala un cachet.

« T'as pas le choix. Il faut sortir par le portail », confirma Alice avec l'orgueil de la joueuse qui pose sa dernière carte et gagne la partie.

Le quad stoppa en travers du chemin. Emmanuel les attendait en silence, les mains serrées sur les poignées. Quand ils arrivèrent à sa hauteur, Alice parla la première.

« C'est bon, il s'en va.

– C'est une propriété privée, monsieur l'ex-officier, et je ne crois pas vous avoir vu entrer par la porte », souffla Emmanuel, contrarié par la nonchalance d'Alice.

« Il va m'aider pour Alexandre. C'est bon, j'te dis ! Je le raccompagne. »

Emmanuel était irrité de sentir s'échapper son emprise sur Alice. La mort d'Alexandre l'avait changée. Elle contourna Emmanuel et Paul la suivit.

Ils approchèrent de la grille. Arnaud avait posé son balai de cantonnier à brosse large en fibres de plastique. Il avait cessé de frotter les dalles crottées d'empreintes boueuses de pneus et de rangers pour nettoyer au jet les roues des motos de Mathieu et Léo. Une bouteille de bière dépassait de la poche de la veste de travail qu'il portait en toutes circonstances, qu'il travaille ou non, au point que le col était amidonné par une croûte de crasse noire.

Assis sur une souche de la largeur d'une table de bar, le duo attendait que les jantes retrouvent leur éclat en sirotant une bière au goulot.

Arnaud ne fut pas surpris de la présence de Paul, l'information avait vite circulé, mais les deux hommes firent mine de ne pas se connaître.

Mathieu tenait sa bouteille à la verticale au-dessus de sa bouche ouverte et en aspirait les dernières gouttes sans cesser de dévisager l'intrus qui marchait vers eux. La gymnastique imposée à ses yeux était inconfortable mais, pensait-il, lui donnait l'allure d'un chef.

Léo grattait la tête du chien d'Arnaud, qui s'était couché à ses pieds. Il adressa à Paul le rictus complice de deux inconnus dont les chemins ne cessent de se croiser.

« Je vais vous ouvrir ! » dit Arnaud.

Il s'empressa de décrocher de sa ceinture un trousseau de clés, chacune identifiée par un cache en plastique d'une couleur spécifique et toutes reliées entre elles par un fin collier en cuir usé, celui que portait son chien dans ses premiers mois. Arnaud avait regroupé de façon très organisée les différentes clés de ses multiples employeurs au fil des années et les conservait toutes, bien que la plupart lui soient inutiles depuis longtemps.

Il s'approcha de Paul et glissa une clé à pompe dans le barillet du portail. Paul remarqua qu'il n'était pas verrouillé. Arnaud simula la rotation du cylindre.

« À seize heures à la chapelle… » chuchota-t-il, feignant de libérer le pêne de la serrure.

Avant de franchir la grille, Paul se retourna vers Alice.

Pour la première fois, il la voyait sourire.

29

Damien

Le patriarche Agim avait confié à son fils aîné la charge du territoire de Damien. Gil s'était déplacé en personne jusqu'à chez lui au volant de son SUV Mercedes, ce qui n'était pas bon signe. Le clan Hasani exprimait son impatience et sa colère.

La découverte du corps d'Alexandre avait fait la une de la presse tant nationale que régionale. Il fallait remettre de l'ordre avant le cataclysme. L'urgence des Hasani était de retrouver la marchandise volatilisée et de mettre la main sur ceux qui avaient osé éliminer des serviteurs du clan.

Le matin même, Gil avait accueilli à l'aéroport deux de ses mercenaires qui avaient quitté Pristina la veille et changé de passeport à chacune des correspondances. Sans qu'ils se ressemblent, leurs traits étaient similaires dans leur banalité, comme si un abrasif en avait gommé toutes les aspérités, et il était difficile d'estimer leur âge ou de deviner leur nationalité. Ce duo avait travaillé plus d'un an pour Agim entre la Belgique et la Suisse. Ils avaient dû quitter ces paradis dorés après qu'un de leurs débiteurs, dignitaire de haut rang, avait été trop abîmé pour profiter de ce qui lui restait de sa fortune. Leur insistance à récupérer ce qu'il devait au clan avait été plutôt musclée.

Gil était peu bavard. Son visage restait impassible quelle que soit son humeur, qu'il soit enthousiaste ou furieux.

Il posa ses conditions à Damien, avec la concision que permet la maîtrise basique de la langue anglaise. Les deux nouveaux venus allaient rester sur place le temps de retrouver la drogue qui appartenait au clan. Il faudrait leur fournir une voiture et satisfaire leurs demandes. Quant à la disparition de ses deux hommes, il était évident que celle-ci était définitive mais Agim voulait punir.

Sa première interrogation concernait le corps découvert attaché à des barbelés.

Damien lui confirma la relation entre le mort et Michel, lien à la fois familial et amical.

Damien redoublait d'égards pour mettre Gil en confiance, ne pas menacer la bonne entente de leurs affaires. Alors il raconta la dette entre Michel et les deux Kosovars disparus. Bien sûr, il savait que jamais les hommes du clan Hasani n'auraient pris le risque d'attirer toutes les polices de France par la mise en scène sordide du meurtre d'Alexandre. Selon lui, il y avait quelqu'un d'autre, quelqu'un qui avait intérêt à semer le chaos. Michel était devenu moins fiable et il avait pu être tenté d'ouvrir la porte à la concurrence. La piste suggérée par Hervé d'un complice bulgare n'avait cessé de tourmenter Damien.

Sans révéler sa source, il évoqua les appels de Michel à un certain Dimitar. Le visage de Gil s'assombrit. Ses joues lisses frémirent.

« *Dimitar ? It's a bulgarian name ?*

– *Yes. Michel was in contact with Dimitar.* »

Le stoïcisme de Gil se brisa net et il sortit d'un bond de la caravane, son téléphone à la main.

La crainte du patriarche était qu'ils soient menacés sur leur territoire, que leurs fournisseurs bulgares aient des envies de sortir de leurs laboratoires pour jouer eux-mêmes les représentants de commerce et agrandir leur part du gâteau. Dès qu'une nouvelle génération arrivait aux commandes, soit elle continuait sur la même ligne, soit elle imposait son ambition, foulant du pied toutes les règles mises en place par les anciens.

À travers la baie vitrée, Damien surveillait Gil qui courait d'un point à un autre, le bras levé vers le ciel pour accrocher le réseau cellulaire.

Damien appela Mathieu et Léo de sa ligne fixe et leur ordonna de fournir au plus vite une voiture aux deux hommes de main de Gil, puis il cogna contre la vitre avec le combiné, le seul moyen de communication possible dans cette zone blanche.

Gil entra en trombe, saisit le vieux téléphone à touches et parvint à joindre la ligne d'urgence du clan. Il parla brièvement à son frère qui courut prévenir leur père parti tôt à la mosquée dont il était si fier. Sa façade d'une pureté éblouissante rivalisait avec l'enduit blanc immaculé du dispensaire et de l'école, tous trois construits avec l'argent des Hasani qui offraient au village ce que l'État ne pouvait ou ne voulait assumer.

Agim rappellerait sous peu. Gil attendait, sirotant un thé que Damien prépara en y ajoutant de la menthe fraîche qu'il alla cueillir au pied de la citerne d'eau de pluie.

Gil montra à Damien sur son téléphone la dernière image qu'il avait récupérée sur le *cloud* d'un de ses deux hommes disparus. Ils n'avaient plus envoyé de message ni passé d'appel après l'heure qui s'inscrivait sur la photo, située géographiquement par une position GPS. Damien confirma en regardant l'écran que c'était bien Michel qu'on voyait descendre d'un van. L'homme au volant n'était pas identifiable, masqué par les reflets du pare-brise, mais le logo du centre équestre était visible sur le flanc du véhicule.

Le niveau de la rivière avait baissé aussi vite qu'il était monté. Une croûte grisâtre recouvrait les rochers que la crue avait immergés sous l'eau boueuse avant de se retirer. Les flots avaient charrié des bouquets de branches qui s'étaient échoués sur les rivages et baignaient dans le désordre de flaques verdâtres. L'eau vive avait retrouvé sa clarté, mais l'odeur de vase dominait encore. Les fagots de bois mort traçaient des sillons sur la surface comme les doigts écartés d'une main plongée dans le courant.

Léo et Mathieu traversèrent le gué à moto. Ils sortirent de leurs coffres des casques qu'ils donnèrent aux deux hommes de Gil. Ils allaient les conduire chez Thierry pour récupérer la Mégane que Damien avait réservée à Agim. Dans l'urgence, impossible de leur fournir un 4 × 4.

Avant leur départ, Damien parla à ses deux lieutenants de la photo de Michel prise par les Kosovars disparus. Il n'y avait pas mis les pieds depuis des années mais avait reconnu l'ancienne ferme et la porcherie. Si Michel avait emprunté un van au centre équestre, l'idée qu'Hervé puisse être le conducteur masqué par les reflets du pare-brise ne lui effleurait pas l'esprit. Il connaissait sa prudence et son intransigeance à rester à l'écart de tout contact avec les Hasani.

Damien commanda à Mathieu et Léo d'aller fureter autour de la porcherie après avoir accompagné les hommes de Gil à leur voiture.

À l'arrière de la cour encombrée de véhicules accidentés, serrés comme des conserves sur une étagère, la dépanneuse de Thierry stationnait contre une ancienne volière où nichaient une demi-douzaine de chiens. Sur la plate-forme d'un pick-up Ranger hors d'âge que Thierry n'utilisait que pour la chasse ou pour aller faire courir les chiens en forêt, une cage recouverte d'un tapis en lambeaux avait été installée en appui contre la cabine pour transporter la meute. Un cric pneumatique soulevait un côté du vieux Ford et Thierry, habillé d'un survêtement de sport, replaçait la roue. Ses gestes étaient précis. Chacun d'entre eux se ponctuait d'un petit mouvement du poignet. Thierry travaillait avec la délicatesse d'un peintre. Il entendit approcher les deux motos, les reconnut à l'oreille et déclencha à distance l'ouverture de la grille coulissante.

Les chiens s'agitèrent quand elles franchirent le porche.

Thierry poussa le portail du hangar et accompagna les quatre hommes vers la Renault Mégane break flambant neuf. Il tendit à Mathieu la carte de démarrage et fit demi-tour sans un mot. Il retourna à son pick-up et le posa sur ses roues en abaissant le cric. La carcasse du Ranger grinça.

Tandis qu'il ouvrait la cage sur la plate-forme, déclenchant un délire d'excitation des chiens impatients d'aller courir avec leur maître, la Mégane noire rugit et quitta la cour trop rapidement. Le bas de caisse racla au passage le sabot en ciment au pied du porche. Thierry grimaça au son du frottement. Ces hommes portaient atteinte à son travail soigneux. Il aimait ceux qui respectaient les voitures et avait de l'affection pour les anciens qui conservaient une peau de chamois dans leur boîte à gants.

Il libéra les chiens qui sautèrent en vague sur le plateau du pick-up et s'engouffrèrent dans la cage. Il leva la main en guise de salut à Mathieu et Léo qui repartaient sur leurs machines.

30

Paul et Arnaud

Arnaud était arrivé à la chapelle en avance. Il ne laissa pas à Paul le temps de descendre de son Land Cruiser et grimpa à ses côtés pour le guider, lui annonça-t-il, vers une ferme des hauts plateaux.

Il demanda à Paul d'ouvrir la vitre arrière pour permettre à son chien, installé sur la banquette, de humer l'air qui s'engouffrait dans la voiture. Il n'était pas question de le laisser seul à la chapelle.

Sur le trajet, il raconta à Paul que Michel et Alexandre avaient mis sur pied un élevage de porcs dans une ferme à l'abandon. Ils lui demandaient parfois de venir nettoyer en échange d'un petit billet. C'était loin pour faire la route à Mobylette mais le travail lui plaisait, tant qu'il s'agissait de prendre soin des bêtes. Et puis, un peu d'argent, c'était toujours ça. Mais cela n'arrivait pas souvent parce que Alexandre y venait lui-même presque tous les jours.

Arrivé sur le plateau, Arnaud indiqua le chemin qui filait droit vers la porcherie.

Paul eut un choc quand ils approchèrent de la ferme désertée et de ses bâtiments en ruine.

« C'était chez les Roche, non ?

– Aucun des deux fils a jamais voulu reprendre. Il y en a un qui a son garage depuis quinze ans et l'autre il se la coule douce en Espagne.

– Thierry Roche, c'est le garagiste… Il était dans ma classe en primaire. Il passait la semaine chez sa grand-mère. Sa famille vivait ici, mais c'était bien trop loin de l'école. Je suis allé chez lui il y a quelques jours, j'avais besoin d'un feu arrière…

– Il travaille dur. Garage, casse auto… Il va même dépanner sur l'autoroute. »

Paul scruta l'horizon asséché. La ferme délabrée reflétait l'ombre de sa propre histoire. Deux décennies avaient suffi à effacer le passé d'une famille dont les dernières traces disparaissaient un peu plus à chaque pierre qui tombait d'un pan de mur écroulé.

« Il s'est passé quoi, ici ?

– Ils ont eu la tempête. Le toit détruit. Les vieux étaient déjà à la retraite mais avec ce qu'ils touchaient, ils étaient coincés… ils ont pris l'argent de l'assurance et ils sont allés en ville. Ils ont donné la moitié aux deux fils… »

Paul imagina ce couple que la vie avait essoré, égrenant le temps qui passe devant la télévision dans un appartement étriqué, l'étendue des hauts plateaux autour d'eux remplacée par un minuscule balcon où s'entassent des packs de lait et des souliers usés. Ils ne voyaient plus le soleil se lever bien plus bas que leur maison et teinter de rouge la crête des collines. Perchés dans le ciel, ils avaient regardé chaque matin le feu jaillir de la terre.

Ça, l'assurance ne l'avait pas remboursé.

Les porcs étaient dehors, les mangeoires extérieures vides. Arnaud sortit de la porcherie, en colère, portant des seaux qu'il chargea de maïs. Il vida plusieurs rations de grains dans les mangeoires.

« Ils ont bouffé une jeune truie. En plus, elle était pleine ! »

Affamés, les animaux s'étaient régalés des deux porcs abattus par l'homme qui avait été bousculé par la horde. Il ne restait rien du goret. Parmi les lambeaux ensanglantés de la truie, Arnaud avait compté au moins cinq porcelets. Il remarqua le bois de la mezzanine éclaté par les tirs en rafales d'une arme lourde, la paille dispersée comme si une tempête de grêlons avait dévasté les enclos. Mais cela ne l'intéressait pas. Il était trop contrarié du malheur qui avait frappé les bêtes. Il déposa dans la brouette cabossée ce qui restait de la truie et sa portée.

« Dieu interdit que les hommes se mangent entre eux. C'est bien pareil pour les cochons, non ? »

Il passa près de Paul qui s'était arrêté devant

la fosse à purin et ignorait qu'au fond du jus noir baignaient trois corps, immergés avec leurs secrets. Arnaud y vida la bouillie de chair et d'os, qui glissa du godet de la brouette avec un bruit de succion.

« Le lisier n'a pas été raclé. Il faudra que je revienne », déclara Arnaud à qui l'ampleur des dégâts dictait le devoir de s'atteler à une tâche plus grande que lui, le devoir de servir Dieu en purifiant un espace souillé par la rage et le péché.

Il ouvrit la vanne du puits. L'eau ruissela dans les abreuvoirs. Chacun de ses gestes était précis, pas un mouvement de trop. On disait de lui qu'il n'avait pas toute sa tête, mais pour ce qui était du travail de la ferme, Paul retrouvait l'ancien ouvrier de ses parents, dévoué et compétent. L'effort apaisait peu à peu son humeur.

Arnaud l'avait emmené jusqu'ici pour lui parler, Paul attendait sans le brusquer.

« Tu sais, je suis bien payé pour travailler au parc de la maison d'accueil. Deux jours par semaine ! Les deux jeunes que tu as vus sont souvent là. »

Arnaud plaça ses mains sous le robinet de la citerne d'eau de pluie.

« Ils font du tir à moto et après tu nettoies leurs bécanes, c'est ça ?

– Ils sont contents d'eux alors ils arrêtent pas de se raconter ce qu'ils ont fait. C'est des gosses ! »

Arnaud frotta méticuleusement ses paumes sous

le filet d'eau, puis enveloppa ses doigts dans la main opposée refermée en fourreau. Doigt par doigt, il récura les traces de boue, d'excréments et de sang.

« Ils travaillent, ces gars-là ? demanda Paul.

– Tu parles d'un travail ! Ils trafiquent tout ce qui peut rapporter en se donnant le moins de mal... ils volent des bagnoles et c'est Thierry qui les maquille, ils trouvent des gamines à la sortie du lycée pour faire des soirées avec des types qui payent ce qu'il faut, des trucs de ce genre...

– Tout le monde le sait et personne ne dit rien ?

– Tant qu'il y a des gens qui achètent, il y a des gens qui vendent... Et puis ils sont discrets... et malins. Mais ils parlent devant moi. Tu sais, Paul, "Nono il est pas très futé, il comprend rien..." Mais moi j'ouvre les oreilles et je souris... je parle qu'à mon chien !

– Alexandre et Michel faisaient des affaires avec eux ?

– Ça, c'est sûr mais je sais pas trop quoi...

– C'est ça que tu voulais me dire ?

– Ils se sont bien marrés, aujourd'hui. Léo, c'est le plus petit. Il a rigolé comme un tordu avec une histoire de blaireau qui faisait des roulades et Mathieu, le plus costaud, a pas arrêté de raconter comment il a cassé la gueule à deux types qu'il a envoyés à l'hôpital.

– Il parlait de Michel et Alexandre ?

– Ah non ! Il parlait de deux types qui ont volé Michel et ils sont allés leur régler leur compte...

– Et c'est qui, ces deux types ?

– Ça, je sais pas. Des gars qui s'amusent à voler en sautant des falaises… Tu sais, on voit leurs parachutes au-dessus de Haute Aiguille…

– C'est du parapente. »

Arnaud cessa de parler quand fut accompli le lavage soigneux de ses mains et alla retrouver son chien allongé sur un carré d'herbes tendres. Il s'agenouilla à ses côtés et pencha la tête près de son oreille dans laquelle il murmura un long moment. La salive sifflant entre ses dents couvrait les mots qu'il prononçait.

Paul sentait la fatigue envahir son corps, les muscles engourdis par l'effet tranquillisant de ses médicaments.

Une buse décrivait de larges cercles en se laissant porter par les courants aériens. La masse d'air tiède qui remontait du sol s'engouffrait sous ses ailes qu'elle orientait à peine. Paul enviait sa légèreté. Peut-être même sa liberté.

Arnaud se redressa et se dirigea vers l'arrière des bâtiments. Il fit signe à Paul de le suivre.

Une croix de pierre émergeait d'un rocher à la bordure d'un sentier recouvert de pousses d'avoine sauvage et de vulpin. L'air avait un parfum d'herbes sèches et de phéromones de porc. Quelques rafales tièdes soulevaient au loin des poussières végétales qui scintillaient dans le soleil.

Arnaud faisait face à la croix, tournant le dos à Paul qui le rejoignit.

« On va prier pour tes parents. »

Paul leva les yeux vers le ciel où la buse flottait

maintenant sur place, presque immobile. Il aurait voulu s'asseoir, mais Arnaud commença sa prière à voix haute.

« Mon Seigneur qui êtes aux cieux, ton jugement sera terrible mais nous serons sauvés comme tu as sauvé ton fils en lui offrant la vie éternelle. Prends pitié de nous. Il a donné sa vie pour nos péchés. Prends pitié de nous. Ta colère saura reconnaître les bons et tu les appelleras auprès de toi comme tu as appelé Louis et Jacqueline. Que ta bonté protège leur fils Paul. Veille sur lui comme tu as veillé sur eux jusqu'à leur dernier jour avant de les accueillir dans ton paradis pour l'éternité... »

Le vent qui caressait le plateau effleurait l'oreille de Paul. Il plaça sa main en conque contre sa tempe comme on positionne un coquillage pour entendre le bruit de la mer. Le souffle roula dans le creux de sa paume. La résonance contre ses tympans assourdit la prière d'Arnaud dont Paul ne voulait plus entendre les mots.

Il vit la buse plonger d'un trait vers le sol. Ses serres paralysèrent le corps d'un mulot qu'elle déchiqueta de son bec acéré. Paul avait le goût du sang tiède de l'animal sur le bord des lèvres. Il alla s'asseoir sur un rocher. La nausée contractait son abdomen d'où remontait un flux gastrique.

Il entendit au loin le bourdonnement de deux motos qui enchaînaient les virages à grande vitesse. Mathieu et Léo grimpaient la route qui montait au plateau. Ils n'allaient pas tarder à apparaître. Arnaud se précipita vers Paul. Ils n'avaient que quelques minutes avant l'arrivée des deux lascars.

« Il ne faut pas qu'ils me voient avec toi ! »

Sa voix s'étranglait. Il attrapa le chien par le collier pour le coucher au sol à l'arrière de la voiture et s'allongea sur lui à plat ventre entre les deux banquettes. Paul sauta sur son siège et démarra. Il n'avait d'autre choix que de rouler vers eux. Ne pas donner l'impression de fuir était la solution la moins pire.

Il remonta sa vitre mais au moment de les croiser le chien qui gémissait d'inconfort échappa au contrôle d'Arnaud, bondit sur la banquette et passa la tête par la vitre arrière, se retrouvant nez à nez avec Léo qui, surpris de l'apparition soudaine de l'animal, fit une embardée.

Léo et Mathieu stoppèrent aussitôt. Ils suivirent des yeux le Land Cruiser de Paul d'où dépassait la tête du compagnon inséparable d'Arnaud, les oreilles giflées par le vent.

31

Paul

Dans le dédale des couloirs de l'hôpital, Paul marchait dans les pas d'une infirmière qui avait lu dans le journal local la page consacrée au retour au pays d'un policier d'exception. Elle l'avait reconnu immédiatement et ne posa aucune question sur la raison de sa visite. Fière de l'accompagner, elle entama sans pudeur un monologue où elle livra à Paul son quotidien usant. Ses trois enfants, son ex-mari qui n'envoyait pas la pension, la dégradation rageante de ses conditions de travail. Elle déballait sa vie avec une telle abnégation que Paul l'aurait béatifiée sur-le-champ s'il en avait eu le pouvoir.

Il avait demandé à voir les deux parapentistes blessés. L'infirmière s'arrêta devant une chambre dont la porte était fermée.

« Le plus jeune a des complications infectieuses qui remontent au cerveau, il a de fréquents moments de confusion, ou alors il se met à pleurer. Et comme l'autre se sent responsable de leur chute, le psy préfère qu'on les garde tous les deux.

– Leur chute ?...

– Ils font du parapente et ils se sont emmêlés au décollage, je crois. Heureusement, ils n'étaient pas très haut mais ils ont dévalé tout un pierrier...

– C'est ce qu'ils ont dit à la police ?

– Si à chaque fois qu'un gamin fait une chute à vélo on appelle la police... ! »

Elle ouvrit la porte en riant.

« Je vous laisse avec eux... Je suis en pause dans quinze minutes. Passez boire le café avec nous, ça fera plaisir à tout le monde ! »

Elle repartit dans le couloir au rythme d'une championne olympique de marche.

Paul eut l'impression de pénétrer dans une chambre d'asile psychiatrique. Les deux garçons en pyjama, le dossier de leur lit relevé pour regarder la télévision accrochée au mur, fixèrent Paul en silence et suivirent son déplacement avec le synchronisme d'un couple de chats lorgnant un inconnu. Paul discerna dans leur regard une peur qu'il avait souvent rencontrée. La peur de ceux qui savent que le silence est le prix de leur vie.

Cela ne servait à rien de finasser. Paul attaqua frontalement.

« Je ne suis pas flic. Je l'ai été, mais je ne le suis plus. Je connais les deux types qui vous ont fait ça. Je n'ai pas besoin que vous me parliez d'eux. »

Les garçons détournèrent les yeux. Des enfants

naïfs pris la main dans le sac. L'un se plongea dans la BD qui était ouverte sur sa table de chevet, l'autre, le plus amoché, se blottit contre ses oreillers comme pour s'endormir et tourna son corps vers la fenêtre.

« Je veux savoir ce que vous avez volé à Michel pour que les deux abrutis vous tombent dessus. »

Ils se fermèrent davantage, regrettant de n'avoir pas de coquille où se recroqueviller.

« Vous connaissez Michel, non ? »

Celui qui était le plus proche de Paul, moins abîmé que son camarade, répondit sans le regarder, la langue collée à son palais desséché.

« On connaît pas Michel. On connaît personne. On est tombés en parapente…

– Le problème, les gars, c'est qu'il y a déjà eu un mort, dans cette affaire, et qu'il y en a sûrement déjà d'autres. Je crois que vous avez juste fait une mauvaise rencontre. Si vous me dites ce que vous avez volé, vous pouvez rester en dehors. Sinon, il faut que j'aille dire à la police que vous dissimulez des informations. »

Le garçon près de la fenêtre éclata en sanglots et frappa ses jambes de ses poings.

L'autre était à bout de nerfs.

« J'en peux plus de ses crises ! Il me rend dingue !

– Donne-moi une réponse et je pars. Je te promets que ni la police ni les deux crétins n'en sauront rien ! »

Le garçon en crise se mit à hurler. Son compagnon hésitait. La porte s'ouvrit. Un infirmier entra et se dirigea aussitôt vers le lit proche de la baie vitrée.

« Il va falloir sortir, monsieur. Ne vous inquiétez pas, je m'occupe de lui. »

Le jeune homme fit un signe de tête à Paul qui s'approcha et se pencha vers lui. Il se confessa en chuchotant.

« On a pris quelques pieds de cannabis. Il y en a tout un champ planqué au milieu des maïs.

– Et c'est à Michel, tout ça ?

– On connaît pas ce Michel, on vous dit. On y est allés une première fois, on l'avait repéré en volant au-dessus. C'est rare des maïs, en moyenne montagne. Et quand on y est retournés, il y avait ce type, un vrai dingue !...

– Ils n'étaient pas deux ?

– Non. Un seul ! Il avait mis des pièges... Et c'est un psychopathe, le mec ! »

Le simple fait de l'évoquer lui fit apparaître le spectre de Mathieu venu le punir d'avoir parlé : une cagoule à l'odeur de chaussette sale, transpercée de deux yeux brillant du plaisir de la souffrance des autres.

Il n'arriva plus à prononcer un mot et se mit à pleurer, lui aussi.

Prévoyant qu'il aurait peut-être besoin de revenir interroger les deux parapentistes, Paul devait laisser une bonne impression, celle d'un homme sociable et chaleureux, ce qui était loin d'être son trait de caractère le plus naturel. Il se força à retrouver l'infirmière dans la salle réservée au personnel de l'hôpital, malgré son appréhension d'être l'attraction de ses collègues.

Il entra à contrecœur. Il planait une atmosphère plombée. Une dizaine d'aides-soignants étaient regroupés autour d'une table sur laquelle était ouvert un journal au milieu de tasses de café et de biscuits à bas prix sur des assiettes blanches. Un infirmier qui téléphonait à l'autre extrémité de la salle de pause les rejoignit.

« J'ai appelé mon beau-frère, c'est sa brigade qui l'a retrouvée… C'est effrayant ! » bredouilla-t-il d'une voix étranglée.

Les regards se tournèrent vers lui. Paul s'approcha de la table et se pencha sur le journal. On y voyait la photo de la façade de l'hôpital et le visage souriant d'un homme en blouse blanche.

L'infirmière qui l'avait accompagné regarda Paul d'un air désolé.

« C'est un des jeunes médecins d'ici, on l'a connu interne… Il a disparu depuis plusieurs jours et on vient de retrouver sa voiture dans la forêt… »

L'homme qui venait de téléphoner surmonta son émotion en inspirant une grande goulée d'air.

« Ils ont confirmé. C'est bien la voiture de Boualem. Au milieu de nulle part, en pleine forêt, même pas sur un chemin ! La portière était ouverte et les gendarmes ont retrouvé des morceaux de dents et des traces de sang. Ils pensent qu'il y a eu une bagarre et que son corps a été embarqué… »

La femme la plus âgée du groupe s'indigna à travers ses larmes.

« Mais qu'est-ce qui se passe, chez nous ? Un jeune qui est torturé à mort, et maintenant Boualem ?... Ça tourne pas rond, non ? »

Cela résumait assez succinctement les pensées qui agitaient Paul depuis son retour.

L'infirmière poussa vers lui une assiette de biscuits et versa du café dans une tasse décorée de la photo d'un chat au-dessus du logo d'une chaîne de supermarchés.

« Le sucre est sur l'étagère...

– Je le prends comme ça, merci.

– C'était un homme tellement gentil. Et il avait un petit garçon de cinq ans... »

Paul but une gorgée de café brûlant, caramélisé d'être resté trop longtemps sur la plaque de chauffe. Il aimait ce goût de réglisse qui lui rappelait son premier commissariat.

L'œil de l'infirmière pétilla de malice, comme un membre d'une famille endeuillée qui retrouve un souvenir heureux ou drôle du disparu. Elle parla à voix basse pour n'être entendue que de Paul.

« Il y a un an ou deux, je l'ai surpris avec une patiente dans une salle d'urgence. Ça avait vraiment l'air d'une urgence ! Mais il ne savait rien de la fille et il voulait la revoir. Il m'a tannée pour que j'épluche les dossiers d'admission ; il y a que moi qui étais au courant de cette histoire... mais elle n'était jamais venue chez nous. Enfin, en tant que patiente, je veux dire... Et puis j'ai fini par retrouver son nom, grâce à une copine pharmacienne... »

Paul répondit par un sourire poli et reposa sa tasse, sa mission de courtoisie achevée. L'infirmière était pensive et trouva ce qu'elle cherchait dans sa mémoire.

« Louise Charmet ! »

Paul sursauta en entendant le nom de la femme de Michel.

« Il y en a qui ont pile le nom qui leur va... Une fille pas maquillée, mal fagotée, mais je vous dis pas... tous les types la croquaient des yeux. Enfin, je ne l'ai vue que deux fois. Et la première fois, c'était plutôt la bête à deux dos... »

Paul se souvint du générique d'un film que leur avait montré leur prof d'arts plastiques au collège. Le film racontait une histoire embrouillée entre une femme et deux hommes qui capturaient des chevaux sauvages. Sur le générique apparaissaient depuis les angles de l'écran trois pièces de puzzle qui tourbillonnaient vers le centre de l'image et passaient l'une sur l'autre sans parvenir à s'emboîter, puis s'éloignaient.

Il en était là lui aussi.

Il voyait s'animer autour de lui de nouvelles pièces qui ne demandaient qu'à s'assembler et il avait bien l'intention de les y aider.

32

Louise

Il était exclu que deux voitures puissent se croiser sur le chemin de terre à peine plus large qu'un tracteur. Paul dut faire marche arrière jusqu'à l'embranchement pour laisser passer le SUV Mercedes qui quitta la route cabossée de la ferme de Michel et Louise. Il ne put distinguer le visage de Gil à travers les vitres fumées quand les voitures se frôlèrent.

Si un véhicule aussi luxueux venait ici, au cœur de la précarité rurale, c'était pour de mauvaises raisons. Paul accéléra en évitant les ornières. Le trajet paraissait interminable.

S'il était parti dix minutes plus tôt… même cinq minutes… il se remémora les gestes de trop et les paroles qui l'avaient ralenti. Il avait accepté un second café, pris le temps de réfléchir alors qu'il aurait dû agir. Trois minutes, c'est sûr, il aurait pu gagner trois minutes et serait arrivé quand l'homme était encore dans la maison. Les pires scénarios envahirent ses pensées.

Il imagina ce qu'avait subi Alexandre et le visage de Louise remplaça celui du jeune homme, les bras en croix accrochés aux barbelés, agonisante. Il vit les chairs fondues enfermer le regard de Betty, ses traits avalés sous les boursouflures de ses plaies, son corps d'oiseau devenu mou comme un ballon de baudruche rempli d'eau.

Le monde réel qui l'entourait n'existait plus, dévoré par des visions d'horreur. Il s'empressa d'avaler deux cachets qu'il sortit de sa poche. Il était dévasté par la culpabilité. Trois minutes auraient suffi. Tout son corps tremblait. Trop tard. Il arrivait toujours trop tard. Pourquoi s'était-il endormi quand Judith lui avait demandé de fuir avec elle ? Il avala un troisième cachet.

Paul freina dans la cour de la ferme et jaillit en titubant de la voiture. Son cœur martelait sa poitrine. Il poussa la porte.

Louise était face à la gazinière et préparait une purée de légumes qu'elle coupait en petits morceaux dans une casserole d'eau frémissante. Marie était à quatre pattes sur une couverture. Le chien reniflait sa couche.

« Je termine ma purée et je vous fais un café ! »

Sa voix était détendue, légère, accueillante.

Le processus chimique des médicaments ingurgités par Paul se déclencha. Avec la fureur d'un barrage qui se rompt, le poison déferla dans ses veines. Sa moelle épinière se liquéfia comme la lave d'un volcan propulsée vers sa nuque. Son cerveau gonfla contre les parois de sa boîte crânienne, mais il n'en éprouvait aucune douleur.

Il se libérait du poids de ses pensées. La réalité du monde s'enfuyait et il courait en sens inverse.

Les mots dégringolèrent entre ses mâchoires gelées.

« C'était qui, le type en Mercedes ?

– Un monsieur très gentil. Un Anglais. En s'en allant, il a laissé 20 euros pour acheter un jouet à la petite. Je voulais pas, mais il a posé le billet et il est parti en courant comme dans un film de Charlot... C'était drôle ! »

Louise s'essuya les mains et versa deux cuillerées de café moulu dans le filtre qu'elle fixa à un élastique qui remplaçait depuis longtemps la charnière de la cafetière électrique.

« C'était difficile parce qu'il ne parlait pas français et moi et les langues étrangères, ça fait deux !

– Ce n'était pas une voiture anglaise...

– J'ai compris qu'il cherchait à acheter une maison de campagne. Mais je ne vends pas, moi ! Il a voulu visiter, voir les granges... je l'ai laissé regarder tout seul. Il fallait que je prépare le repas de Marie.

– Il vous a dit qu'il était anglais ? » demanda Paul d'une voix qu'il ne reconnut pas comme étant la sienne.

Sa vision devint floue. La surdose de médicaments écrasait ses paupières.

Un sourire malicieux effleura les lèvres de Louise tandis qu'elle remplissait d'eau le récipient de la cafetière.

« Il avait laissé son manteau sur la chaise

quand il est parti faire un tour… J'ai regardé dans sa poche. Il avait un passeport anglais.

– Il l'a laissé exprès pour que vous regardiez.

– Ah oui ? Il sait que les femmes sont curieuses ! »

Paul quitta l'enveloppe de son corps. Il pouvait s'observer comme un reflet aérien de lui-même. Il flottait à côté de son double charnel et n'était plus qu'une trace dans la brume. Il se regarda prononcer des mots.

« Non, les femmes ne sont pas curieuses. Elles sont souvent méprisées par les hommes, dominées, exploitées sexuellement et quand une victime se plaint, elle doit affronter le mépris des autres hommes, parfois leurs rires… »

Paul regardait son jumeau de chair trembler, crispé par le tourment, mais ne ressentait rien, comme l'araignée qui laisse derrière elle sa mue et n'éprouve aucune compassion pour le fantôme transparent de son exosquelette. Ses cachets avaient dompté la violente douleur neurologique avant qu'elle ne transperce ses tempes mais pour ce prix, il s'était enfui du monde.

Louise s'était retournée et ne bougeait plus. Elle regardait Paul avec l'inquiétude d'une mère pour son enfant fiévreux.

« Vous êtes tout pâlichon. Vous transpirez… Asseyez-vous. Vous voulez un Doliprane ? »

Il secoua lentement la tête en guise de réponse. Sa main sortit la plaquette de médicaments, qu'il fixa tel un objet inconnu ramassé sur un chemin et longtemps oublié dans les replis d'un vêtement.

Louise fit couler un filet d'eau tiède sur le coin d'une serviette à bouclettes et lui épongea le front. Paul tenait mollement les pilules entre ses doigts d'un air désolé.

« J'en ai déjà pris une aujourd'hui. Je ne peux pas en prendre une deuxième… J'en ai déjà avalé deux, non ?… Ou trois ? » dit-il d'une voix pâteuse.

Sans lui demander son avis, elle se plaça derrière lui, positionna au-dessus de sa tête ses deux mains comme un casque en lévitation, effleurant à peine ses cheveux. Elle ferma les yeux et se concentra sur la zone d'énergie qui circulait entre le creux de ses paumes arrondies et le crâne de Paul. Puis ses doigts se déplièrent très lentement et se posèrent sur le dôme de son cuir chevelu.

Il ressentit aussitôt dix foyers de chaleur propager leur flux le long de dix fibres nerveuses qui tressèrent un faisceau unique vers sa colonne vertébrale. Les doigts de Louise appuyaient plus fort en décrivant de petits cercles sans quitter leur point de pression.

« Même si ça fait pas de bien, ça peut pas faire de mal… Ma mère avait un don de magnétiseuse. Elle m'a dit que je l'avais moi aussi, alors elle m'a appris quand j'ai eu quinze ans. »

Une énergie fluide circulait du cerveau de Paul jusqu'aux extrémités de ses pieds. Ses muscles engourdis se réveillaient. Il était revenu habiter son corps.

La robe de Louise sentait le savon à la lavande, sa peau exhalait un parfum d'ambre et de tilleul.

« Et ma mère m'a aussi tout appris des plantes. Je vous ferai une tisane après… On dirait que ça va mieux ? »

Paul émit un grognement qui amusa Louise.

« Je vais me lancer dans les soins. Mais que pour les femmes. C'est jamais clair avec les hommes… enfin vous, ça va, c'est pas pareil. »

Paul n'osa pas lui demander qu'elle le porte dans ses bras comme un enfant qui se blottit et s'endort, la joue écrasée contre la poitrine de sa mère. Il aurait voulu pleurer pour qu'elle le console.

Louise prit un flacon opaque sur une étagère, versa une goutte sur chaque index et massa les tempes de Paul.

« Je vendrai mes huiles essentielles. Michel n'a pas tout pris. Je vais acheter un vrai alambic et faire moi-même mes produits. »

Paul se sentait vidé. Il voulait s'allonger et dormir là, par terre, entre le chien et la petite, dans les odeurs mêlées de pelage mouillé et de crème pour bébé, mais sa conscience avait retrouvé un peu de vivacité.

« Il vous a laissé de l'argent ? En plus des 3 000 euros qu'il a emportés ?

– Il m'a offert une bague à la naissance de Marie. Il disait que le jour où j'aurai besoin d'argent, je pourrai la vendre. Il disait "ton diamant"… Je faisais semblant parce qu'on n'a pas les moyens et que c'était forcément un faux. Mais la pierre bougeait un peu et je suis allée pour la faire réparer. Chez Leclerc, au Manège à Bijoux, je pensais qu'il l'avait achetée là. Mais le type qui a regardé m'a dit qu'ils vendaient pas ça chez eux. Que c'était un super beau diamant, très cher...

– Vous avez demandé à Michel comment il avait pu le payer ?

– Je voyais bien qu'il faisait des trucs louches, mais c'était pas facile pour lui et je vous ai dit... c'est devenu pire quand Marie est née. J'arrivais plus à lui parler. Et puis il travaillait de plus en plus, comme s'il était pressé. Je sentais qu'il allait pas rester avec nous. La petite, il en voulait pas. »

Louise déglutit pour dégager de sa gorge la griffure d'une rancœur coincée en boule.

« Il travaillait dans un champ de maïs en moyenne montagne ?

– Chez Hervé, oui...

– Le champ est à Hervé ? »

Louise détourna le regard, fit quelques pas vers sa fille qu'elle souleva de la couverture posée à même le sol et la prit dans ses bras. Elle l'embrassa dans les plis de son cou. Marie répondit par des rires en cascade en tortillant son corps. Des rires qui voulaient dire qu'il n'y a rien d'autre au monde que ces moments-là, que tout le reste ne sert qu'à parasiter le bonheur.

Paul ne voulait pas les interrompre et attendit que Louise, qui venait de placer cette barrière infranchissable entre eux, lui parle de nouveau.

« Hervé m'a dit que Michel ne reviendrait pas... lâcha-t-elle sans quitter sa fille des yeux.

– Louise, je suis venu pour parler de Boualem,

le médecin de l'hôpital. Je sais qu'il y a eu quelque chose entre vous… On a retrouvé sa voiture.

– Oui, j'ai vu ça sur le journal à la boulangerie… Il n'arrêtait pas de venir chez nous. Michel m'avait dit qu'il ne m'embêterait plus mais Michel, il n'y est pour rien. C'est impossible. Même quand le chien aboyait, ça lui faisait peur ! »

Paul sentit le regard de Marie se poser sur lui. Elle le dévisageait d'un air sérieux, comme s'il n'était pas un homme avec lequel on peut rire. Louise enchaîna.

« Mais il y a des types qu'il fréquentait qui feraient n'importe quoi. Comme les deux motards qui sont venus fouiller ici hier.

– Décidément ils sont partout, eux… Vous connaissez bien ces deux types ?

– Non. Alexandre les voyait à l'entraînement commando de la maison d'accueil de la Renaissance solaire, mais il ne les aimait pas beaucoup… »

Marie se tourna vers sa mère. Louise colla son front contre celui de sa fille. Rien ne pourrait jamais leur arriver tant qu'elles seraient ensemble.

Paul devina ce que Louise lui révélait sans le dire. Les traits gracieux de Marie portaient l'empreinte de sa mère, celle des montagnes entre Vercors et Provence, mais ils évoquaient aussi la mer bleue et le soleil ardent, la fierté d'un peuple entre Méditerranée et désert. L'enfant de Louise et de Boualem rayonnait d'une beauté métisse.

Paul fixait les boucles noires des cheveux de

la petite. Louise lui sourit en voyant qu'il avait compris. Ses yeux brillaient de l'émotion qu'elle s'était habituée à retenir.

« Les gens vont bien finir par s'en rendre compte… mais je m'en fiche ! »

Paul se sentait bien. Ses douleurs et ses vertiges s'étaient assoupis et Louise y était pour quelque chose. Sa présence était une lumière de paix.

Elle lui offrit son regard. Paul vit naître au coin de son œil une larme qui s'arrondit et s'échappa. On aurait dit qu'une goutte de pluie d'orage roulait sur sa joue.

« D'abord Alexandre, ensuite Michel qui disparaît et Boualem… Le bon Dieu il veut me faire payer pour ma fille ? Pourtant il sait bien que Marie c'est pas un péché, c'est un ange ! »

33

Hervé

La visite de Léo et Mathieu à la porcherie leur avait révélé qu'il s'était passé là quelque chose de grave. Seul un fusil d'assaut avait pu réduire en charpie quarante mètres de mezzanine construite en planches de trois centimètres. C'est ce que Léo avait compris à peine entré dans le bâtiment. Il lui fallut moins d'une minute pour trouver l'emplacement du tireur. Le sol était jonché de douilles éparpillées par les piétinements des porcs. L'homme avait vidé un chargeur.

Qu'Arnaud et Paul soient en relation les contrariait. L'ancien flic était venu fouiner et il fallait dissuader l'un et l'autre de poursuivre. Léo s'occuperait de Paul, Mathieu d'Arnaud.

La dernière photo prise par le téléphone des Kosovars reliait la piste de Michel au van du centre équestre. Ils appelèrent Hervé qui les accueillit avec froideur. Pour éveiller son intérêt, ils lui décrivirent le champ de bataille de la porcherie. Hervé grimaça. Il pensa aux corps plongés dans la fosse à purin. Il fallait les déplacer avant que l'idée ne leur vienne de la sonder.

Il fut très concis et affirmatif dans ses explications. Le fourgon de Michel était en panne. Il était venu seul emprunter le van qui avait disparu avec lui.

Hervé attendit la nuit et roula deux heures au volant de son tracteur jusqu'au plateau. Il manœuvra au bord de la fosse et avança lentement sur le plan incliné en béton. Le godet à fumier fixé à l'avant de la pelle s'enfonça dans l'épais liquide noir. La surface s'anima de vaguelettes qui miroitèrent sous la lune. Les dents d'acier raclèrent le sol en pente à la recherche d'une masse immergée. Le visage d'Hervé était comprimé par un double foulard qui ne laissait voir que ses yeux. Il respirait lentement à travers les tissus. Les émanations des gaz de fermentation étaient hautement toxiques. Le tracteur plongea dans le lisier jusqu'à hauteur des phares. Leur lumière blanche rasait la surface et transperçait la fumée tiède qui flottait comme une brume de printemps sur un étang.

Les pointes du godet touchèrent le mur de limite du bassin ; Hervé actionna la levée et commença à reculer en retenant son souffle. Il dut affronter la vision et la puanteur des deux cadavres souillés qui émergèrent. Il s'interdit de chercher à identifier celui de Michel sous la couche gluante qui les recouvrait.

La deuxième tentative pour sortir le dernier

corps fut la bonne. La dépouille semblable à un énorme oiseau mazouté apparut peu à peu dans le recul du tracteur, ruisselant entre les fourches qui le maintenaient en l'air au bout des bras hydrauliques.

Hervé le déposa auprès des deux autres, sur un carré de film plastique d'ensilage qu'il avait étalé au sol. Il éteignit les phares pour continuer dans la pénombre qui dissimulerait l'horreur de sa besogne. Il se motiva en pensant qu'il agissait pour protéger sa famille.

Il rabattit un premier pan de la bâche sur les corps puis tira sur le côté opposé pour les envelopper. Le mouvement souleva une vague de purin liquide qui s'écoula à ses pieds. Un fœtus de porcelet presque intact roula dans la flaque.

Hervé noua les deux extrémités de son paquet à la façon d'une papillote et le chargea dans le godet du tracteur. Il lui restait deux heures pour rentrer avant l'aube, il avait tout juste le temps.

Derrière les barrières de l'enclos extérieur accolé en terrasse à la porcherie, les porcs récuraient le fond des mangeoires déjà vides. Ils reniflaient, grognaient dans la nuit pour demander en vain aux hommes de les nourrir. Ils gémirent encore plus fort sous le ciel sans étoiles quand ils entendirent Hervé se mettre en route.

Il arriva au lever du jour derrière les hangars du centre équestre où le pick-up des Kosovars était enfoui sous les empilements de bottes de paille. C'est là qu'il allait cacher les cadavres, en attendant mieux. Il aurait terminé avant l'apparition du soleil et en fut soulagé.

Il dégagea les ballots de paille pour ouvrir un chemin jusqu'au 4 × 4 et s'y inséra avec le tracteur, fourche en position haute et phares allumés. Il fit basculer le godet au-dessus du plateau du pick-up. La charge morbide roula sur elle-même. La bâche accrocha une dent en métal, se déchira et libéra les dépouilles comme des larves expulsées de leur cocon. Les deux premières glissèrent, entrelacées, avant de s'affaler avec un son mat sur la plate-forme. Le troisième corps n'était sorti qu'à moitié. Hervé fit hoqueter le tracteur. Les secousses mécaniques ouvrirent la bâche restée accrochée à la fourche.

Il s'extirpa avec la mollesse d'un veau délivré de l'utérus maternel et finit par tomber à son tour.

Hervé fit reculer le tracteur. Un liquide visqueux semblable à du pétrole s'écoulait devant le faisceau d'un phare. Une main était restée prisonnière du cordage de la bâche. Le bras arraché du corps à hauteur du coude se balançait en se vidant de ses fluides.

Hervé descendit du poste de conduite, dénoua rapidement le foulard qui protégeait son nez et sa bouche, et s'éloigna pour vomir.

34

Alice

Depuis qu'Alice s'était résignée à s'allier à Paul pour éclaircir le meurtre d'Alexandre, Emmanuel perdait pied. Plus il tentait de la canaliser, plus elle se raidissait et prenait ses distances. Le charme n'opérait plus.

Elle avait maintenant un but précis et il germait en elle une lumière qui était, aux yeux d'Emmanuel, un premier pas vers son émancipation. Ce n'est pas qu'il éprouvait des sentiments amoureux pour elle – toutes les filles de passage à la maison d'accueil finissaient tôt ou tard dans son lit –, mais Alice était spéciale. Elle était une prise rare, un cheval fou qu'il avait dompté, une princesse soumise, devenue docile dans son royaume.

Il n'avait pas envisagé qu'elle redresse la tête.

Alice attendit qu'Emmanuel quitte la maison d'accueil à la tête d'un groupe pour un entraînement en forêt. Elle avait prétexté la venue de ses règles toujours douloureuses pour ne pas l'accompagner. Emmanuel fut contrarié, mais choisit de ne rien dire. Il relâchait la bride qu'il saurait resserrer le moment venu.

Elle glissa dans sa poche une pince coupante et un tournevis cruciforme pris à l'atelier et courut jusqu'au collège de l'autre côté du village en contrôlant son souffle, éprouvant du plaisir dans l'effort. Elle escalada la grille qui longeait le parc à vélos. Son corps avala l'obstacle à la manière des commandos.

Un petit scooter était attaché à un poteau en métal par un pitoyable antivol qu'elle cisailla facilement. Elle dévissa la calandre sous le phare et dégagea la connexion du Neiman dans laquelle elle enfonça le tournevis qu'elle fit tourner comme une clé. Le moteur ronronna au premier coup de kick.

On contrôlait davantage les entrées que les sorties du collège et la porte électrique s'ouvrit sans qu'Alice ait à se justifier.

Le dernier logement occupé par Alexandre était une maisonnette de plain-pied aux murs enduits de crépi jaune que Thierry avait fait construire sur une parcelle, à trois cents mètres de son garage, de l'autre côté de la route qui serpentait à flanc de colline.

Il avait d'abord loué la maison isolée à un couple de retraités déjà âgés. Ils avaient couvert de buissons à fleurs le minuscule jardin. Une fontaine s'écoulait dans un bassin de fausses pierres où nageaient en rond une dizaine de poissons rouges. Quelques années plus tard les buissons avaient jauni, étouffés par les ronces et la sécheresse, et les poissons avaient crevé dans l'eau croupie sous une couche de feuilles mortes. La famille avait placé les parents à bout de souffle en Ehpad et laissé au propriétaire le mobilier en échange des loyers à verser pour le préavis.

Thierry avait eu un haut-le-cœur quand il avait pénétré dans la maison. Il avait épinglé une petite annonce près de l'entrée de la coopérative agricole afin de rechercher un ouvrier pour vider le logement, le nettoyer et repeindre en blanc les murs encrassés. Alexandre avait été le premier à répondre.

Le mobilier, les bibelots, la vaisselle, les vêtements, même la télévision et la collection de livres par abonnement étaient partis à la déchetterie. Alexandre n'avait conservé qu'un pichet en émail ornementé d'une photo imprimée, souvenir touristique d'Alexandrie qu'un des enfants du couple avait rapporté d'un voyage.

Il avait passé un accord avec Thierry. Il occuperait gratuitement la maison pendant un an en échange de son travail. Certes, elle était repoussante de l'extérieur, sorte de gâteau jaune rassis posé au milieu d'une végétation morte, mais l'intérieur était lumineux. Depuis la fenêtre du séjour, on voyait en contrebas la ville qui s'étirait dans la vallée et scintillait dans la nuit. Alexandre n'avait jamais habité si près d'une ville.

Alice stoppa le scooter devant la grille barrée de bandes collantes rouge et orange. La maison était encore sous scellés. L'enquête de gendarmerie tournait en rond.

Alice fit le tour du bâtiment et se hissa à la fenêtre de la salle de bains protégée de trois barreaux d'acier. Celui du milieu pouvait pivoter, libérant assez d'espace pour passer entre les deux autres. En poussant fort sur le châssis de la fenêtre dont les tiges de la crémone avaient été sciées, on pouvait entrer sans bruit. Alexandre avait suivi à la lettre les leçons d'Emmanuel en prévision du grand chaos. Il fallait pouvoir s'infiltrer dans sa propre maison pour libérer sa famille prise en otage par des individus étrangers ou aux mains de la milice d'État.

Bien que vivant seul, l'idée avait plu à Alexandre et il s'était plusieurs fois entraîné avec Alice à rentrer chez lui par la fenêtre.

Alice sauta dans la baignoire sabot.

Meublée du strict nécessaire, la maison avait été rapidement fouillée par les enquêteurs, repartis bredouilles.

Alice s'accroupit près du matelas posé à même le sol. Le plancher était constitué de larges lattes poncées qui exhalaient une odeur tenace de térébenthine et d'huile de lin. Le pichet en émail, souvenir d'Alexandrie, était posé sur une caisse à pommes retournée près de la tête du lit. Une lampe baladeuse de travaux tenait à l'intérieur du pichet comme une fleur dans un vase.

Alice fit glisser la caisse de chevet et démasqua

une large planche du parquet de bois brut. Elle sortit un canif de sa poche et introduisit la lame dans l'interstice de la jointure. La latte se souleva en grinçant, révélant l'espace vide entre la dalle de béton et le plancher fixé sur lambourdes. C'était une autre leçon d'Emmanuel. Alexandre avait caché tous ses documents administratifs, protégés par des pochettes plastifiées. Se sachant espionné par Google, il ne rédigeait aucune note sur son téléphone mais inscrivait ses mémos sur des pages de carnets qu'il stockait dans des boîtes Tupperware. Alice sortit la boîte la plus accessible, de fait la plus récente. Plusieurs petits carnets, rangés en deux piles égales, étaient reliés par des élastiques. Sur le dessus des piles était posé un agenda gris estampillé du logo d'une coopérative laitière. Un stylo bleu était accroché à la tranche de l'agenda par le clip de son capuchon. C'était le dernier objet personnel qu'Alexandre avait touché. La dernière inscription sur le feuillet du jour de sa disparition avait été son dernier écrit.

Ce soir-là, Alexandre avait noté un numéro de téléphone en bas de page. L'horaire le plus tardif était vingt et une heures. Il l'avait cerclé et modifié en vingt-trois heures.

Alice conserva l'agenda et replaça la boîte dans la cachette qu'elle referma. Elle se dirigea vers le placard mural dont la clé était collée à la serrure sous une couche pâteuse de peinture blanche. Les vêtements d'Alexandre étaient suspendus à des cintres. Elle choisit sans hésiter un blouson en toile denim d'une marque inconnue, tellement usé que les fils du col s'effilochaient. L'odeur d'Alexandre imprégnait encore le tissu délavé.

Elle l'enfila par-dessus sa propre veste et retroussa les manches trop longues avant de sortir par la fenêtre de la salle de bains. Elle s'assit derrière la maison sur une dalle de bois aggloméré posée en banquette sur deux parpaings et ouvrit l'agenda d'Alexandre à la date de son dernier rendez-vous.

Tout ce qu'il notait était codé, précaution ultime si l'ennemi découvrait ses carnets. Il avait révélé à Alice les secrets de sa pratique paranoïaque.

Pour un numéro de téléphone, il utilisait trois différents codages. Soit additionner 1 à chaque chiffre, sauf le 0 et le 6, soit soustraire 1, soit copier le numéro à l'envers.

Alice décapuchonna le stylo bleu épinglé à l'agenda, appliqua le premier code au numéro du rendez-vous de vingt-trois heures et inscrivit le résultat sur le dos de sa main.

Elle y concentra toute son attention et prit le temps de vérifier deux fois ses calculs. Un croassement la fit sursauter. Un corbeau s'était posé sur le muret du bassin envahi de lierre et de liserons et sautillait d'une patte sur l'autre, à la recherche d'une nourriture fraîche et vivante grouillant dans la flaque marécageuse.

35

Paul et Elsa

Les retrouvailles de Paul et Elsa avaient été un douloureux ratage. Il s'en voulait et devait donner de lui une meilleure image.

Il s'était mis en tête d'acheter la maison abandonnée qu'il avait découverte grâce à Clémentine. C'était l'occasion de revoir Elsa, de lui montrer qu'il avait des projets et d'évoquer l'avenir plutôt que le passé.

Le chemin pour y grimper en voiture était bien plus long que la traversée à cheval et, l'hiver, la neige pouvait bloquer l'accès sur près de deux kilomètres. Il faudrait laisser la voiture au croisement de la départementale et poursuivre à pied.

C'est là que Paul avait donné rendez-vous à Elsa qui avait accepté de l'accompagner. Ils avaient continué le trajet dans son Land Cruiser.

« Il faut juste se réabonner… le compteur électrique est derrière la trappe. »

Sur la face arrière de la bâtisse, Elsa montrait

à Paul la porte en bois cadenassée d'un abri de pierre à peine plus grand qu'une cage à lapin.

La maison était la propriété d'une commune trop endettée qui avait cherché désespérément à la vendre. Plus personne ne s'y rendait depuis qu'elle avait accueilli en résidence un écrivain franco-hongrois dépressif qui, après six mois dans la solitude de la montagne dont l'épreuve devint l'essence de son récit, était arrivé au terme de son autofiction et s'était donné la mort dans la maison, respectant dans le moindre détail la description clinique de son suicide qu'il avait anticipé dans son texte.

« Et il a été publié, le livre ? interrogea Paul.

– Pas en français, mais il a été traduit en hongrois, je crois. Ils ont gardé dans les archives de la mairie le manuscrit original enfermé dans un coffre comme si c'était radioactif ! »

Paul aurait pu se contenter de la maison et du carré de jardin dont les limites se fondaient dans les broussailles du plateau, mais la propriété comprenait une très longue parcelle en pente qui rejoignait le chemin communal au pied du versant. La commune offrait à l'acheteur un accès privé au bâtiment à travers les terres domaniales. En poursuivant le sentier vers l'est, on pouvait atteindre l'endroit où le corps d'Alexandre avait été retrouvé.

Paul proposa à Elsa de descendre le long de la parcelle jusqu'au chemin communal. Elle se raidit. Elle voulait éviter de s'approcher avec lui du lieu où ils s'étaient donnés l'un à l'autre. Elsa refusa sèchement. Paul s'excusa.

« J'ai déconné, chez toi. Je n'aurais pas dû te parler comme ça. C'est ma blessure à la tête. Il y a des moments où je ne sais plus ce que je fais ni ce que je dis… C'est un endroit qui a beaucoup compté pour moi. Pour nous deux, je pense… mais pardonne-moi. J'ai été lamentable… Tu peux m'attendre ici, je vais juste voir si la descente est praticable. Je fais vite. »

Paul enjamba un buisson et dévala la pente piquetée de bouquets d'arbres nains. Un air frais glissait depuis les sommets en transportant l'odeur minérale de la glace qui s'écoulait dans les ruisseaux d'altitude.

Elsa franchit à son tour la haie et courut rejoindre Paul. Ils marchèrent côte à côte. Les branchages crépitaient sous leurs pas.

Paul sortit du silence d'une voix presque murmurée. Il raconta la solitude qui suivit la mort de ses parents, comment il fut arraché à ses amis sans même pouvoir leur parler, son arrivée en Suisse chez ce couple rigide qui était son unique famille, son séjour forcé dans le centre de naturopathie qui abritait une secte, son amie abusée et poussée au suicide, son entrée dans la police, ses combats contre l'esclavage sexuel, son accident… Les phrases s'enchaînaient sans hésitation, comme l'énoncé dépouillé d'une biographie tourmentée.

Depuis un moment déjà, Elsa était émue et avait pris sa main dans la sienne. Elle l'écoutait sans dire un mot. Paul n'avait pas vacillé, ses sentiments n'avaient pas trahi sa lucidité. Le contact de la main d'Elsa le mettait en paix avec lui-même.

Le chemin s'ouvrit devant eux. Dans une boucle, les rochers contournaient la combe. Elsa lâcha la main de Paul et resta en retrait.

« Voilà. Chez toi, ça s'arrête là ! Mais c'est quand même plus simple de monter par l'autre versant… »

Paul se retourna pour répondre. Une balle siffla au-dessus de sa tête et vint se planter dans le tronc d'un hêtre. Il attrapa Elsa par le bras, la fit rouler au sol contre lui pour s'abriter à plat ventre derrière une souche.

Dans le même temps, deux autres balles se fichèrent à deux centimètres à peine du premier impact.

« OK. Le message c'est : je ne vous ai pas ratés, je place mes tirs là où je veux… » dit Paul en regardant le minuscule triangle dessiné dans l'écorce du hêtre par les trois tirs.

« Tu penses qu'il ne va pas nous tirer dessus ?

– Même s'il ne nous tue pas, ce type est assez fort pour nous exploser les genoux à cent mètres et comme il y a des chances qu'il soit lié au meurtre d'Alexandre, il est assez dingue pour le faire… »

Une moto démarra à proximité du tireur et le grondement du moteur s'éloigna à travers les arbres vers la route départementale au pied de la colline. Paul plaqua son corps contre la terre et rampa à reculons. Le sol sablonneux râpait sa joue. Il guetta à travers les futaies une portion visible de la route. Un groupe de quads kaki et noir mat apparut à la sortie d'un virage. Les conducteurs portaient tous un treillis uni ou imprimé de motifs camouflage.

« Il est parti ? » chuchota Elsa dans un soupir.

Paul se décala et se plaça dans l'axe du tireur en serrant les dents. Une balle frappa la couche d'humus à quelques centimètres de son visage. Il se propulsa derrière la souche à la vitesse d'un ressort.

Sur la route, Emmanuel conduisait le quad de tête. La moto de Mathieu déboula d'entre les arbres et roula quelques mètres à ses côtés avant de s'éloigner à pleins gaz. Paul le reconnut. C'était un des deux motards dont il ne cessait de croiser le chemin. Il avait déjà compris que l'autre était le sniper embusqué. Il se souvenait de la précision et de la rapidité de ses tirs.

Elsa osait à peine respirer.

Les coups de bec d'un pic-vert sur une branche creuse résonnaient au-dessus d'eux.

Paul leva les yeux vers la cime. Un bouquet de plumes rouges sur la nuque de l'oiseau tressautait au-dessus d'une fourche vermoulue. Il pivota sa tête noir et vert et s'envola pour disparaître dans le fût d'un érable.

Léo avait posé son fusil et admirait à la jumelle l'entrée parfaitement circulaire du nid creusé dans le tronc, aussi nette qu'un tracé au compas.

36

Arnaud

Arnaud aspirait sa bière comme on boit un thé brûlant. Depuis qu'une guêpe dissimulée dans la mousse lui avait piqué l'intérieur de la joue, il avait pris l'habitude de plonger la langue dans le liquide contre la paroi intérieure du verre, recroquevillée en virgule pour faire barrage à toute intrusion d'insecte. Sa bouche tordue laissait couler un filet de la boisson le long de son menton, mais Arnaud avait son propre sens des priorités.

Debout seul au comptoir, il répondait par un grognement à ceux qui entraient en lui lançant un « Salut Nono ! » condescendant. Il n'était pas là pour la convivialité, notion qui lui était d'ailleurs restée étrangère, mais pour boire la bière qu'il payait lui-même avec l'argent de son travail, bien qu'il n'ait jamais refusé la tournée d'un client ou du patron.

Il ne se retourna pas vers la baie vitrée quand la moto de Mathieu ralentit puis s'arrêta devant son chien allongé au sol, ni quand le motard versa sur le corps de l'animal le contenu d'une bouteille plastique remplie de deux litres d'essence.

Arnaud entendit le chien hurler et se précipita dehors pour voir son compagnon en flammes courir et tourner en rond sur lui-même. Les gaz d'échappement de la moto qui s'éloignait lentement, pour être vue, se mêlaient à l'odeur de chair grillée.

Arnaud courut derrière son chien et plongea sur lui, l'étreignant comme une mère protège son nourrisson de la pluie ou du vent. Il frotta ses deux paumes sur le pelage incandescent qui grésillait et ne s'éteignait pas. Alors il enfouit son visage dans les flammes qui remontaient du cou vers le front du chien pour accueillir à son tour les brûlures sur sa face d'homme, chair contre chair.

Arnaud roulait au sol, serrant dans un corps à corps amoureux l'animal avec lequel il ne faisait plus qu'un dans la douleur du feu. Des flammèches voletaient autour d'eux. On aurait cru assister à l'embrasement de deux bonshommes de carton peint, échappés de Carnaval, vêtus de fripes et d'étincelles. La roulade tragique et grotesque stoppa net contre le rebord d'un trottoir.

Arnaud sanglotait et geignait, le visage soudé au museau du chien par la fonte mêlée de leurs chairs, frères siamois d'infortune.

37

Alice

Alice avait écrit sur sa main les trois numéros de téléphone en appliquant chacun des trois codes. Elle en composa un au hasard. Un jeune garçon répondit. Il habitait en Bretagne et ne connaissait personne qui s'appelait Alexandre mais, séduit par la voix d'Alice, il lui proposa d'être amis sur Instagram.

Sur le muret du bassin, le corbeau sautilla et se laissa tomber au pied des hautes herbes en écartant ses ailes. Son bec saisit un orvet.

Un homme décrocha au second appel, et marqua un silence avant de parler.

« Oui ?

– Bonjour, monsieur… J'ai l'impression que je me suis trompée de numéro. Vous n'êtes pas un magasin de bricolage ?

– Non. C'est une erreur. »

L'homme s'apprêtait à raccrocher, Alice enchaîna rapidement.

« Mon père m'a demandé d'appeler pour savoir s'il y avait des chaînes pour sa tronçonneuse, mais le numéro de téléphone est super mal écrit...

– Tant pis. Au revoir.

– Vous ne connaissez pas un magasin... vers Avignon ?

– C'est à une heure de chez moi, je ne descends pas là-bas. »

Derrière la voix de l'homme, des chiens se mirent à aboyer, puis retentit une sonnerie forte et sourde, comme celles qu'on entend dans les écoles ou les usines. Quelqu'un sonnait à l'entrée.

L'homme se déplaça et sa voix se saccada au rythme de ses pas. Il marchait pour accueillir ses visiteurs.

« Désolé de ne pas pouvoir vous aider, mais je suis occupé...

– Si vous avez une bonne adresse à me conseiller, ça ne me dérange pas de faire une heure de route... »

Les chiens aboyaient beaucoup plus fort et leur vacarme se répercutait en deux échos identiques se chevauchant avec un léger décalage. Alice éloigna le téléphone de son oreille. Elle entendait la meute non loin d'ici. L'homme qui lui parlait était proche. Elle traversa le jardin en courant. Le corbeau s'envola. Elle essayait de retenir son interlocuteur.

« Et on peut boire un café, si vous voulez. Vous avez l'air sympathique et j'aime bien faire de nouvelles rencontres… Je suis plutôt jolie, vous savez… »

Depuis la route, Alice vit à trois cents mètres une Renault Mégane break noire franchir le portail automatique d'un porche et disparaître derrière le mur d'enceinte du garage-casse auto. Les aboiements des chiens résonnaient depuis la cour intérieure.

« Pourquoi pas ?… J'ai votre numéro. C'est quoi, votre petit nom ?

– Alexandra… Et vous ? »

Thierry raccrocha sans répondre.

Alice traversa la route et se faufila sous la clôture barbelée d'un champ en jachère, voisin immédiat de l'atelier de réparations où venait de s'engouffrer la Mégane. Elle se dirigea droit vers la façade arrière presque aveugle de la bâtisse, prolongée de part et d'autre par un mur d'enceinte. Elle marchait d'un pas guerrier, sans contourner les buissons de lavande desséchée. Les tiges grisâtres s'accrochaient à ses jambes et tombaient en poudre à ses pieds. À chacun de ses pas, une bouffée éphémère de lavandin imprégnait l'air et s'éteignait aussitôt, comme les derniers soubresauts d'un mourant.

Arrivés au milieu de la cour, les deux hommes de Gil descendirent. Le conducteur tendit à Thierry la carte de démarrage électronique de la voiture dont le dysfonctionnement mettait à mal leur patience. L'autre posa le pied dans une flaque où l'huile de moteur s'était mélangée à l'eau de pluie. Il fit un saut de côté pour épargner sa seconde chaussure et écarta Thierry d'un geste brutal qui le déséquilibra.

Thierry n'était pas habitué à être malmené mais devait se montrer docile. Il prit place au volant et enchaîna plusieurs essais avec la carte. Il fit hurler le moteur à chaque démarrage réussi.

Alice profita du grondement mécanique pour briser d'un coup sec la vitre d'une petite fenêtre sur la façade arrière de la maison, qu'elle ouvrit en passant prudemment la main pour débloquer le loquet. Sa tête passait tout juste dans l'étroit chambranle de l'ouverture en meurtrière. Elle remonta un couloir sombre qui menait à un grand séjour fermé d'une double porte vitrée. Les trois hommes apparurent dans le salon. Elle se colla contre la cloison, dans l'espace entre deux étagères métalliques regorgeant de dossiers couverts d'une épaisse couche de poussière.

Thierry s'installa à la table qui n'accueillait plus les repas de famille et était devenue un bric-à-brac d'accessoires, éparpillés autour d'un grand écran d'ordinateur. Des pelotes emmêlées de câbles et adaptateurs débordaient d'un cendrier en verre taillé de la largeur d'une assiette.

Thierry activa une tablette numérique et glissa dans la fente d'un lecteur la clé électronique de la Mégane, puis plusieurs autres cartes qu'il reformata.

Dissimulée entre les rayonnages, Alice vit à travers la porte vitrée un des Kosovars tendre son téléphone à Thierry et lui montrer une photo. Il hocha la tête et pianota sur le clavier de l'ordinateur. Les hommes se penchèrent vers l'écran et suivirent du regard le tracé que Thierry indiqua de son index. Connecté à son téléphone portable, l'ordinateur reçut un appel mais les deux hommes coupèrent d'autorité la communication.

Thierry coinça sous son bras la tablette, prit dans une main le lecteur, dans l'autre les cartes, et sortit dans la cour, suivi des deux hommes.

Sans avoir saisi le détail de leur conversation assourdie par les vitres de la porte, Alice avait noté l'accent très prononcé des deux étrangers aux visages lisses. Ils avaient parlé avec autorité, s'adressant à Thierry comme à un subalterne.

Elle s'avança jusqu'à l'écran sur lequel était restée affichée la page examinée par les trois hommes. C'était le site du centre équestre et l'itinéraire pour s'y rendre.

Alice sentit monter en elle l'adrénaline qui précédait les combats.

Dans la cour, Thierry remplissait le réservoir de la Mégane. Il stockait dans une volumineuse citerne enterrée de l'essence achetée à bas prix au cul de camions étrangers, préparait lui-même ses mélanges avec différents additifs pour augmenter la puissance des moteurs et les revendait avec une belle marge à une clientèle discrète.

Un des hommes de Gil était installé dans la voiture tandis que l'autre pissait contre la grille du chenil, s'amusant à faire aboyer les chiens. Le plein d'essence leur était offert pour tempérer leur contrariété. Thierry n'était pour eux qu'un larbin dont le statut n'atteignait pas même le bas de l'échelle et ils le lui faisaient sentir.

Alice les observait par la fenêtre du salon, l'esprit tiraillé par un détail qu'elle avait perçu mais qu'elle avait laissé échapper.

Elle retourna près des rayonnages et l'anomalie qui l'avait frappée émergea avec évidence. Un des classeurs de rangement n'était pas couvert de poussière comme tous les autres. Ses manipulations fréquentes avaient laissé une trace sur la couche de particules grisâtres qui recouvraient la planche de l'étagère, comme la marque des patins d'une luge sur la neige.

Alice sortit le dossier, l'ouvrit et fit glisser dans sa paume une liasse de feuilles écornées. Elle frissonna de dégoût en découvrant les pages arrachées de magazines pornographiques, souillées de taches séchées. La nausée plissa son visage. Elle feuilleta les images sur lesquelles des femmes subissaient des actes sexuels brutaux, puis quelques photos de jeunes hommes athlétiques dans des postures de domination et de viol.

Une pochette plastifiée regroupait des feuilles sorties d'imprimantes. La gorge d'Alice se noua quand elle reconnut les photos de jeunes filles et garçons qu'elle avait vus à la maison d'accueil. Sous chacune d'elles, des commentaires scabreux accompagnaient les notes de compétences sexuelles, ainsi qu'un « tarif de location » adapté aux prestations.

Alexandre lui avait parlé du trafic mis sur pied

par Léo et Mathieu avec des lycéennes mineures. Il l'avait mise en garde sur ce qui se passait avec les jeunes qui s'arrêtaient quelques jours ou quelques semaines à la Renaissance solaire. Elle n'avait rien vu de tout cela par elle-même. Elle était la protégée d'Emmanuel. Elle avait pensé qu'Alexandre cherchait à le discréditer et que sa paranoïa complotiste lui montait à la tête.

Emmanuel trônait au centre de plusieurs photos. Il posait en maître des lieux. Accueillant, complice, coupable.

Il ne valait pas mieux que son père qui la frappait.

Alice entendit la voiture démarrer dans la cour et s'éloigner, puis le grincement des roues du portail qui se fermait. Elle eut tout juste le temps de replacer le dossier et de se plaquer contre le mur quand Thierry entra dans le salon et claqua violemment la porte, l'expression de son visage déformée par la tension d'un rictus illisible, prêt à exploser en rires ou en sanglots.

Il saisit un manche de pioche posé près de l'entrée dans un porte-parapluie en forme de botte de métal doré et hurla en frappant le dossier du canapé imitation cuir.

Il insultait les deux hommes qui l'avaient humilié. Chacun de ses coups aurait fracassé le crâne d'un bœuf. Puis il se laissa tomber sur le canapé et lâcha le manche de pioche pour positionner sa main sur son entrejambe qu'il commença à empoigner et à frotter énergiquement.

Il grognait comme un fauve qui n'a pas terminé son combat. Il se leva et ôta tous ses vêtements. Il marcha nu jusqu'à la table. Dans le tiroir, il prit un sachet dans lequel il préleva un comprimé d'amphétamine qu'il enfourna dans sa bouche, tout en malaxant son sexe mou à pleine main. Il se dirigea vers le couloir. Alice le voyait s'approcher d'elle et se raidit. S'il venait chercher ses images pornographiques, elle devait se préparer à fuir. Elle n'avait jamais eu peur de se battre, quel que soit l'adversaire, mais la bestialité sexuelle la tétanisait. La découverte du catalogue immonde de la maison d'accueil l'avait fragilisée.

Une odeur d'huile de vidange et de transpiration précéda Thierry qui stoppa à trois mètres d'elle devant un placard qu'il ouvrit. Il étira son corps mince face au miroir de la porte. Lent et peu tonique, il ne faisait pas un adversaire redoutable de prime abord, mais une réelle folie habitait son regard. Son torse était traversé de cicatrices géométriques.

Sa main saisit le manche d'un poignard suspendu à un crochet. Le tranchant de la lame était aussi fin que le fil d'un rasoir. Alice avait peur. Elle pensait à Alexandre et au dernier rendez-vous qu'il avait eu avec cet homme. Thierry traça avec lenteur sur sa poitrine deux entailles en croix avec le couteau de combat. Des blessures peu profondes émergèrent peu à peu deux traits de sang qui gonflèrent lentement avec la grâce de pétales qui s'ouvrent.

Thierry regardait dans le miroir, fasciné, les

incisions qui rougeoyaient. Il décrocha d'un cintre une ceinture qu'il enroula autour de son cou et la resserra en nœud coulant.

Alice se pétrifia. Elle reconnut la ceinture qu'elle avait commandée sur Internet aux États-Unis pour l'anniversaire d'Alexandre. La boucle représentait un aigle à tête blanche tenant dans ses serres deux fusils et un drapeau américain, emblème de la National Rifle Association. Il la portait tous les jours.

Thierry sortit du placard un tee-shirt kaki roulé en boule. Des traces brunes de sang séché y dessinaient des motifs semblables à ceux d'un tissu de camouflage. Il enfouit son visage dans l'étoffe et respira fort. Il retourna dans le salon pour s'allonger à plat ventre sur le canapé et frotter son sexe entre les coussins de faux cuir, serrant jusqu'à l'étranglement la ceinture autour de sa gorge, grommelant et respirant à plein nez l'odeur du tee-shirt d'Alexandre.

Alice était chez son assassin et tremblait en pleurant.

38

Arnaud

Les minuscules yeux bleus d'Arnaud tourbillonnaient en panique dans leurs orbites comme des naufragés qui se débattent dans la tempête. Son catogan avait brûlé. On avait rasé son crâne pour soigner ses blessures. Des bandes de gaze grasse traversaient son visage. Il ressemblait à un mannequin de cire en cours de fabrication.

Il avait refusé de rester en observation à l'hôpital. Paul était venu le chercher en voiture. Un sac-poubelle posé sur la banquette arrière contenait le corps carbonisé de son chien.

Ils s'étaient arrêtés à la coopérative agricole pour acheter du terreau et des fleurs en pot. Arnaud n'avait pas dit un mot et n'avait pas répondu aux questions de Paul, mais en posant la cagette de plantes à l'arrière du Land Cruiser il avait murmuré sans le regarder : « Emmanuel et ses gars font le ménage autour de toi… »

Arnaud portait en bandoulière sur l'épaule

un sac à bonbonne d'oxygène, les canules de la lunette nasale enfoncées dans ses narines.

Paul l'avait aidé à creuser une fosse sur le terrain de foot, derrière les cages du but côté est. C'était le plus beau point de vue sur la plaine qui s'étendait jusqu'aux contreforts des premières montagnes.

Arnaud tapissa le fond de la fosse de graminées et de fleurs sauvages. Il y déposa le coussin délavé et puant sur lequel dormait son compagnon. Paul l'aida à sortir le chien du sac. Le corps raidi et noir tomba comme un bois mort sur le coussin. Arnaud secoua le sac jusqu'au dernier débris de carbone.

Il jeta sur le corps une poignée de terre, fit le signe de croix, puis ils rebouchèrent le trou. Arnaud s'assit pour reprendre son souffle. Il bredouilla à Paul de rapporter quelques grosses pierres d'un muret effondré derrière les vestiaires.

Il les positionna sur la tombe en un cercle au cœur duquel il versa un demi-sac de terreau. Il y enfouit les racines d'un petit rosier jaune qu'il entoura de plantes de rocaille aux fleurs mauves et blanches, serrées dans les interstices entre les pierres. Il vida sur le dessus de la sépulture le reste du terreau qu'il tassa du plat de la main.

Le cri d'une pie claqua dans son dos. Il se retourna. L'oiseau le regardait en inclinant la tête et sautillait pour se rapprocher. Arnaud fit un geste vif du bras. La pie s'envola en jacassant et se posa sur le poteau en ciment de la clôture.

Le téléphone de Paul vibrait dans sa poche pour

la troisième fois. C'était à nouveau Clémentine. Il lui répondit par texto qu'il la rappellerait plus tard et resta debout derrière Arnaud qui s'agenouillait pour prier.

L'arrivée d'un texto de réponse tinta aussitôt et Paul lut discrètement le message de Clémentine.

« Maman a été attaquée. »

39

Elsa

Sans y prêter attention, Elsa avait vu s'arrêter la Mégane près des barrières en croûtes de sapin qui bordaient le chemin d'accès. Les visiteurs du centre équestre franchissaient l'entrée jusqu'au parking tandis que les promeneurs longeaient les clôtures et stationnaient là où le bas-côté offrait un espace suffisamment large pour ne pas bloquer le passage.

La voiture fit marche arrière après le départ du personnel, quand le parking fut vide, et le traversa par une succession de dérapages tonitruants. Les roues crachaient des gerbes de graviers. Le passager descendit et se dirigea vers Elsa qui avait surgi du bureau, alertée par le bruit. La voiture redémarra et fonça droit sur une prairie herbeuse, ceinte de deux rangées de ruban électrique tendu sur des piquets mobiles.

Les trois jeunes juments qui trottinaient paisiblement s'effrayèrent quand la voiture arracha les rubans et s'engagea sur le pré. Le conducteur accéléra et poursuivit les pouliches apeurées, virant en glissades à la façon d'un pilote de stock-car. Les roues mordaient l'herbe qui s'envolait par touffes.

Elsa poussa un cri quand la voiture percuta le flanc d'une jument qui fut projetée comme un jouet de caoutchouc sous le coup de pied d'un enfant. Elle courut vers le bureau pour appeler des secours. Un impact de balle éclata le bois du chambranle. Derrière elle, une voix lui ordonna de s'immobiliser. Elle stoppa net. Dos tourné à l'homme qui la menaçait, elle leva lentement les bras.

« C'est juste pour un renseignement ! » cria la voix tandis qu'elle entendait les pas se rapprocher.

C'est Clémentine qui retrouva sa mère, allongée nue sur la pouliche aux pattes déchirées par les pointes des ossements brisés. Une cordelette autour des poignets d'Elsa était incrustée dans la chair, son corps couvert d'hématomes, lacéré de plaies ensanglantées et de larges brûlures, les cuisses écartées autour du flanc palpitant de la jument.

Elsa avait reconnu sur la photo la silhouette d'Hervé au volant du van du centre équestre, malgré les reflets sur le pare-brise qui le dissimulaient. L'image sur l'écran du téléphone du Kosovar était si sombre qu'elle prétendit ne pas pouvoir identifier le conducteur. Elle ne savait pas non plus où était passé Michel, ni pourquoi, sur cette même photo, on le voyait sortir de ce véhicule qui d'ailleurs, affirma-t-elle, avait disparu.

Les deux hommes lièrent les poignets d'Elsa, bras tendus au-dessus de la tête, allongée au sol, et fixèrent la courte corde à l'arrière de la Mégane. Ils la traînèrent le long du chemin en graviers puis sur le sentier forestier, s'appliquèrent à viser les bosses et les ornières où des pierres en saillie déchiraient ses vêtements et meurtrissaient son corps. Elsa protégeait sa tête entre ses bras étirés par la traction de la voiture. Chaque impact cognait dans ses articulations, le tranchant des pierres incisait sa chair. Une racine semi-enfouie déboîta son genou.

L'homme qui lui avait parlé descendait parfois de la voiture pour lui demander si la mémoire lui revenait. Elle répondait en suppliant chaque fois davantage, balbutiait qu'elle ne savait rien, d'une voix affaiblie par la douleur et les larmes. La voiture redémarrait, tirant dans son sillage le corps d'Elsa qui rebondissait sans lutter.

Si réellement Elsa n'en savait pas plus, quelqu'un connaissait les réponses à leurs questions et ils allaient lui délivrer un message. La voiture roula doucement jusqu'au pré. Ils ôtèrent tous les vêtements en lambeaux d'Elsa sans la détacher, arrachèrent ses sous-vêtements. Elle ne bougeait plus mais respirait encore, les yeux mi-clos.

Le chauffeur accéléra pour un dernier tour de piste sur l'herbe dont chaque brin brûlait sa peau nue, entaillait sa poitrine, son ventre et l'intérieur de ses cuisses, qu'elle n'avait pas la force de resserrer. On détacha ses mains inertes qui pendaient à ses poignets cisaillés.

Elle sentit qu'on la portait au-dessus de l'herbe fraîche puis, sous son corps nu, le cœur de la pouliche cogna contre ses seins. Elle n'éprouvait plus aucune douleur. Le souffle de la jument pénétra ses narines. Elle vit dans son œil se refléter le ciel, un nuage y dessinait la forme d'une femme sur un cheval.

Sa tête bascula et tout s'éteignit.

40

Thierry

Alexandre s'était installé dans la maison qu'il rénovait à quelques centaines de mètres du garage. Thierry lui rendait parfois visite en fin de journée pendant les travaux. Ils s'asseyaient côte à côte à même le sol, adossés au mur, partageaient une bière et bavardaient tardivement avec une intimité dont Thierry n'était pas coutumier. Il se refusa d'abord à imaginer une quelconque attirance pour ce jeune homme taillé dans un roc, aux yeux doux comme ceux d'une jeune fille. Pour se mettre à l'épreuve, il dénicha un magazine dont les images de rapports homosexuels le répugnèrent tout autant qu'elles répondaient à ses pulsions.

Et cette idée lui était insupportable.

Alexandre avait perçu sa confusion, sans en déceler l'ambiguïté, et laissait échapper de discrets signes de séduction. Il attendrait que Thierry fasse le premier pas.

Il n'eut pas à patienter longtemps. Un matin,

Thierry l'appela et lui proposa de venir chez lui à vingt-trois heures. Ils se déshabillèrent en hâte dans la pénombre du salon et s'étreignirent chair contre chair, leurs corps enlacés roulant sur le large canapé qui s'appuyait contre la table.

Thierry avait perdu toute notion du temps, son excitation le transportait vers un état dont il n'avait même plus conscience. Allongé sur le ventre d'Alexandre dont les jambes emprisonnaient ses hanches, il se crispa dans un orgasme comme il n'en avait jamais connu. Le plaisir le submergeait encore quand Alexandre relâcha la pression de ses mains qui enserraient sa gorge et lui caressa la joue en souriant.

La tendresse de son regard donna à Thierry l'envie acérée de le posséder davantage. Il plongea sa langue dans la bouche d'Alexandre qui attrapa sa nuque pour resserrer l'étreinte de leur baiser. Thierry fut saisi d'un éblouissement, l'éclat d'un volet qu'on ouvre trop vite un matin de grand soleil. Sa honte exigeait de payer le prix de son désir.

Il s'écarta des lèvres d'Alexandre, entrelaça son regard au sien et posa sa joue humide sur le lobe de son oreille. Il lui susurra :

« Je ne veux pas… je dois te punir… »

Alexandre éclata de rire et souleva le torse de Thierry, le maintenant au-dessus de lui. Il se redressa pour embrasser sa poitrine.

« Tu as raison. On ne peut plus rien pour toi… » laissa échapper Alexandre, tandis que ses lèvres effleuraient ses mamelons.

Thierry tendit le bras et saisit sur la table le lourd cendrier en verre taillé. Il l'abattit violemment sur la tempe de son amant. Alexandre s'effondra. Le sang coula au-dessus de son oreille, là où la ciselure du verre s'était plantée dans l'os comme une feuille de boucher.

Thierry se retira de son corps et cracha sur Alexandre qui gémissait, inconscient. Il se précipita vers l'espace cuisine et lava son sexe avec du produit à vaisselle au-dessus de l'évier puis revint vers Alexandre. Il enfourna dans sa bouche une poignée d'amphétamines qu'il parvint plus ou moins à lui faire avaler avec un verre d'eau qu'il fit couler dans sa gorge.

Il resta debout à regarder le corps sculptural et vaincu d'Alexandre, encore luisant de la sueur de leur étreinte. Il se sentait incroyablement libre et serein. Il sentit son sexe durcir.

Il s'agenouilla près d'Alexandre, saisit sa main inerte et tiède qu'il maintint sur le plat de sa paume, y posa son sexe en érection et se déhancha dans un fougueux va-et-vient, sans savoir ce qu'il allait faire de sa victime.

Alice avait enfoui la tête sous le col de son blouson. Elle entendait le claquement des hanches de Thierry contre les coussins de similicuir et les brames qui grondaient de sa gorge. Elle se redressa lentement et osa affronter du regard le corps nu dont le bassin pilonnait le canapé. Le dos de Thierry fut traversé d'un spasme qui contracta ses fesses.

Il plongea plus profondément le visage dans le tee-shirt d'Alexandre et libéra la ceinture qui enserrait sa gorge. La boucle fit un son mat en tombant. La tension libéra son corps qui s'affaissa.

Alice s'élança du couloir. Elle bondit vers le canapé et ramassa la ceinture. Thierry eut tout juste le temps de tourner les épaules et lui saisit la cheville. Alice se propulsa en arrière, déplia sa jambe libre et le frappa en plein visage de son talon. Il lâcha prise tandis qu'elle retombait à plat sur le dos, le souffle coupé. Elle fit une roulade pour se catapulter vers le couloir et fonça vers l'étroite meurtrière par laquelle elle était entrée. Il avait été facile de se hisser par la façade extérieure où les pierres offraient de bons appuis mais, de l'intérieur, les murs lisses allaient la retarder. Elle claqua la fenêtre dont la vitre dégringola et plongea sous un meuble dans la pièce voisine.

Thierry remonta le couloir et s'arrêta net. Le vantail à la vitre brisée battait encore, mais la fenêtre était trop haute pour voir au-dehors. Il fit demi-tour vers le salon, enfila une paire de bottes à l'arraché et sortit nu dans la cour. Il ouvrit la porte du chenil pour libérer sa meute.

Alice s'extirpa de sa cachette. Elle entendit le portail automatique extérieur coulisser en grinçant et se dirigea prudemment vers la porte du salon ouverte sur la cour. Les chiens aboyaient et s'éloignaient pour contourner la maison au côté de leur maître. Le porche était grand ouvert, l'accès à la route était libre. Alice ramassa le manche de pioche laissé par Thierry. Son regard glissa de la boîte à clés accrochée au mur à une petite moto Yamaha posée sur sa béquille près du vieux pick-up de Thierry. Elle décrocha la clé ornée du sigle Yamaha et courut vers la bécane.

Alors que le troisième coup de kick ne faisait pas démarrer le moteur, Alice entendit les chiens qui revenaient vers la maison, excités par les cris de Thierry qui avait compris qu'elle n'était pas sortie de chez lui. La moto démarra enfin quand déboula dans la cour le vieux chien de tête qui se précipita sur Alice. Elle le frappa en plein museau d'un coup sec et précis du manche de pioche et roula à petite vitesse vers le portail où apparut Thierry, nu et essoufflé, précédé de ses chiens qui espéraient débusquer un gibier plus docile, davantage habitués à la traque en forêt qu'à l'attaque d'une intruse. Ils gémirent en voyant tomber le plus farouche d'entre eux.

Un jeune setter fit un détour pour éviter Alice et lécha le sang qui coulait du museau du chef de la meute tombé au combat. Il se tourna vers ses compagnons qui hurlaient sur place, oreilles baissées, et laissaient le passage à la moto. La conductrice faisait danser une arme dont ils avaient saisi le danger.

Le setter, la truffe rosie par le sang du vieux chien, regardait Thierry bloquer l'entrée. Alice mit les gaz et fonça. Thierry se jeta en arrière pour esquiver sa frappe, mais parvint à agripper des deux mains le porte-bagages de la Yamaha.

Le jeune chien de chasse se désintéressa de son maître qui avait disparu derrière le mur d'enceinte, accroché à la moto, et hurla à son tour, le museau dressé vers le ciel et les oreilles en berne, en hommage à son compagnon qui rendait son dernier souffle.

Sans se retourner, Alice fit tournoyer dans son dos le manche de pioche qui s'abattit sur les doigts de Thierry. Une main lâcha prise, il crispa l'autre plus fort. Déséquilibré, il s'effondra sur l'asphalte, les doigts accrochés à la bécane. Alice accéléra. Les genoux de Thierry ne résistèrent pas longtemps à la brûlure.

Il se laissa tomber face contre terre.

Alice était déjà loin.

41

Clémentine, Paul et Alice

Les pompiers avaient emmené Elsa. Hervé était monté à ses côtés dans le véhicule de secours, le cœur lacéré par la rage et le chagrin. Il avait demandé à Clémentine, réfugiée entre ses bras, de rester sur place, d'attendre le vétérinaire ; il lui donnerait des nouvelles dès qu'il en aurait.

Ses larmes avaient coulé contre la poitrine de son père. Elle avait hoché le menton dans un sanglot.

Paul arriva quand le vétérinaire euthanasiait la pouliche. Assise contre son flanc, Clémentine caressait son encolure. Elle avait été la première et la seule spectatrice de la mise en scène du corps nu et blessé de sa mère, les fesses écartées par l'étirement de ses jambes autour du poitrail de la jeune jument qui se gonflait et se vidait au rythme de son agonie. Les membres mous d'Elsa balançaient en cadence.

Elle était venue à vélo au centre équestre et avait aussitôt remarqué l'enclos arraché. Elle s'était précipitée en criant vers sa mère et fut soulagée d'entendre un soupir quand elle dégagea ses jambes écartelées autour de la pouliche. Elle la fit glisser pour l'accueillir sur ses cuisses, la serra contre elle comme on tient un enfant endormi et couvrit sa nudité de son blouson trop petit. Elle appela d'abord les secours, puis son père, puis Paul, qui ne répondait pas.

Quand tout le monde fut parti, Paul arriva enfin.

Ses genoux fléchirent et il s'écroula quand Clémentine tenta de lui raconter comment le corps – qu'elle nommait « maman » – avait été disposé sur la pouliche mourante et qu'elle décrivit les blessures inscrites sur sa chair.

Une brûlure aiguë poignarda l'œil droit de Paul et électrisa le nerf optique. La douleur s'enroula en spirale tout autour de son crâne pour s'agripper à la cicatrice de sa tempe qui s'enflamma. Il sentit la spirale se resserrer. Un lacet que l'on tend sur le cuir d'une chaussure. Les crocs d'une vipère se plantèrent dans l'artère de son cou et le venin infusa dans son sang jusqu'à la pointe de ses pieds qui tremblèrent sous l'effet du poison.

Il avait souvent vu des corps torturés et mutilés, mais là, il s'agissait d'Elsa.

Son téléphone sonna dans sa veste. Il le sortit et le posa au sol, puis essaya d'attraper au fond de sa poche la plaquette de médicaments que ses doigts paralysés avaient du mal à manipuler. Clémentine l'aida.

« Une seule, ça va ? » demanda-t-elle en expulsant

une pilule de son emballage cloisonné. Il répondit en hochant la tête et désigna le téléphone sur lequel s'affichait « Alice ».

Il se laissa tomber sur le dos. Clémentine glissa le médicament entre ses lèvres et répondit au téléphone, accroupie auprès de lui.

« … Non. Je suis une amie. Il est à côté, mais il ne peut pas parler… »

Elle s'adressa à Paul : « Elle dit que c'est urgent. Elle veut te voir… »

Paul leva la tête et déglutit. Le cachet s'accrochait à sa gorge trop sèche.

« On est au centre équestre », répondit-elle à Alice qui pensa aussitôt aux deux hommes dans la Mégane auxquels Thierry avait indiqué le trajet vers le centre.

« Une grosse voiture noire ? Non, il n'y avait personne… » confirma Clémentine.

Paul n'entendit pas arriver Alice sur la moto. La molécule du médicament agissait avec lenteur.

« Röslein auf der Heiden,
War so jung und morgenschön,
Röslein, Röslein, Röslein rot,
Röslein auf der Heiden… »

Allongé sur le dos, Paul cligna des yeux. Le vent d'altitude avait éclairci le ciel. Le fœhn soufflait vers lui l'odeur de crottin et de paille des écuries. Il regardait s'effilocher les nuages. Il crut y voir la forme d'une femme sur un cheval.

Alice et Clémentine s'étaient approchées en l'entendant déclamer en allemand. Paul se redressa.

« Tu disais quoi, là ? lui demanda Alice.

– Clémentine, tu as croisé des types en quad ou à moto tout-terrain, sur la route ? » questionna-t-il. Clémentine le regarda sans comprendre.

« Les types de la maison d'accueil, les cinglés qui jouent à la guerre... Ils nous ont tiré dessus, ta mère et moi. » Il pointa vers Alice un doigt autoritaire. « Et toi, Alice, il ne faut pas que tu retournes là-bas.

– C'est sûr que j'y retournerai pas ! Mais tout ça, c'est pas eux.

– Alice, merde ! Réveille-toi. Tu n'imagines même pas... »

Paul fut coupé net par la main de Clémentine, qu'elle posa sur sa bouche. La détresse voilait ses yeux émeraude.

Paul ouvrit les bras et Clémentine se blottit contre son torse.

« Tu as des nouvelles de ta maman ?

– Ils l'ont endormie... Ils pensent qu'il n'y a pas d'organe touché, mais des fractures et des brûlures... Ce sont des trafiquants qui ont fait ça. Alice, raconte-lui. »

Paul serra Clémentine contre lui et écouta Alice. Sa voix avait changé. Son regard était assuré. Elle raconta la visite des Kosovars à Thierry, le site du centre équestre sur l'écran, le trafic sexuel avec la maison d'accueil, la sexualité détraquée de Thierry.

Elle montra à Paul la ceinture d'Alexandre. Elle avait démasqué son meurtrier. Il la laissa terminer sans l'interrompre, impressionné par ce qu'elle avait affronté.

Puis le silence se fit. Tous trois avaient besoin d'écouter le frémissement de la nature qui détenait des vérités qu'ils ne comprenaient pas encore. Le vent soufflait en rafales, aplatissant la cime des arbres. La forêt s'agita. On croyait entendre l'océan.

« Clémentine, qu'est-ce que tes parents ont à voir là-dedans ?

– J'ai peur. Très peur. Je ne sais pas ce que je dois faire. »

Clémentine dissimulait son visage sous les bras de Paul. C'était plus facile pour elle de ne pas le regarder.

« C'est une histoire de drogue. »

Les mots s'étranglèrent dans la bouche de Clémentine.

« Mon père, il pense que rien ne peut lui arriver, qu'il y a toujours une solution. Mais si je te raconte, tu vas parler à tes collègues ?

– Je ne suis plus policier. Ce que je veux, c'est protéger tes parents. Pour ça, il faut que je comprenne ce qui se passe. Tu dois tout me dire. »

Clémentine s'écarta de Paul.

« Je sais que ce qu'ils ont fait, c'est pour la famille. Ils se sont fait piéger, c'est sûr. De toute façon, tout le monde est obligé de faire un truc pas net pour s'en sortir, ici !

– Quand on est poussé à bout, on fait des conneries… » ajouta Paul pour la mettre en confiance.

Clémentine inspira profondément et libéra dans son souffle le secret qui l'étouffait.

« Mon père cultive du cannabis. Un champ immense et bien caché. Mes parents ne m'en ont jamais parlé, bien sûr. C'est les deux types à moto, Mathieu et Léo, qui me l'ont dit. C'est des salauds ! Ils prostituent des filles de mon lycée et ils ont voulu embarquer ma meilleure copine pour une soirée. J'ai dit que s'ils ne la laissaient pas tranquille, j'allais les dénoncer à la police… ils m'ont dit que puisque j'avais une grande gueule je pouvais d'abord aller voir les champs de mon père. J'y suis allée à cheval…

– Et ?…

– Et j'ai commencé à me taire. »

42

Hervé et Damien

Le 4 × 4 d'Hervé ralentit sur les prairies d'alpages qui montaient en pente raide vers l'abrupt des falaises. L'érosion de l'eau et du vent avait sculpté les murs de calcaire. Le gibier abondant aux lisières des forêts y avait attiré les premiers campements de chasseurs mille ans avant notre ère.

Le relief karstique de failles et de cavernes devint, après la guerre de Cent Ans, le refuge de mercenaires démobilisés. Ils entassaient le butin de leurs pillages dans les ruines du château d'un seigneur dont le régiment de volontaires protestants avait été écrasé sans merci. On entend encore aujourd'hui, paraît-il, monter leurs plaintes quand le vent déboule dans un puits de roche qui relie entre eux deux gouffres où les soldats furent jetés vivants.

Après des années de pastoralisme, deux familles d'éleveurs avaient dû quitter les pâturages. Le propriétaire des terres avait vendu la parcelle la plus large pour l'installation d'une antenne-relais au point culminant, face à une colline plus basse hérissée d'éoliennes. La téléphonie mobile et l'énergie dite propre avaient eu raison des moutons en contournant le droit rural censé protéger les conventions d'élevage sur les espaces pastoraux. Les éleveurs avaient cessé de lutter contre des adversaires bien plus gros qu'eux, leur pugnacité émoussée par la dévorante angoisse des prêts à rembourser, des frais d'études des enfants dont l'avenir était lié à l'argent qu'on était en capacité de dépenser pour eux.

Durant les dernières décennies, la ruralité était devenue un champ de bataille. Beaucoup étaient morts au combat et les estropiés se comptaient par dizaines. La peur de glisser lentement vers ce néant avait poussé Hervé et Elsa à saisir la seule main qui se tendait vers eux et à franchir les portes d'un monde qui n'était pas le leur. C'était là l'unique option pour épargner leur famille.

Chacune des plaies inscrites sur le corps d'Elsa était un prix trop cher payé. Hervé était passé de l'état de sidération à une fulgurante envie de tuer.

Il immobilisa son 4 × 4 contre le mur d'un abri bâti avec des pierres d'éboulis appuyées sur un monticule rocheux. Il arracha Damien de la voiture en le tirant par la manche. Celui-ci n'offrit aucune résistance et se recroquevilla à même le sol, entourant sa tête de ses bras. La proximité de l'imposante antenne-relais l'effrayait au point qu'il ne savait si la douleur qui perforait son crâne était réelle ou imaginaire. Hervé ne voulait pas le frapper. S'il portait un premier coup, il ne pourrait plus s'arrêter.

« Putain, Hervé ! Si je prononce le nom de leur chef, je suis mort demain !

– Alors je te laisse ici. Et tant pis si les ondes magnétiques te grillent le cerveau ! »

Hervé s'installa au volant de sa voiture. Damien bondit et se glissa entre le siège et la portière pour en bloquer la fermeture. Ses épaules relevées en protection au-dessus de ses oreilles donnaient à son corps l'allure d'un pingouin.

« Tu peux rien contre eux. Et tant qu'ils n'auront pas retrouvé leurs deux gars et surtout la marchandise, ils ne te laisseront pas en paix. Ils ont une photo de Michel qui descend d'un van du centre équestre. Ils veulent savoir qui est le conducteur… »

Hervé pénétra son regard pour s'assurer que Damien ne l'avait pas reconnu.

« Je vais les tuer pour qu'ils foutent la paix à ma famille », affirma-t-il en pensant au corps martyrisé d'Elsa.

Damien respirait fort en reniflant. L'air d'altitude brûlait sa gorge, un goût de métal fondu se mêlait à sa salive.

« C'est trop tard. Ils ne lâcheront pas tant qu'ils n'auront pas ce qu'ils demandent. Tu veux en tuer deux ? Fais-le. Ils en feront venir cinq autres. Et c'est devant toi qu'ils violeront ta femme et ta fille. »

Hervé mit en route le moteur et repoussa Damien qui agrippa le volant.

« Je leur ai donné le nom du Bulgare qui magouillait avec Michel. Ce Dimitar dont tu m'as parlé. Je n'ai pas dit que ça venait de toi, mais si tu trouves ce type et qu'il les conduit à la drogue, ça pourrait arranger tes affaires... et les miennes. Mais il faudra que ça passe par moi. »

La voix de Damien avait repris de l'assurance, il se sentait en état de penser et d'agir, le sifflement qui avait traversé son crâne d'une oreille à l'autre s'était éteint.

Hervé ouvrit la portière côté passager.

« Monte. »

Damien se hissa à côté d'Hervé qui démarra.

« Trouve une trace de ce type, que j'aie quelque chose de sérieux à leur balancer ! » insista Damien.

Hervé devrait se faire à l'idée inacceptable de ne pas punir ceux qui avaient torturé Elsa et trouver le moyen de leur restituer la drogue. Il savait que cela ne leur suffirait pas. Le clan Hasani devait sanctionner durement pour se protéger.

Les cumulus poussés par le vent jouaient avec le soleil et libéraient des pinceaux de lumière qui balayaient le plateau. Un éclat fit briller le pelage d'une famille de chamois qui grimpait sur une paroi.

Damien ne souffrait plus, mais ses mâchoires serrées sur sa tête sans cou déformaient son visage en masque de crapaud.

« Je croyais que tu ne supportais pas les ondes... s'étonna Hervé.

– Si tu es juste en dessous de l'émetteur, il paraît qu'elles sont quasi nulles. Ça se complique dès qu'on arrive dans le cône d'émission. »

La voiture s'éloignait de l'antenne-relais. Damien se crispait à l'idée qu'ils allaient franchir la zone qu'il avait douloureusement traversée à l'aller.

Hervé ouvrit la boîte à gants en maintenant d'une main le volant qui vibrait et sortit le sachet transparent encore scellé d'une couverture de survie argent et or.

« Tiens, si ça peut t'aider. »

Damien déchira l'emballage plastique avec les dents et disparut sous les froissements de la couverture aux reflets de métal.

43

Clémentine, Alice, Paul et Hervé

Une fumée blanche montait droit vers le ciel et s'étirait en bouquet géant. Son ombre tranchait la route que parcourait le Land Cruiser de Paul.

Après avoir déposé Damien chez lui, Hervé avait vidé deux jerricans d'essence à tronçonneuse qu'il avait fait ruisseler au pied des rangées de cannabis. Les plants se recroquevillaient et étaient avalés par les flammes qui s'élevaient et mordaient les tiges des maïs. Il avait vu s'arrêter le Land Cruiser et en descendre Clémentine, Paul et une fille qu'il ne connaissait pas, dont les cheveux filasse frissonnaient sous l'onde de chaleur de l'incendie.

Sa fille marcha vers lui. Son corps robuste imprimait chacun de ses pas sur la terre à laquelle elle appartenait. Elle s'arrêta dans le dos de son père.

« Tu m'emmènes voir maman, après ?

– Ils vont la réveiller vers dix-sept heures. On sera à ses côtés quand elle ouvrira les yeux. »

Ils regardaient tous deux les flammes. Clémentine n'allait poser aucune question à Hervé et il n'allait pas prendre l'initiative de parler, ni de tenter d'expliquer. Elle souffrait sans l'avouer de cette relation « Je sais que tu sais que je sais » qui avait fini par installer un silence douloureux entre son père et elle.

Hervé ramassa les deux jerricans et alla rejoindre Paul qui incita Alice à parler en premier. Elle raconta à nouveau tout ce qu'elle savait. Hervé se liquéfia quand il apprit que les Kosovars n'étaient pas responsables de la mort d'Alexandre. Michel avait déclenché inutilement un séisme destructeur.

Il fut à peine surpris de la psychose de Thierry. On avait fait mine d'oublier le trouble qu'avait provoqué la mort soudaine de sa femme. La communauté avait choisi de le soutenir plutôt que de poser des questions.

Ce fut au tour d'Hervé de parler ; Paul fit signe à Alice de rejoindre Clémentine. La culpabilité affaiblissait sa voix, habituellement chaude et déterminée. Ses mains larges comme des outils pendaient le long de son corps éreinté de guerrier vaincu.

En écoutant son ami d'enfance, Paul reconstituait le puzzle dont toutes les pièces s'emboîtaient enfin. Hervé était prêt à faire éclater la vérité, mais déstabiliser le réseau kosovar mettrait en péril sa famille. Il tournait en rond dans la fosse d'un piège qu'il avait en partie creusée.

Le feu avait gagné la totalité du champ. Les

feuilles des maïs crépitaient sous les flammes avec les claquements secs que font les bûches de châtaignier dans une cheminée.

Paul imagina ce qu'il serait devenu lui-même s'il avait repris la ferme familiale. Il aurait certainement été écrasé par les crises qui avaient frappé toutes les filières agricoles, par les diktats des prix d'achat fixés par la grande distribution… Mais Hervé ne l'aurait pas laissé tomber. Il lui aurait peut-être confié ce champ de moyenne montagne et Paul l'aurait cultivé pour protéger les siens, aurait comme tant d'autres agi au jour le jour.

Car il était des leurs et il ne lui appartenait pas de les juger.

« Il faut leur rendre la drogue, Hervé. C'est le plus important pour eux !

– Je me vois mal aller les trouver en leur disant : "J'ai trouvé ça dans mon foin, ce n'est pas à vous ?" Et si je dis à Damien que c'est moi qui la cachais, il me balancera pour marquer des points et reprendre la main !

– Pas besoin de Damien. Il y a un passage très étroit, mais à nous deux on peut tenter le coup… »

Le vent rabattait la fumée sur les yeux noirs d'Alice. Les iris de Clémentine brillaient de la lueur des flammes, semblables à deux lucioles perdues dans la brume.

« Quand j'étais petite, mon grand-père avait des vaches, ici.

– Ah oui ? répondit Alice qui n'était pas habituée à entretenir une conversation.

– J'aimais bien quand il m'amenait ici avec lui. »

Alice haussa les épaules, sans nostalgie pour son enfance qui n'était qu'un trou noir.

44

Paul, Hervé, Alice

Paul avait remonté son sweat-shirt au-dessus de son nez et était accroupi au-dessus des trois corps en putréfaction à l'arrière du pick-up caché dans le hangar. Hervé était resté en retrait, son visage plaqué contre une botte de paille. L'odeur des moissons ensoleillées l'aidait à surmonter celle des cadavres en décomposition.

Leurs vêtements dégorgeaient un suc noir qui paraissait suinter de leur chair. Sous le faisceau de la lampe torche, les visages boursouflés et rongés par l'acidité du purin avaient pris l'apparence de créatures monstrueuses d'*heroic fantasy*, des faces d'orques chauves au teint verdâtre.

Paul reconstitua facilement le carnage tel que l'avait raconté Hervé : la poitrine du plus jeune déchirée à bout portant, les impacts de balles encore nets sur le front de Michel.

Le troisième n'avait plus qu'une moitié de visage. Un ballon crevé qu'on aurait piétiné.

C'est lui qu'Hervé avait fauché d'un coup de masse.

Quelques heures plus tôt, en fin d'après-midi, Elsa s'était réveillée entre sa fille et son mari. Clémentine se mordait la joue pour retenir ses larmes et ne pas montrer à sa mère combien son visage gonflé de blessures l'effrayait. Hervé n'avait pas prévenu leur fils, exilé en stage à Gdańsk, mais il faudrait lui parler à son retour dans quelques semaines. Il espérait d'ici là mettre sa famille hors d'un danger qu'elle n'aurait jamais dû côtoyer. Le problème, c'est qu'il ne voyait pas comment y parvenir.

Paul paraissait sûr de lui et résolu. Hervé allait suivre ses instructions en toute confiance. Il se sentait honteux de n'avoir rien fait quand, des années auparavant, son ami avait eu besoin de lui. Il avait agi égoïstement et accepté de laisser les adultes détruire ce qu'il avait de plus cher. Le temps avait estompé les cicatrices jusqu'à l'oubli, mais il comprenait aujourd'hui que Paul n'avait jamais trahi leur amitié.

Selon lui, dans quelques heures tout serait réglé.

« Comment ça, réglé ?

– Tu rentres chez toi, tu prends soin de ta famille, tu continues à travailler comme avant, comme si de rien n'était. »

Comme si de rien n'était ? Hervé avait du mal à imaginer que la colère brûlant en lui s'apaise. Il se sentait comme une bête sauvage blessée qui attend de recoller plus ou moins les morceaux pour attaquer à nouveau.

Paul devina la détresse prisonnière derrière les yeux de son ami, levés vers l'infini, à la recherche d'une réponse dans l'immensité nocturne du ciel. Ou alors Hervé basculait-il simplement la tête en arrière pour cacher ses larmes.

« S'ils reviennent, je les tue ! » déclara-t-il en regardant les étoiles qui s'éteignaient sous les premières lueurs de l'aube.

Paul avait la conviction qu'ils ne reviendraient pas, qu'Elsa ferait partie des dégâts collatéraux, parce qu'il faut bien couper des branches pour tailler un chemin et qu'on ne fait pas demi-tour pour les ramasser. Elsa ne serait bientôt pour eux qu'une branche abattue.

« Ces types-là fonctionnent comme une armée. Ils ont une mission, ils l'accomplissent et passent à la suivante. Ils ne perdent pas de temps à revenir sur ce qui est déjà passé. Ils vont retrouver leurs hommes et leur drogue et on va leur livrer le responsable. Ce sera terminé », dit-il à Hervé d'une voix feutrée, comme s'il ne voulait pas réveiller la nature encore silencieuse.

Paul conduisait le pick-up des Kosovars. Les deux corps reposaient sur le plateau sous une bâche à côté de celui de Michel. Sur le siège passager était posé le sac de voyage chargé des sachets de poudre blanche.

Le jour se levait à peine quand Paul arriva, seul, et stationna le pick-up devant la maison qu'Alexandre avait habitée. Alice l'attendait. Elle avait parcouru le dernier kilomètre en poussant la Yamaha, la faisant rouler dans l'herbe du bas-côté en passant devant chez Thierry qui était certainement sur ses gardes et aurait pu reconnaître le bruit du moteur dans la nuit.

Alice tendit à Paul une chope en céramique et y versa une eau teintée qu'elle fit couler d'une casserole.

« C'est du Nescafé. Je l'ai fait chauffer il n'y a pas longtemps, ça devrait aller.

– Est-ce que tu sais si Thierry a son téléphone portable sur lui ou s'il le pose quelque part ? » demanda Paul, retenant une grimace à la première gorgée.

Le café était tiède et amer mais l'effort d'Alice pour se montrer attentionnée était tellement inattendu que Paul le sirota avec plaisir.

« Je n'en sais rien. Pourquoi ?

– Il faudrait entrer dans son répertoire et changer un nom.

– Si c'est juste ça, on peut le faire depuis son ordinateur. Il est synchronisé avec son téléphone ! C'est dans son bureau, réagit aussitôt Alice.

– OK. Dès qu'il sort, tu t'en occupes !

– Et je fais quoi ?

– Tu ouvres les contacts et tu remplaces "Alexandre" par "Dimitar. D-I-M-I-T-A-R", épela-t-il.

– C'est qui, Dimitar ?

– Personne. Mais tous les textos entre Thierry et Alexandre vont être signés Dimitar.

– Je t'ai dit, Alexandre était grave parano, tout était codé… pareil pour les textos !

– C'est justement l'idée… Ceux qui vont tomber dessus vont trouver tout à fait normal que Thierry et Dimitar aient communiqué par codes ! »

Paul démarra le pick-up et le conduisit jusqu'au portail d'entrée de la casse auto, le nez collé à la grille. Les chiens se mirent à aboyer. Sans perdre une seconde, il attrapa le sac contenant la drogue et se hissa sur la plate-forme arrière. Il versa le contenu sur la bâche qui recouvrait les trois corps. Les chapelets de sachets de drogue se déployèrent comme des guirlandes. Il déposa le sac, sauta sur la route qu'il traversa et eut tout juste le temps de plonger derrière une haie de broussailles qui faisait face à l'entrée. La grille électromagnétique s'ouvrit. Thierry apparut, un fusil à la main. Il reconnut le pick-up qu'il avait maquillé plusieurs semaines auparavant. Une forte odeur de purin et de charogne le fit se précipiter vers l'arrière.

Paul, dissimulé derrière la haie, sortit son téléphone portable et régla le zoom numérique au maximum. Il déclencha l'appareil photo par rafales successives.

Thierry monta sur le plateau sans lâcher son arme et scruta autour de lui l'environnement désert.

Son regard s'arrêta sur les sachets de drogue qu'il enfourna fébrilement dans le sac de voyage, tout en imaginant ce que recouvrait la bâche. Il la souleva par un coin et les gaz enfermés sous le plastique lui sautèrent à la gorge.

Il s'appuya sur le hayon et se propulsa sur la route comme un fuyard sous le feu de l'ennemi. Son corps se plia en deux et il toussa. L'air goudronné montant du sol lui parut d'une fraîcheur de cristal.

Alice traversa la route hors de sa vue et pénétra dans le champ de lavandes desséchées, filant vers la façade arrière de la maison pour entrer par la petite fenêtre brisée et atteindre l'ordinateur de Thierry.

Paul prit soin de camoufler son numéro de téléphone en expéditeur masqué et envoya une série de photos au contact d'urgence que lui avait communiqué Hervé. On y voyait Thierry manipuler les sachets de drogue sur la plate-forme arrière du pick-up des deux Kosovars disparus.

Paul observait et attendait la suite. Il avait retiré la clé du contact. Thierry dut accrocher le pick-up à sa dépanneuse pour déplacer le véhicule et le dissimuler derrière le mur de carcasses d'épaves. L'opération de remorquage le retarda.

Paul n'eut pas longtemps à patienter. Une Mégane break déboula à toute allure, suivie du SUV Mercedes qu'il avait croisé en arrivant chez Louise.

Le portail s'ouvrit pour les laisser entrer.

Paul resta caché jusqu'à leur sortie, à peine une demi-heure plus tard, tandis qu'une fumée noire envahissait la cour.

Il les regarda s'éloigner puis marcha lentement vers la maison d'Alexandre. Il ne voulait assister plus longtemps à la mort d'un homme qu'il avait piégé et livré en sachant ce qu'il allait subir. Il avait fini lui aussi, comme tant d'autres sur ce territoire qu'il ne reconnaissait plus, par ignorer la limite à ne pas franchir et concéder que le mépris des règles était le coût de la survie.

Alice lui avait confirmé par texto qu'elle avait modifié en « Dimitar » le nom d'Alexandre dans les contacts sur l'ordinateur et que les trois hommes, dont deux qu'elle avait déjà vus au même endroit, avaient empoché le téléphone de Thierry et récupéré le sac de drogue.

Elle s'était abritée dans un bus accidenté par crainte que les hommes ne fouillent la maison. Dès qu'ils furent partis, elle traversa la cour vers le pick-up en flammes.

Thierry était enfermé dans la cabine, les mains attachées au volant. La fumée envahissait lentement l'habitacle et il colla sa face contre la vitre. Alice s'approcha. Leurs visages n'étaient espacés que de quelques centimètres, séparés par la paroi de verre Securit. Sans le quitter des yeux, elle sortit de sa poche la ceinture d'Alexandre qu'elle déroula pour la maintenir tendue devant son regard comme on présente un crucifix à la face d'un condamné. Thierry cracha vers elle et voulut sourire pour partir en vainqueur, mais il n'en eut pas le temps.

Une balle siffla plus fort que le vent, creva le pare-brise, traversa son œil et déchira sa joue qui s'affala comme un rideau dévoilant sa mâchoire.

Alice fit demi-tour et ne se retourna pas quand elle entendit une boule de feu se former dans la cabine du pick-up. Elle comprit que Léo l'avait suivie à la demande d'Emmanuel mais ne savait pas s'il avait tiré pour punir Thierry, abréger son supplice ou simplement pour le plaisir.

Léo n'avait jamais tiré sur un homme pour tuer. Il n'en ressentit aucune émotion et fut presque déçu. Installé à trois cents mètres sur le tertre d'un fossé d'écoulement d'eau de pluie, il s'était déjà retourné vers la forêt qui prenait naissance au pied de la colline. Il observa un jeune brocard aux bois bien formés. L'animal était sorti des bosquets pour grignoter des racines. Léo prit à peine le temps de viser et tira. Le chevreuil fut instantanément fauché, frappé en plein cœur. La mère de Léo aimait cuisiner le civet.

Il se laissa glisser le long du tertre et traversa un buisson de fougères. Il brisa entre ses doigts une petite branche au feuillage vert vif qu'il plaça dans la gueule de la bête abattue, en dernier hommage à la vie prélevée. Il positionna une pierre plate sous sa tête pour la redresser dans une posture plus gracieuse et s'imprégna de sa beauté.

Il regarda longuement l'animal qui semblait dormir.

Loin derrière lui, une explosion noya dans les mêmes flammes les corps de quatre hommes dont les vies s'étaient croisées pour le pire.

45

Paul et Alice

Le voyage vers Berlin était bien plus coûteux par le train qu'en avion mais Paul pensait qu'il était essentiel pour Alice de profiter du temps qui s'étire, de regarder défiler des paysages inconnus et changeants, de remonter lentement à la surface comme après une plongée en eaux profondes. Il avait réservé une place près de la fenêtre sur les différents trains qu'elle prendrait en correspondance. Après Strasbourg, le trajet serait court vers Offenheim et de là, elle voyagerait à travers la nuit jusqu'à Berlin où l'attendrait au petit matin la sœur de Betty. Paul l'avait présentée à Alice comme la sœur d'une amie et ne lui avait pas raconté l'histoire de Betty.

« J'ai vu ça que dans des films, jamais en vrai ! » dit-elle avec un sourire dont la lueur jaillissait d'un coin encore intact de son âme.

Une braise qui rougeoie au cœur d'un feu qu'on pensait éteint et qui vous fait chaud rien qu'à la regarder.

« Vu quoi ?

– Ben un homme et une femme devant un train qui va partir… Ça fait vieux film, non ? »

Paul fit défiler des notes sur son téléphone. Il s'arrêta sur un texte qu'il envoya à Alice dont le portable tinta aussitôt.

Elle ouvrit le message reçu et fit une grimace.

« Ça veut dire quoi ?

– C'est un poème.

– C'est de l'allemand ? Ça a l'air super compliqué… Je vais rien comprendre, là-bas ! »

Sur le quai, les derniers voyageurs s'engouffraient dans le train, essoufflés d'avoir trop couru de peur de rater le départ imminent. L'anxiété est le quotidien des plus modestes qui ont l'habitude qu'on parte sans eux.

Une jeune femme en uniforme de la SNCF, la casquette posée au sommet d'une volumineuse chevelure blonde que le vent faisait se balancer comme les branches d'un saule, siffla sur le quai. Alice se pencha et posa un baiser sur les lèvres de Paul.

« C'est par amitié, hein ! Va pas t'imaginer des trucs… » lança Alice en disparaissant derrière la portière qui se fermait.

Paul recula d'un pas et, alors que son pied se posait, il distingua une ombre se glisser furtivement dans l'espace entre la semelle de sa chaussure et le talon. Il ne bougea plus et attendit. Le train démarra. Il crut apercevoir Alice qui lui faisait signe à travers les reflets de la vitre.

Une petite araignée noire émergea de sous son

pied et grimpa sur le lacet de sa chaussure. Paul marcha lentement pour ne pas effrayer la bestiole qui continuait son ascension le long de sa jambe.

Il descendit l'escalier du quai tandis que le train faisait vibrer la petite gare et il regarda la page du poème sur l'écran de son téléphone resté dans sa main.

L'araignée, noire comme les yeux d'Alice, plongea dans une poche de sa veste.

« Röslein auf der Heiden,
War so jung und morgenschön,
Röslein, Röslein, Röslein rot,
Röslein auf der Heiden… »

Remerciements

À mes deux premiers lecteurs, Dominique Bourgois et Frédéric Bourboulon, pour m'avoir encouragé à poursuivre.

À mon éditeur, Aurélien Masson, pour son exigence stimulante, sa fraternité précieuse.

À Vanessa, Florian et Mattis, pour chaque instant de leur présence et leurs beaux regards.

Aux habitants de ce territoire authentique qui savent ce qu'est la solidarité.

Aux levers de soleil, derrière les Trois Becs ou au-dessus de la Meije et aux torrents glacés.

Dans la même collection

EQUINOX

Racket, Dominique Manotti, mars 2018
Un feu dans la plaine, Thomas Sands, mars 2018
Ceci est mon corps, Patrick Michael Finn, avril 2018
Mamie Luger, Benoît Philippon, mai 2018
Requiem pour Miranda, Sylvain Kermici, septembre 2018
Présumée disparue, Susie Steiner, octobre 2018
L'éternité n'est pas pour nous, Patrick Delperdange, octobre 2018
Les Féroces, Jedidiah Ayres, novembre 2018
L'Étoile du Nord, D.B. John, janvier 2019
Mauvais Œil, Marie Van Moere janvier 2019
La Vague, Ingrid Astier, février 2019
Paradigma, Pia Petersen, février 2019
Cherry, Nico Walker, avril 2019
Ma douleur est sauvagerie, Pierric Guittaut, avril 2019
Le Triomphant, Clément Milian, mai 2019
Glory Hole, Frédéric Jaccaud, mai 2019
L'Icône, Thierry Marignac, septembre 2019
Personne inconnue, Susie Steiner, septembre 2019
La Meute, Thomas Bronnec, octobre 2019
Le Second Disciple, Kenan Görgün, novembre 2019
City of Windows, Robert Pobi, janvier 2020
C'est pour ton bien, Patrick Delperdange, février 2020
Donbass, Benoît Vitkine, février 2020
Joueuse, Benoît Philippon, mars 2020
Marseille 73, Dominique Manotti, juin 2020
The Cry, Helen Fitzgerald, juin 2020
L'Un des tiens, Thomas Sands, octobre 2020
Tu me manqueras demain, Heine Bakkeid, octobre 2020
Lëd, Caryl Férey, janvier 2021
Tous complices !, Benoit Marchisio, février 2021
Un dernier ballon pour la route, Benjamin Dierstein, mars 2021
Serial Bomber, Robert Pobi, avril 2021
L'Heure du loup, Pierric Guittaut, avril 2021
Rendez-vous au paradis, Heine Bakkeid, mai 2021
Pandémonium, Sylvain Kermici août 2021
Green Man, David Klass, septembre 2021
Garde le silence, Susie Steiner, octobre 2021
Milliame Vendetta, Bernard Muñoz, octobre 2021

La Cour des mirages, Benjamin Dierstein, janvier 2022
(coéd. Nouveau Monde Éditions)
Jolies Choses, Janelle Brown, janvier 2022
Les Loups, Benoît Vitkine, février 2022
La Fille du ninja, Tori Eldridge, février 2022
Le chat qui ne pouvait pas tourner, Anne Dhoquois, mars 2022
Mycélium, Fabrice Jambois, avril 2022
Petiote, Benoît Philippon, mai 2022
Plein Sud, Benoit Marchisio, mai 2022
Quartiers Sud, Bérengère de Montalier, juin 2022
Je suis le fils de ma peine, Thomas Sands, août 2022
La Vengeance des perroquets, Pia Petersen, août 2022
La Lune de l'âpre neige, Waubgeshig Rice, septembre 2022

L'exemplaire que vous tenez entre les mains
a été rendu possible grâce au travail
de toute une équipe.

Édition : Aurélien Masson
Couverture et conception graphique : Éric Pillault
Illustration de couverture : Hammerstad
Logo EquinoX : Killoffer
Révision : Agnès Aubry, Isabelle Paccalet et Nathalie Mahéo
Mise en page : Soft Office
Photogravure : Point 11
Fabrication : Diane Chérubin
Commercial et marketing : Pierre Bottura
Coordination : Jean-Baptiste Noailhat
Relations libraires et réseaux sociaux : Laura Darmon
et Damien Nassar
Presse et communication : Hind Boutaljante
avec Axelle Vergeade
Les Arènes du savoir : Pierre Bottura avec Marc Blactot,
Laura Darmon, Adèle Hybre, Guillaume Lollier
et Clémentine Malgras

Rue Jacob diffusion : Élise Lacaze (direction), Katia Berry
(grand Sud-Est), François-Marie Bironneau (Nord et Est),
Charlotte Jeunesse (Paris et région parisienne),
Christelle Guilleminot (grand Sud-Ouest), Laure Sagot
(grand Ouest), Diane Maretheu (coordination),
Charlotte Knibiehly (ventes directes) et Camille Saunier
(librairies spécialisées)

Distribution : Interforum

Droits France et juridique : Bertille Comar,
Geoffroy Fauchier-Magnan et Anne-Laure Stérin
Droits étrangers : Sophie Langlais
Accueil et librairie : Laurence Zarra et Lucie Martino
Envois aux journalistes et libraires : Vidal Ruiz Martinez
Comptabilité et droits d'auteur : Christelle Lemonnier,
Camille Breynaert et Christine Blaise
Services généraux : Isadora Monteiro Dos Reis

Les Arènes,
17-19, rue Visconti, 75006 Paris
Té. : 01 42 17 47 80
arenes@arenes.fr
www.arenes.fr

IMPRIM'VERT®

PEFC™
10-31-2541

Certifié PEFC

Ce produit est issu de forêts gérées durablement et de sources contrôlées

www.pefc-france.org

Achevé d'imprimer en France sur les presses
de l'imprimerie Normandie Roto s.a.s.
à Lonrai (Orne) en août 2022.

L'ensemble de cet ouvrage a été réalisé dans le respect
des règles environnementales en vigueur. Il a été imprimé
par un imprimeur certifié Imprim'vert, sur du Lac 2000 PEFC
pour l'intérieur et une carte Metsäboard PEFC pour la couverture.

ISSN : 2609-7966
ISBN : 979-10-375-0598-9
Numéro d'impression : 2203721
Dépôt légal : Octobre 2022